ya
ャ文庫

白の呪縛

桜井さくや

イースト・プレス

contents

序章

「…はあっ、はあっ！」

――逃げなくちゃ。

とおくへ、もっともっと。

「はあっ、はあっ」

どれだけ駆けたかわからない。足はちゃんと前に進んでいるのだろうか。

まだ足りない、もっと逃げなければ、あの男の手の届かないところまで。

それが、この世の果てだとしても。

あの男の手の中から逃《のが》れられるなら、私は――

「……ぁ」

ふと、周囲の空気が生暖かいものから底冷えするものへと変わった気がした。

鬱蒼《うっそう》と生い茂る薄暗い森の中、目を凝《こ》らすと前方に背の高い影が見えてくる。涼《すず》やかな目元と対照的に、口角を邪悪に上げて笑う様子は悪魔のように残酷だ。駆けていた足が失速する。

これ以上足を動かすことに意味がないと知った。

「鬼ごっこのつもりだったのか？　おまえは逃げるのが下手だな」

抑揚《よくよう》のない声。息一つ乱すことなくゆっくりと近づく目の前の男から尚も逃げようと、じりじりと後ずさる。男はその行動に片眉を持ち上げて不快感を表しながらも、更に口角を引き上げ、寒気がするような笑みを浮かべた。

「いやっ、やだ…っ、助けて」

「何故《なぜ》そんなことを言う？　傷つくな」

男の腕が娘の腕をいとも容易《たやす》く捕まえる。とうに涸《か》れたと思っていた涙が溢れてきた。

「やあっ、放してっ、もうやめてぇっ」

「美濃《みの》、無駄なことだ、俺からは逃げられない」

無理矢理男の胸の中に閉じ込められ、すぐに肩に担《かつ》がれると、呆気なく来た道を戻られる。

美濃と呼ばれた娘は呆然としながら自分が行こうとしていた道に無言で手を伸ばした。

届かない…。何もかも、思い通りにはならない。

大切なものは全て失った。

家族も、国も、恋も、何もかも全て――

「うえっ、…父さま…母さま…みんな……巽《たつみ》……っ」

小さく嗚咽《おえつ》を漏らしながら呟いた言葉は男の耳にも届いたようだった。美濃を肩に担ぐ腕に力を込めて引き寄せる。

「……まだそのようなことを言っているのか。お仕置《しお》きが必要だな」

「――っっ」

男の眼が冷酷に光る。美濃は自分の失言にようやく気づいて凍《こお》り付いた。この後自分の身に待ち受けているだろうことを思うと、怯《おび》えて身を縮めることしかできない。

「何をそんなに怖がる？　俺だけを考えていればいい。おまえも悦《よろこ》んでいるではないか、素直に快楽に身を任《まか》せればこれ程優しいお仕置きはないというのに」

絶望が押し寄せる。誰よりも憎いこの男の腕の中にいるという現実に。何もかもをこの男に奪われたというのに、生きていなければならない現実に。

「美濃、おまえは俺から永遠に逃げられない」

そんなことは誰よりも知っている。泣いても叫んでも、誰も助けてはくれない。

――だって、この国には…もう私たちしか存在しない……


男が向かった先は、町の中心に存在する荘厳《そうごん》な建物だった。

それは誰から見ても、この場において最も権威《けんい》ある人物が住まうであろう建築物。

美濃は男の肩に担がれたまま、その中へ何の躊躇《ちゅうちょ》もなく連れて行かれた。そして、数ある部屋の中の一室に彼らが足を踏み入れたのが数時間前。そこはどう見ても少女が使用していたであろう内装だったが、部屋から聞こえてくる卑猥《ひわい》な音はあまりにもそれに似つかわしくないものだった。

肉がぶつかり合う音と、耳を塞《ふさ》ぎたくなるような水音、激しい息づかい、時折漏れる抑えた甘い声。どれもが美濃と男の間から発せられていることは明白だった。

「やっ、…もぉ…やぁっ…多摩《たま》…ごめん、なさぃ」

止むことのない戒《いまし》めに美濃の眼から涙が零《こぼ》れる。

多摩と呼ばれた男は、酷薄《こくはく》な笑みを浮かべるだけで更に彼女の膣《ちつ》を突き上げた。

「…んあぁっ」

「ほら、身体はこんなに悦んでいる。素直になれ」

「あっ、ああっ」

どこまで堕《お》ちる？　快楽を感じてしまうこの身体がおぞましい。誘っているかのような声を出す自分が赦《ゆる》せない。

「おまえは既に俺の身体無しでは生きられない」

「ふぁっ、あっ、多摩ぁ…っやあっ」

ぐちゃぐちゃとわざと大きな音が立つように腰を動かされ、美濃は正常な判断も何もかもできなくなり、多摩の身体に溺《おぼ》れていく。認めたくはないが、今ではその行為が日常となってしまったのは事実だった。

今日のように脱走したことも何度かあったが、その度《たび》に連れ戻され、お仕置きだと言われては長い時間をかけて身も心も蹂躙《じゅうりん》される。もしかしたら、それをも楽しむため、わざと逃げる隙を作っているのかもしれなかった。

「…あっ、あああぁっ、やああああぁ――っ」

全身を波打たせて何度目かもわからない絶頂を迎える。またしても快楽に勝てなかった自分

に打ちのめされながら、美濃はとうとう意識を手放した。

「……気を失ったか」

多摩は身体を繋げたまま美濃を見下ろし、動きを止めて小さく呟《つぶや》く。

その顔は、たった今まで激しく彼女を犯し続けてきたとは思えないほど涼やかで、汗一つかいていない。彼は美濃の乱れた髪を手で梳《す》き、指で彼女の唇を軽くなぞった。

「あの男の名を口にしたおまえが悪い」

そう呟き、再び腰を動かし出す彼の心の在り処など、たとえ意識があったとしても美濃にはわからなかったに違いない。何故なら彼自身、自分の感情が何であるかなどわからずにやっていることだったからだ。

愛なのか、恋なのか、それとも別の何かなのか。

ただ闇雲《やみくも》に『美濃が欲しい』と、その意志だけが多摩を突き動かす唯一で、彼にとってそれ以上の理由など必要なかった。

第一章

二人の出会いはもう随分《ずいぶん》前のことだった。

美濃は一国の王女として生を受け、後継者となる他の兄弟もいなかったために次代の女王として大事に育てられた。だが、美濃の両親、つまり王と王妃が先々のことはもっと大人になってからで、今は伸び伸びと過ごさせてやりたいと溺愛《できあい》した結果、美濃の後継者としての自覚はほとんどそなわらなかった。

そして、彼女が無邪気に少女時代を過ごしていたある日。美濃の行く末を占ってもらうため、国王は神子《みこ》たちを宮殿へ呼び寄せた。

神子――国の行く末を占い、光のあたる方向の道しるべとなる能力者。

この国に限らず、この世界には特別な力を持つ者が存在している。遙《はる》か昔はもっと多くの者たちが様々な力を有していたが、その力は時の流れと共に薄れていき、現在力を有する者は数少ない。しかし、一部ではその力を代々守り続ける一族もおり、彼らは主に都で王が治める軍部に集中していた。それは他の国でも大抵似たような傾向にある。

神子は能力者の中において最高峰に位置する存在であり、更にはこの国にしかいない特別な存在でもあった。彼らは様々な力を有していたが、神子と呼ばれる所以《ゆえん》は〝ある力〟による。

確実に未来を見通し、占われる者にとって歩むべき未来が悪しきものなら、それを遠ざけ望む方向へと転換することができるのだ。奇跡とも言える力を有する彼らは、神の力を授かった神の子、神子と呼ばれ、また彼らの見る未来は神のお告げとされ、総称して神託と呼ばれた。

国を左右する程の力をもつ彼らには大きな権力も与えられている。ところが、神子になる者は大抵が権力志向が薄く政治に関心を示さず、普段は山奥に籠もり、呼ばれた時だけ宮殿へと赴く。今回彼らが宮殿にやってきたのも、実に十日以上かけての過酷な長旅だった。


玉座の前で頭を垂れる背の高い男の神子と、美濃よりも幾分年上に見える少年の神子。特に少年は幼い彼女でもわかるほど神子特有の気高さを纏《まと》い、その場にいる誰もが一瞬圧倒され息をのんだ。

「多摩はまだ若いですが、千年に一度現れるかどうかの偉大な神子となるでしょう。此度《こたび》の姫様の神託は、この多摩が適任と考えております」

背の高い男性と少年は血の繋がりがあるのか、どことなく顔形が似ていた。

多摩と呼ばれた少年は顔をあげ、表情一つ崩さず美濃の方へ視線を向ける。それに気づいた美濃は満面の笑みを浮かべて椅子から立ち上がった。同じ年頃の子供と話したことがなかったために好奇心が抑えきれなかったのか、彼女は王たちが驚いているのを気にとめることなく、多摩の目の前までパタパタと駆けていく。

「私、美濃。これからよろしくね」

「……ああ」

　一国の姫君に対する態度としては多摩の挨拶は無礼すぎるものだったが、美濃が気にした様子はない。それよりも同じ年頃の子との出会いが嬉しいと、彼女の笑顔が物語っていた。

　神託を授かるにあたって、それを告げられるまでの期間、一つ制限がある。ほとんどの時間を、占ってもらう神子と一緒に過ごさなければならないのだ。それは占う者と占われる者が双方の波長をあわせることで、より正確な神託が告げられるという理由からで、お互いの単独行動は基本的に許されない。彼女はまだそういった事情がよくわかっておらず、今回のことも少しの間多摩と一緒に生活するのだと言われて素直にそれだけを信じ、彼としばらく一緒にいられることを純粋に喜んでいた。

「ねぇ、多摩は何歳？　神子ってどうやってなるの？　さっきの男の人は多摩の父さま？」

美濃は自分の部屋へ彼を招き入れた途端《とたん》、思いつくままに聞きたいことを並べていった。

　しかし、多摩は少し眉を寄せて部屋の中を見回した後、

「寝る」

　無表情なまま、今まで美濃が使ってきたベッドに寝転がると目を閉じてしまう。質問が無視されたらしいことに気づき、美濃が驚き固まっていると、彼は面倒くさそうに手招きをした。

「美濃も寝ろ。こっちへ来い」

「え？」

「早くしろ、……聞きたいことがあるなら明日だ」

「あ…っ、うんっ！」

　もしかして、多摩は疲れているのかもしれない。そういえば遠いところからやってきたと誰かが言っていた。よくわからないけどきっと大変だったんだろう。美濃はそう思い、言われた通り自分も寝てしまおうと遠慮がちに横に寝ころんだ。

「おやすみなさい」

「あぁ」

　それから一分も経《た》たず、多摩の規則正しい寝息が聞こえてきた。

　……本当に疲れてたんだ。

　多摩を起こしては悪いと彼女なりに気を遣い、それからしばらくの間は大人しく横になっていた美濃だったが、眠気が一向に訪れない。次第にじっとしていることに飽きてきてしまい、右に左にと忙しなく寝返りを打ち始めた。

「……う～ん、う～ん、う～～～ん…」

　少しも疲れていない美濃に眠気などやってくるはずもなかった。大体まだ夕方に差し掛かったばかりなのだ、無理に寝ようとしたって余計に目が冴えるだけに決まっている。

「そうだっ！」

　突然何かをひらめいて、美濃はパンと手を叩く。コロンと転がりうつ伏せになると、頬杖をつき、両足をパタパタと忙しなく動かしながら、多摩の顔をじっと見つめた。

　これからひと月、ほとんどの時間を一緒に過ごすのだから、今のうちに彼の顔を焼き付けておこうと考えたのだ。

「…いいなぁ…キレイな顔」

ほぅ、と吐息を漏らす。白い肌、形のいい唇、長い睫毛《まつげ》にすっと伸びた鼻。どれをとっても見とれてしまうくらい綺麗な顔は少し大人びていて、年相応の幼い顔立ちの美濃にとっては憧れだった。自分もいつか多摩みたいになれるだろうかと、相手が少年だというのも忘れて妙な憧れを抱いてしまう。まだ会ったばかりでろくに話もしていないから、彼が何を考えてどんなふうに思っているのかわからないけれど、美濃は彼と友達になりたいと思った。

「……はあ〜っ……眠れないよぅ……」

しかし、それからまた数分。寝顔を見ているうちに自分も眠くなるのではと思ったが、やはり考えが甘かったようだ。

「もういいや、起きちゃおうっと」

何も一緒になって寝る必要もないと諦めて、ベッドから起き上がることにした。

が、身体を少し起こしたところで……

「仕方ない…」

溜息まじりの声が横から聞こえてきたと同時に、肩を摑まれて再びベッドに身体が沈んだ。

「…あれ？　多摩起きたの？」

「横であれほど五月蠅《うるさ》くされていれば眠れるものも眠れない」

「ご、ごめんなさいっっ」

慌てて謝る美濃を見て、多摩は僅《わず》かに口端をつり上げた。

「…？」

彼の口が何かを囁くように動いている。

「え？　何？　何て言ったの？」

声を発しない口の動き。興味を持った美濃は何かの遊びかと思い、多摩の唇に意識を集中させた。

――瞬間、

「んっ!?　んん～っ!?」

多摩の唇が美濃の唇に重なった。

驚愕して身動き一つ取れずにいた美濃だったが、すぐに我に返りじたばたと暴れ出す。

だが、華奢な見た目とは裏腹の強い力で押さえこまれてびくともしない。代わりに口の中に多摩の熱い息が吹き込まれた。

「ん――っ、んーんー…っ」

直後、何の作用か突然頭が痺れ、重たい眠気に襲われて意識が朦朧《もうろう》としてくる。

「…んぅ……ぅ……ッ………」

こんなふうに、誰かと唇をあわせたことなんて、ない…の、に……

思考が、散り散りに霧散していく。

そして、多摩の柔らかな唇がゆっくりと離れていく感触を最後に、美濃はあっさりと深い眠りに落ちていった。

「……ようやく眠ったか……」

多摩は呆れたように呟き、すやすやと気持ちよさそうに眠る美濃を横目で見ながら、気怠《けだる》げに彼女の横に寝転がり、その顔をしばらくの間見つめ続けた。

不意に多摩の長い指が美濃の頬に触れ、瞼《まぶた》、鼻筋、そして唇を滑っていく。

「手間のかかる姫君だ……」

呟いた多摩の瞳が、何か眩しいものを見るかのように細められ、やがて穏やかに閉じられると、またすぐに規則正しい寝息が部屋を包み込んだ。


翌朝、多摩が起きた時には美濃は既に起床していて、酷く腹を立てているようだった。勿論《もちろん》、昨夜強引に唇を奪われたことに対しての怒りだったのだが、加害者であるはずの多摩本人は、相変わらず涼しげな顔で悪びれた様子は微塵《みじん》もない。

初めのうちは多摩を睨《にら》んでみたり、視線が合ってもそっぽを向いたりしていた美濃だが、一向に彼が気がつかないために、段々と焦りのような感情が芽生えてくる。普段なら機嫌が悪ければ誰かが優しく声をかけてくれるのに、多摩はそんな彼女の機嫌云々に構ってはくれない。

しかし、悪いのは彼なのだと自分を励まし、美濃は多摩の前に立ちはだかった。

「ちょっと多摩!!」

大きな声で幾分偉《いくぶんえら》そうに言ってみる。

「……なんだ」

ようやく多摩がこちらに顔を向けた。相手をしてもらえたのが嬉しくて思わず顔が笑ってしまいそうになったが、ハッとして顔をふるふると横に振る。

「あっ、あやまって！」

「……？」

やっぱりわかってない！　そう思い、美濃はむぅと頬を膨らませた。

「昨日の夜、私の口に多摩の口をくっつけたでしょ！　いくら私でも知ってるんだからっ、あぁいうことは好きな人とだけするのよっ！　初めてだったんだからっ、謝ってよねっ、たくさんっ!!」

息を弾ませて多摩を睨みつけ、言ってやったと美濃は内心満足感でいっぱいだった。

「…美濃」

「なあにっ!?」

すまなかった。

謝罪の言葉が聞ける。確信をもってそう期待していた美濃だったが、多摩から出てきた言葉は想像とは全く違っていた。

「そんなことよりも、ここを案内してくれないか」

「……なっ、…ッ」

平然と話を流されたことに美濃は言葉を失い、顔を真っ赤にして腹立ちを露わにした。

「美濃」

「勝手に行けばいいでしょっ!!」

「だが、おまえと離れてはならぬと言われている」

「〜〜〜っ、……〜〜…っっ!!」

悔しさのあまり唇を噛み締める。自分の思い通りにならないことがあると、美濃が初めて知った瞬間だった。


「ねぇ、神子ってみんな多摩みたいなの?」

昨日から今日にかけて多摩に振り回されっぱなしの美濃は、渋々宮殿内を案内しながら隣を歩く多摩に問いかけた。勿論少しの嫌味を込めている。

「ふん、神子が皆俺のような奴だったら世界は終わりだ」

鼻で笑い、己を嘲笑《あざわら》うかのように空を仰ぐ。この国の大半の者が持つ赤みを帯びた瞳。それが多摩のものは他の誰よりも鮮やかな真紅で綺麗だと思った。

「多摩は他の神子とは違うの?　どうして神子になったの?」

「昨日も同じことを聞いたな。そんなことに興味があるのか?」

「うん、知りたい」

興味津々といった様子の美濃を見て、多摩は幾分呆れたように溜息を吐いた。

「……神子の力を持って生まれたから、それだけだ。そのせいで半ば強制的に俺の意志とは無関係の場所で神子になることが決定された」

「それって…多摩はイヤじゃないの？」

「神子だろうが他の何者だろうが俺が俺であることに変わりはないだろう。おまえだってこの国を継ぐことは生まれた時から決まっていた、それと同じだ」

そう言われた美濃だったが、父も母も健在《けんざい》で、将来を考えることもほとんど無い守られるだけの彼女にとって、自分と多摩が同じとは到底思えず、どうしたらこのように運命を受け入れられるのかと不思議でならなかった。

「多摩って…すごいんだ」

思わず漏れた感嘆の言葉に多摩の目が見開かれる。

「ホントだよ？　だって考えてみたら、初めて会った私のために、しばらくはずっと一緒にいなきゃいけないんだし…ホントに偉いよ。口をくっつけたのはちょっと怒ってるけど」

先程までの怒りはないものの根に持っているらしい美濃に、多摩はクク ッと喉の奥で笑い、壁にもたれた。

「先程から聞いていると随分それに拘《こだわ》っているようだが、あれは眠れないおまえに口移しで術を吹き込んでやっただけのことだろう」

「えっ!?」

――そういえば……

唇が重なる前、彼の口は何かを呟いていた。そして、唇が重なった直後、強烈な睡魔《すいま》に襲われて、そのまま眠ってしまったのだ。

「で、でもっ、術でも何でも初めてだったんだもん！　……やっぱり」

初めては好きな人とするものと思っていたから、こんなに簡単に終わってしまうなんてちょっと悲しい。

「好きな男でもいるのか？」

「えっ」

弾かれたように顔をあげ、一気に頬を染め上げる。それを見て多摩は僅かに眉を寄せたが、美濃は気づかないまま素直に小さく頷いた。

「……ほぅ。どんな男だ。城の者か？」

「う…うん。巽っていうの」

「タツミ…」

「す、すごく…優しくてね、大人でね、かっこいいの」

「そうか」

多摩はその名を忘れぬよう口の中で何度もタツミと繰り返した。何故そうしたかはわからない、全てが無意識のことだった。

未だ頬を染めたまま俯《うつむ》く美濃を目の端に留め、多摩の瞳は一層紅く瞬き、彼の拳《こぶし》は強く握り締められ手のひらに血が滲んでいた。

❀❀❀

それから数日が経過し、人々が寝静まったある夜半過ぎのこと。

今まで眠っていた多摩が突然目を見開き、そのまま身を起こしてベッドから降り立った。彼は一点を見つめたまま幾分険しい表情を浮かべ、何かを窺うかのように視線だけを部屋の扉の向こうへと移す。そして、一度だけ美濃が寝ているベッドを振り返り、全く目覚める気配のないあどけない寝顔に目を細めると、部屋の外に向かった。

広く長い廊下を裸足でヒタヒタと歩き、ある部屋の前でピタリと立ち止まると、心持ち首を傾《かし》げながら何かを囁く。

すると、カシャンッ、と扉にかけられていた鍵は、彼の〝力〟によってあっけなく開けられてしまった。

『……っ……、…』

部屋に入った多摩の耳に微かな声が届く。奥で誰かが会話しているようだった。それだけなら興味を持つことは無かったが、気になったのはその異様な息づかいだった。

「……っ、ぁ…ん……もぅ…だめぇ…っ」

粘着質《ねんちゃくしつ》な水音と何かが激しくぶつかり合う音が響き渡る。加えて息の乱れた女が苦しげに喘《あえ》ぐ声と、それを追い詰めるような男の低い声。

多摩は更に眉を寄せて歩を進める。

「…っはっ、…っ、まだ早いだろ！」

「あっ、あっ、あああっ」

彼の目に飛び込んできたのは、裸で激しく絡み合う男女の痴態だった。男が女に向かって幾度も腰を打ち付けている。その度に女の身体は弓なりになって、言葉にならない声を発していた。

「…くっ、…っ、……あ？」

ここでようやく侵入者の気配に気づいたのか、男が顔をあげた。すぐ傍で、二人の淫らな行為を感情のこもらない目で眺めていた多摩と視線が合う。

男は驚きの表情を浮かべたが、それは一瞬のことだった。

「お前も交ざりたいのか？」

ニッと不敵な笑いを浮かべてそんなことを言う。

「……いや」

「じゃあ、何の用だ」

「寝ていたらおまえたちの声が聞こえた」

こんな場面に勝手に踏み入ってきたくせに、悪びれること無く平然とした態度。男は面白そうに目を細めると更に腰の動きを速め、多摩に向かって挑発的な笑みを浮かべた。

「あんっ、あああぁっ、ああああああっっ!!」

多摩の存在に気づくこともないほど行為に夢中な女は嬌声《きょうせい》をあげ続けている。

「…っ、イけよ！」

「あああぁああああああっ‼」

男の動きがより激しくなると、髪を振り乱した女の身体は断続的に痙攣《けいれん》し、程なくしてベッドに崩れ落ちた。少しして男も小さく呻《うめ》き、何度か腰を打ち付けた後、女の身体の上にドッと倒れ込む。その間、多摩は黙ってその様子を見ているだけだった。

荒い息づかいが聞こえるだけの部屋で、ややして落ち着いた男が顔をあげ、気怠そうな顔で多摩を見上げる。

「お前、名前は？」

「…多摩」

「多摩？　どっかで聞いたような…、まぁいいか。俺は乾《いぬい》、どうやって入ってきた？　お前面白い奴だなぁ」

「…？」

「人の情事をそんな顔して見る奴なんてそうそういないだろ」

「…そうか…」

多摩はそれきり押し黙り、ぐったりとした様子の女に目を移した。

眉を寄せてしばし考え込む。

「乾」

「いきなり呼び捨てかよ、まぁいいけど。…で、なんだ?」

「その女はどうした?」

「なにが?」

「痙攣して失神した。病気か?」

　その問いかけに乾と名乗った男は絶句し、口をあんぐりと開けて多摩の顔を凝視した。どう見ても冗談を言っている様子ではないし、とぼけているわけでもなさそうだ。

「お前、性行為がわからないのか?」

「………」

「おいおいおいおい〜っ、今俺たちがヤッてたことを見て何かしら思わなかったのか? こうムラムラしてきたとか、一部分が硬くなったとか、何かあるだろ?」

「……あぁ」

「なんだよっ、あるんじゃねぇのっ、そうだよなぁ、男なんだから当然それくらいは」

「男女の性器は繋げることができたんだな」

「はぁ〜〜〜!?」

　今の行為を見ていて、多摩から出てきた感想はそれだけだった。

　多摩にはそれまで性行為に関する知識を一切与えられていなかった。だから、それが子供を作る行為だということは勿論知らず、問われたところで答えられるはずもなく、激しく腰を振りたくる意味も、女が喘ぐ理由も理解できなかった。そして、裸の男女がもつれ合っているのを目の当たりにしたからと言って、彼の中では何の変化も生まれることはなかった。

しかし、乾の方はがっかりして肩を落としてしまう。たったそれだけ…？　と。

だが、彼は立ち直りが早い性格らしく、何か名案を思いついたようにすぐに顔を輝かせた。

「そ〜かそ〜か、わかったぞ。お前もヤッてみればいいんだよっ、そうすりゃ全部納得するからよっ！　女はい〜ぞ、柔らかくていい匂いで気持ちよくて!!　俺がイチから全部教えて」

「…いらない」

実に素っ気なく感情も抑揚もない声で一蹴《いっしゅう》され、またも乾は撃沈した。

「じ、じゃあさ…お前……好きな女とかは？　好きな女だったらムラムラくるだろ？　あ、それとも……男が好きとか？」

「いや」

「だったら」

「くだらん。乾の言う〝むらむら〟がどういうものかは知らぬが、欲しいと思うなら何であろうと自分のものにすればいいだろう。この世には支配する側とされる側しか存在しないんだからな」

そこには〝自分は支配する側〟という意識がはっきりと込められていた。乾は少し驚いたように目を丸くしていたが、すぐに何かの答えを求めるように手を挙げた。

「ハイ、一つ質問」

「なんだ」

「例えばさ～、多摩の言うところの〝支配される側〟ってのが逆らったら？」

「そうだな」

多摩は少し考えるように顎《あご》に手を置き押し黙ったが、やがて無表情だった顔に笑みが浮かんだ。

「教え込めばいい。絶対服従しか道はない、とな」

多摩はあっさりと、そんな言葉を口にした。

その答えに乾は少し興奮気味になって、更にその先を求めるように問いかける。

「そうか、多摩は何を支配したいんだ？　国か？　それとも……」

「いや、この世界は興味を引くものが少なすぎる……あぁ、だが、一つだけ。ただ〝アレ〟を俺はどうしたいのか……」

その言葉に乾の目が興味深そうに輝いたのを見て、多摩は沈黙し薄く笑った。

「部屋に戻る」

「えぇっ、教えてくれないのかよ!?」

「単独行動は禁じられている身だからな。〝アレ〟が眼を覚ましたとき俺がいなかったら怒り出すに違いない」

不満顔の乾にそれだけ言い残すと、多摩はあっさりと部屋を出て行ったのだった。

真っ裸の乾は多摩を追い慌てて部屋を出た。しかし、そこには長い廊下が続くだけで気配も何もなく足音さえもない、ただ静まり返った夜の闇があるだけだった。

呆然と立ち尽くしていると、突然の怒声が背中から降りかかる。

「何て格好で廊下をうろついているんだ！」

「へっ!?」

乾は後ろを振り返り、誤魔化すようにヘラッと笑いかけた。

「お～、巽！」

「挨拶はいい！　何故裸でこんなところに突っ立ってるんだっ!?　……もしかしてまた女に追い出されたのか!?　…そうか、お前という奴は」

生まれたままの姿で堂々と廊下に立つ乾を見て、巽と呼ばれた男は眉間に皺を寄せていた。少し長めの前髪から覗く瞳は涼しげで、どこか品のある凛々《りり》しい顔立ちが育ちの良さを匂わせる。彼は軍服姿で書類を片手に持っていた。こんな深夜になるまで職務をこなすのも、彼にとってはいつも通りのことだった。

乾はさほど悪びれた様子もなく更にヘラヘラと笑う。通っている女を怒らせて、裸のまま追い出されるのはよくあることで、今回は違うと弁解をしたとしても、果たして信じてもらえるかどうか…と、少々考え、弁解も面倒だと思った乾は、巽の勘違いをそのまま受け入れてしまうことにした。

「なぁなぁ、わかったからさぁ、何か服貸してくれない？」

「……仕方ないな」

巽はあっさり説教をやめて自分の上着を脱いで乾に手渡す。乾はいそいそとそれで下半身を隠すと、少しだけ難しそうな顔をしてちらりと巽を見やった。

「あのさ、ちょっと聞きたいんだけど」

「どうした」

「多摩って…誰だっけ？」

その質問に、巽は絶句し、しばし固まった。

「お前には本当に驚かされる…。それは数日前やってきた神子の名だろう。陛下との謁見の場にお前も居たような気がしたんだが」

「あ～あ～あ～っ!!　どうりでどっかで聞いたことあると思ったっ!!」

「ついでに言えばお前は神子を見た途端、男か女かしきりに聞いてきた」

「そうそうそうっ！　遠くから見ただけじゃ性別がわからなくて、そしたら男だって言うじゃん!?　…一気に興味なくなったから忘れてた」

「……そういう奴だよお前は」

「ナルホドね～、多摩……ふぅん、面白くなりそう」

「…どうした？　男に興味を示すなんて珍しいな」

「……まぁ、そういうこともあるさ」

乾は闇に包まれた廊下の向こうをしばしじっと見据える。

「…しかし、ありゃあ……」

生まれた場所を間違ったのか？　あれはどう見ても真逆の存在だろう。

乾はそう心の中だけで呟き、一人楽しそうに口元をほころばせた。


翌朝、巽は美濃と多摩のもとへと赴くため、早々に起床して身支度を整えていた。昼前には盛大な宴が開かれるため、二人を警護する任務を言い渡されているのだ。

昨夜は結局乾が屋敷までついてきてしまい、渋々ながら泊める羽目になったのだが、迷惑をかけた当の本人は未だ客用に用意された寝室から出てこない。恐らく放っておけば昼までこのままだろう。巽は諦めたように溜息を吐き出した。

「俺はもう行くが、後で乾を起こしてやってくれないか。どうせ居ても護衛では暇だ暇だと文句ばかりで役にたたん。姫にはうまく言っておくから起きたら必ず来るよう伝えてくれ」

「はい」

使用人の一人にそう伝え、巽は屋敷を後にした。

巽は代々続く名家の跡取りだった。同時に彼の家に生まれた男子は例外なく軍人となるのが決まりごとになっており、遠い昔から王家を守護する一族として名を轟《とどろ》かせている。彼自身、先祖から受け継いだ特別な力を持っており、その力を発揮して前線へと出向き、王の覚えもめでたく、この若さでは異例の出世を遂げていた。

軍人とは規律に厳しいもので、実際巽の家も例外ではないが、彼個人の性格として、己には厳しく、親しき者には非常に寛容であるという一面を持っていた。本日の任務は確かに姫と神子の護衛で重要任務と言える。しかし、彼の寛容さがここで働いたのは、自分一人で職務を完璧にこなす自信があり、乾の分までカバーする覚悟があったからであった。

彼は何故か、乾を友人として認めている。どれ程馬鹿なことをやろうが『困った男だ』といった程度でさほど気にしなかった。元々が世間の意見に左右されない強さがあったからかもしれない。

そうして、一人宮殿へ到着し、挨拶をすませるために美濃の部屋へ歩を進めていると、ざわめきが耳に届く。巽は彼女の部屋の外で中を窺っている侍女に声をかけた。

「何があった？」

「…あ、巽さま。美濃さまと神子様が言い争いを…」

「言い争い!?」

「…だと、思うのですが…」

「なんだそれは」

曖昧《あいまい》な回答に眉を寄せ、巽は周囲の者をかき分けて部屋の中へと足を踏み入れた。

「ダメダメダメダメダメ、絶対ダメなの～っ!!　多摩が着るのはこっち！　そんな地味なのダメなんだから!!」

「……俺はそんなに派手で動きづらそうなものは嫌だ。いつものでいい」

「ひどぉおおいっ!!　これはっ、これは…っ！」

悔しそうに涙を溜めて多摩を睨む美濃は、金や銀のごてごてとした装飾が散りばめられた、派手すぎる衣裳を大事そうに抱えている。多摩はその様子を他人事のように傍観《ぼうかん》しているだけで、二人の温度差は客観的に見てもかなりのものだ。

一向に前に進みそうも無い二人の問答に、巽は内心苦笑しながら中へ入っていく。

「それは美濃さまが神子殿のために特別に作らせたものなのですよ」

突然入って来た大人の男の声に、二人は同時に振り返った。こちらへ近づく完璧な軍服姿の男を目にして、泣きそうだった美濃が途端に瞳を輝かせ、それに気づいた多摩の眉は僅かに寄せられた。

「巽っ!!」

美濃は満面の笑顔で巽に駆け寄り、巽もまた穏やかに微笑んだ。

「今日一日ずっと一緒なんだよね？　ホントにホント？」

「はい」

「うれしいっ、あのね、私が父さまに頼んだの、護衛は巽がいいって」

「そうですか」

「でもね、巽は忙しいから難しいって。それでね、父さまなんてだいっきらいって言ったら、お願い聞いてくれたの」

「陛下にそんなことを仰《おっしゃ》ったのですか？　さぞかし悲しんだでしょうに……」

「でも巽がよかったの。巽がだあぁ～い好きだからっ！」

「身にあまるお言葉です」

美濃は瞳をキラキラさせ、先程までのことなど忘れてしまったかのようにはしゃいでいる。

部屋の中央では多摩が無表情でジッと巽を見据えていた。それに気づいた巽は多摩の前に出て静かに頭を下げる。

「巽と申します。本日はお二方の護衛役を務めさせていただきますので、よろしくお願いいたします」

「おまえが巽か」

「…私をご存じですか？」

「いや、…では行こう。俺の支度はできている」

「ダメェ！　多摩はこっちを着るの～!!」

「嫌だ」

余程美濃の持つ衣裳が気に入らないらしく、堂々巡りの会話が再び始まってしまった。しばし黙って聞いていた巽だったが、やはりこれ以上の進展は見られないと考え、仕方なしに口を挟むことにする。

「どうしてもそれを着るのはお嫌ですか？　美濃さまのお気持ちですので今日だけ聞き入れていただけないでしょうか」

「…美濃の気持ち？」

「神子殿のために全て美濃さまが考えたものだと聞いております」

「……これが、か？」

多摩はチラリと美濃の腕の中の派手すぎる衣裳を見た。

涙目で縋《すが》り付くような美濃の瞳を一身に受け、多摩はフイと視線を逸らして眉を寄せながら考えを巡らせているようだった。

やがて憂鬱《ゆううつ》そうに溜息を吐き出し、ぽつりと呟く。

「…今日だけだ、宴が終わったらすぐ脱ぐ。早くそれをよこせ」

「うんっ!!」

ぱあぁっと途端に笑顔が咲き、美濃は嬉しそうに衣裳を抱きしめると多摩に手渡した。

それを受け取った多摩はまだ少し不服そうな顔を見せたが、美濃の笑顔を見て僅かに息をのみ、戸惑いがちに装束を脱ぎ始める。それを嬉しそうに眺めては彼の周囲を回る美濃を時折目の端で追いかける多摩の口元は、どこか柔らかくほころんでいるようにも見えた。


華やかな宴の間《あいだ》、誰よりも視線を集めたのは多摩だった。

貴族の楽しみのために宮殿で度々開かれるこの催しは様々な演目が用意され、多くの美女が集い、舞姫が踊り、出席者の目を楽しませる。しかしこの日、それよりも皆の視線が集中していたのは、静かにそれらを鑑賞しているだけの多摩だった。美濃の用意した衣裳は明らかに派手で、着る者が着たら眉を顰《ひそ》めざるを得ないものであったが、どういうわけか彼が身につけると不自然に感じない。そこには独特の雰囲気と圧倒的な存在感があった。

「やっぱり多摩に似合うと思ったんだ」

彼にとっては溜息ものの衣裳だったが、残念ながら彼女にその気持ちが届くことはない。

そして、二人の様子を微笑ましく見ていた巽もまた、多摩という存在に惹きつけられていた。

「何故俺を見る」

やがて、クスリとも笑わない多摩が怪訝そうに巽に顔を向け、そう問いかけてきた。

「は…？」

魅入られたように彼を見つめていたことに気づいていなかった巽は、その指摘に驚く。

「…ふん、ここの連中は皆おまえと同じ目をして俺を見ている。神子がそんなに珍しい存在か？」

彼に言われ、改めて周囲を見渡す。本当にその通りだった。皆ちらちらと多摩に目をやり、ほとんどの者が演目などまともに見ていない。楽しんでいるのは美濃とその両親である王と王妃ぐらいなものだ。

「とんだご無礼を…」

頭を下げる巽に、多摩はつまらなそうに視線を外す。そして、彼の隣で舞姫の姿を食い入るように見つめて頬を染める美濃に目をやり、またすぐに巽に視線を戻した。

もう少し近づけと手招きをされ、巽は少しばかり多摩に近づく。

「ここに来てまだ日が浅いが、俺は三日後には帰るつもりだ」

「し、しかし、それでは神託が…」

確か歴代の神子たちは、神託を授けるまで最低でもひと月を要していたはずだ。多摩がやってきて今日でまだ八日目。神託はどうするつもりなのか。

「もう充分だ。神託は今この場で授ける」

涼しい顔で言われるも、巽は咄嗟《とっさ》に反応ができない。

「わからぬか？　もう既に美濃の未来は見えていると言ったのだ」

「……っ!?」

たった八日で神託を？　そういえば、多摩と一緒に来ていた男が言っていた。千年に一度現れるかどうかの神子になるだろうと。

「舞が終わった。美濃、一緒に来い」

多摩は美濃の手をとり立ち上がった。

不意をつかれ、きょとんとしている美濃に構わず、彼は繋いだ手を強引に引っ張り、中央に歩いていく。

「えっ、えっ、多摩？　何か踊るの？」

戸惑いながらも、美濃はどこか嬉しそうに笑っていた。

「舞より面白いものだ。おまえは俺の隣にいればいい」

二人が中央に立つと、何が始まるのかと皆興味津々に静まり返る。

多摩は静かに目を閉じ、ゆっくりと瞼を開けた。

「これより、神託を授ける」

彼のその言葉に周囲がどよめき、場が騒然となる。

誰もが予想しえなかった事態に王も王妃も唖然《あぜん》としていた。

「多摩、これは一体どういうことだ!?　神託はまだ先であろう？」

ややして我に返った王が問いかけると、多摩は僅かに頷き目を細めた。

「だが、現段階で既に神託を授ける状態にある。機を逃してはならぬ」

響き渡る声に誰もが息をのむ。宴の場で突然神託の儀が行われようとしているのだ。

「…た、多摩…っ、それホント？」

「ああ」

「…心の準備が…っ」

「そんなものに何の意味がある」

もはや誰の言うことも聞く気は無いらしい。

彼が美濃の両手をとってもう一度静かに目を閉じると、いくつもの光の輪が二人を包み始め、誰の許しも得ないまま神託が始まろうとしていた。

「陛下、いかがしますか」

巽は静かに王の傍に立ち、意見を伺う。王は考えを巡らせているようだった。

「経験から言えば、こうなっては誰も止められない。神託を阻害してはいけないという決まりもある……全く予想外ではあるが…しかし、たった八日で……」

恐らく歴代の神子とは比較にならない力を備えているのだろう。

しかし、まだ年端の行かない少年だからか、それとも元からそういう気質なのか、誰に相談することなく行動してしまうとは、かなり型破りな性格ではある。

「……面白いかもしれぬな」

王は期待を込めた目で多摩を見て、楽しそうに膝を叩いた。

「千年に一度巡り会えるかどうかと評される偉大な神子からの神託だ。皆、黙って二人を見守るがいい」

どよめきが歓声に変わる。場の空気はすっかり多摩に支配され、幻想的な光の輪の中にいる二人の姿は全ての者の視線を釘付けにした。勿論それは巽とて例外ではなく、職務を忘れてその光景に見入っていた。が、突然強い力で肩を叩かれてハッと我に返り後ろを振り向く。

「よっ、凄いことになってんのな。遅刻して損したよ」

そこには、本日巽と共に姫と神子の警護を務めるはずだった乾の姿があった。彼もまた光の輪の中に佇《たたず》む二人を見て目を細め、不思議な気分を味わっているようだった。

「今回の神子殿はかなりマイペースらしい。宴が神託に変わってしまった」

「いいじゃないの。俺はこういうの面白くて大好きだけど？」

「…私情はともかく、陛下の許しも得ている。見守るしかあるまい」

「しっかし、こうして見てると神秘的な光景だよな。これが神託って言われる所以《ゆえん》か？」

「そうかもしれないな。……美濃さまはどんな未来を…」

言いかけたところで突如《とつじょ》、光の輪が激しく揺らぎ、一層の歓声が場を包む。

多摩は美濃から一歩下がり、彼女の額に手のひらをあてがった。すると、美濃の頭の上に巨大な映像が浮かび上がる。

「…あれはっ!?」

伸びやかに可憐《かれん》に成長した美濃の姿だった。映像の中の彼女は隣に立つ男に向かって微笑んでいる。残念なことに隣の男は肩までしか映っておらず、誰かはわからないが二人の関係はひと目で恋人同士と認知できるほど親密に見えた。

と、そこで映像に嵐のような激しい障害が入り乱れる。微笑む美濃の顔が歪み、誰とも判別がつかなくなると、今度は一面青空が広がった。その青空は次第に曇り空へ変わり、更には夜の闇のように変化し、雷雲が発生し始める。黒い雲の隙間が不気味に光り、次の瞬間、稲妻が大木に直撃した。地面を這い蹲《つくば》り逃げまどう兵士たち、彼らは上官の指示に従うことを忘れ、ただひたすら恐怖の顔で宮殿から方々に散っていく。

そんな中、宮殿に近づく影があった。死に装束を身にまとい、艶やかな黒い長髪をなびかせた長身の男の後ろ姿が映し出される。男は逃げまどう兵士たちの存在を無視するかの如く真っすぐに宮殿へ向かうが、最後まで男の顔が映し出されることはなく、宮殿の中へと消え、映像はそこでブツンと途切れる。

「これが美濃の未来だ」

そのあまりにも異常で不気味な映像を前に、観客たちはただ沈黙した。これが美濃の未来だと言われても理解できないのは当然と言えるだろう。

「…多摩、詳しく説明してくれぬか。それでは皆わからぬ」

王の困ったような問いに多摩は頷き、美濃の額にあてがっていた手を離した。

「最初に出てきた女は美濃。それはわかるだろう。隣にいた男はやがて美濃の恋人となり婚約者となる男だ。そして、場面が変わって雷撃の集中する宮殿、勿論今俺たちがいるこの建物だ。その後映った長身の男の後ろ姿。これの意味するところは運命の選択だ」

「運命の選択…？」

「美濃と国の運命は王の一言で決まる。答えは肯定か否定かのどちらかだ。黒髪の男の質問に頷けば肯定、首を振れば否定。簡単なことだ」

「…それで……私はその質問のどちらを選べばいいのだ？」

「肯定した場合は繁栄が約束され、否定した場合は静かなる世界が約束される。どちらか好きな方を選ぶと良い」

「…そう…か……あの映像では不吉なものしか感じられなかったが…それならどちらもそう悪くない。ところで、あの黒髪の男が何者かはわからぬのか？」

「残念ながらいくら見ようとしても顔も素性もわからぬ。婚約者となる男も同様だ。これは既に俺自身が関わったことのある男だからだろう」

「つまり婚約者の男も黒髪の男もこの場にいる可能性があるということか？」

「そうだ」

王はぐるりと周囲を見渡す。婚約者の男はほとんど画面に映らなかったので、見渡したところで判断できない。黒髪もここでは珍しくはないし、長髪もざらにいる。しかし死に装束とは一体どういうことだ？　王の脳裏に一瞬だけ不吉な影が走り眉を顰める。

「……見当もつかぬな。多摩よ、あの映像は今より何年先だ？」

「これより九年後の今日だ」

「素晴らしいっ、そこまでわかるか！　それではこれより九年、我らは、美濃は、どのように過ごせば良いか？」

「思う通りにすればいい。何者にも邪魔されることはない」

そう言うと、多摩と美濃の周囲を囲むまばゆいばかりの光の輪が徐々に薄れていき、やがて元の状態に戻った。

「神託を終了する」

神々しくも気高く佇む多摩の姿に、その場にいた誰もが息をのみ、神託が終わった。

場は騒然となっていた。その中で神託の一部始終を食い入るように見ていた乾は、中央に立つ多摩を目で追いかけながらニヤリと笑みを浮かべて呟く。

「……決めた。多摩に着いて行く」

その言葉が耳に入り、ぎょっとした巽は隣に立つ乾を振り返る。珍しく真面目な乾の表情に冗談を言っている様子はなく、巽は声をひそめて乾に問いただした。

「突然どうした、何を考えている？」

「あれ、聞こえちゃった？　いやぁ、だってあんな姿見せられたら黙ってらんないだろ」

「興奮する気持ちは分かるが、だからと言ってお前が着いて行く理由には」

「俺にとっては充分な理由なんだよ」

「……まさか、戻らないつもりか？」

「さぁね」

そう言って乾は首を傾げ、巽に背を向けてどこかへ行こうとする。

しかし、彼が何を考えているのか理解出来ない巽は、乾の腕を摑んで尚も食い下がる。

「わからない。…乾、ちゃんと説明してくれ」

「んなこと言われても、こんなのどう説明すりゃいいんだ。…とにかく、今を逃したら次は無い、そんな気がするってだけだ」

「乾…ッ!!」

「今生の別れでもないんだから、そんな顔すんなって。大丈夫だよ」

乾は陽気に笑い、ヒラヒラと手を振りながら今度こそ行ってしまう。

どうやら彼は王に同行の許しを得ようとしているらしく、嬉々とした表情で身振り手振りを交えながら王に話しかけている。思案顔の王だっが、次第に乾の巧みな言葉に耳を傾けはじめ、こうなると後は彼の独壇場となるのはいつものことだった。

取り残された巽はしばし呆然としていたが、真剣な顔で目を輝かせた乾の考えを阻むのも憚《はばか》られ、一抹の不安を感じながらも、彼の背を黙って見ていることしか出来なかった。

一方、神託が終了して騒然とする中、当事者である多摩と美濃は、その喧噪をすり抜け、早々に部屋に戻っていた。

「多摩のばかっ！」

本日何度目かわからないくらい連呼された言葉。美濃は神託が終わってからずっとこの調子で、もう何度となく多摩に対してこうやって怒りをぶつけている。

それに対しどこまでも落ち着き払った多摩は、美濃の剣幕《けんまく》をただ静観しているだけだ。

「何で突然神託なんて始めちゃうの!?　一ヶ月後って約束だったのに！　全然言ってくれないんだもんっ、ヒドイよっ!!」

「…あぁ、そんなことで怒っていたのか。確かにそうだが、実際神託までの期間に決まりはない。突然だろうがいつかは告げられるものなのに何故心の準備が必要なのだ？」

ようやく怒りの理由を知った多摩だが、それでも彼には美濃がどうしてそこまで怒るのか、よくわからない。

「だってその方が緊張が少ない気がして…」

「緊張したのか？」

「…え？　……あ…それは」

そういえばそれどころじゃなかった。

まるでそう言っているかのようなわかりやすい美濃の反応を見て、多摩はクッと笑う。

「緊張が嫌だったんだろう？　かえって良かったじゃないか」

「うぅ…っ、…そう…言われると…っ」

「そう拗《す》ねるな。ここにいるのもあと三日程なのに、ずっとそんな顔でいるのか？」

「えっ!?」

弾かれたように美濃が顔をあげる。

「なんだ？　突然が嫌だというから今言ったぞ」

「…そ…そんな…っ」

今度は目を潤《うる》ませ今にも泣きそうだ。多摩は簡単に変わる美濃の表情を興味深げに見ていた。

「多摩は私と一緒がいやだったの？　だから神託を早く終わらせちゃったの？　多摩は…多摩は…私が嫌いなの？」

ポロポロと涙を零しながら、美濃は訴えるように多摩を見つめる。彼は少し考え、何となく感じたままを口にした。

「嫌い…ではない」

「じゃあ、好き？」

その問いに多摩は眉を寄せて考え込む。

「好き嫌いに…それ程意味があるものなのか？　俺にはそういう感情はわからぬ。大体神託が早まったことで何故おまえを嫌いだと判断する？　一緒にいる時間が少なくなると何か不都合があるのか？」

美濃がどうして悲しそうなのか、その感情の流れが理解できない。ただ神託できる状況になった、それだけのことでそこに感情は介入しないはずだ。

「…私は多摩のこと好きだもん。初めての友達なんだもん。だから、ホントは一ヶ月じゃなくてずっとずっと一緒が良いって思ってたの…っ」

「……ずっと…」

「神託なんてどうでもいい、多摩と一緒にいた方が楽しいもん！」

わあああっ、と大きな声で泣きわめき、美濃は多摩に『行かないで』としがみつく。彼はそれを棒立ちのまま、背中に手を回すわけでもなく、ただ見守っていた。

これ程までに誰かに懐かれたことなど無く、どう反応していいのかわからない。けれど、抱きつく美濃の温もりを感じ、彼女から香る甘い匂いに目を細める。

「おまえは……あたたかいな……」

泣きわめく美濃には届かないくらい小さな声で多摩は呟いた。

何だろう…これは。

何か……得体のしれない感情が流れ込んでくる。

泣きじゃくる美濃の背中におずおずと両手を回し、その柔らかさに驚く。自分と美濃が違うということに初めて気づいた。

——欲しい。

これが美濃に対して明確な思いを抱いた最初の瞬間だった。

今まで妙に興味をそそられる存在だとは思っていたが、それだけで自分自身の何かが変わってしまうものではない。そう思っていたのに。

懸命にしがみつく小さな手、柔らかい身体、甘い香り——

「…俺が…いないと……嫌なのか？」

「…うっく…っ、イヤだもん」

全てが多摩の脳内を強烈に刺激し、得体のしれない感情が奔流となって流れ込む。

——欲しい、美濃が…欲しい。

だが、わかるのはそこまでだった。何故欲しいのか、何故そう思うのかなど考えもつかない。元々そういうことすら考えたことがなく、それ以上を突き詰めることなどできるはずもなかった。

心の中は相変わらず冷静で、感情の赴くままに泣きわめく美濃とは明らかに違う。多摩にとっての未来とは、神子としての役割がこの先延々《えんえん》と続くことであり、それを覆すことなど許されないと知っていた。これまでそれに対して何の感慨もわかなかった。しかし、それが初めて煩わしいことのように思え、無意識に美濃の背中に回した手に力が込もる。

「…一緒に…いるのは、今は無理だ」

「やだぁっ」

「…いずれにせよ、ひと月という期限だ。遅かれ早かれ俺は帰らなければならない」

「だけど…っ」

「泣くな」

多摩は涙でいっぱいになった美濃の顔を見つめ、無言で涙をふき取った。そうすると美濃は目を見開いて多摩を見上げ、僅かに笑みを浮かべかけたが、すぐにまた泣きそうになって口をへの字に曲げる。その表情の変化は忙しなく、多摩は内心感心しながら美濃が落ち着くのを待ち、やがて涙が止まると再び口を開いた。

「例えば……ここに俺が住めばおまえは喜ぶのか？」

「…ん、すごく嬉しいよ」

「…ならばその方法を里に戻って考える。今はそれしかできない」

美濃は静かに話す多摩と目を合わせ、大きな涙の粒をポロッと零し小さく頷いた。自分が我儘《まま》を言っているのはよくわかっていたのだろう、それ以上のことは何も言わなかった。

「早く来てね」

「考えておく」

答えた言葉は素っ気なかったが、美濃は嬉しそうに笑っている。泣くのはもう終わりか…そう思いながら、多摩は彼女の頬に零れた最後の涙を指ですくう。

「私、多摩はぜ～ったいに優しいと思うの」

「…何かの間違いだろう」

「ちがうも～ん」
そう言うと美濃は再び多摩に抱きつき、しばらく彼を放そうとしなかった。多摩は自分の胸にしがみつくあたたかさに形容しがたい感覚を覚えながら、柔らかい栗色の髪に唇を寄せる。そして、手放しがたいもどかしさを心の片隅で感じながら、彼は誰よりも美しい真紅の瞳を静かに揺らめかせ、その温もりを腕の中に閉じ込めた。

それから三日後、多摩は神子の住む里へと帰っていった。
唯一の護衛として、乾を引き連れて——

第二章

都から出てちょうど十日後の朝、多摩と乾は神子の里に入った。ここに至るまで一体どれだけ山を越えたことか。休憩らしい休憩もほとんど無く、体力に自信のある軍人の乾でもうんざりした経路を、多摩は涼しげな顔のままで全く歩を乱す気配も見せなかった。あの華奢な身体のどこにそんな体力があるのかと信じられない思いだった。

そして、やっとの思いで里に到着した乾の感想は、『普通』それだけだった。神子の里というから、そこら中に多摩みたいな連中がうじゃうじゃいるのかと思ったが、人気《ひとけ》も少なく、どこにでもある田舎風景といった感じで、拍子抜けしたと同時に物足りなささえ感じた。

「おかえりなさいませ、多摩様。そちらは……護衛の方、ですか、……それは…遠いところを……何も無いところではございますが、ごゆっくりおくつろぎくださいませ」

里の入り口に立っていると、一人の老婆がやってきて、小さな背を丸めて深々と頭を下げる。どことなく強ばった顔が気になった。乾もつられるように挨拶をしたが、どうやらあまり歓迎されていないことは何となく理解した。

老婆に先導され、多摩の館へ向かう。その途中、多摩に気づいた里の者がその場に跪《ひざまず》く姿を何度も見かけた。だが、当の多摩は全くの無反応で表情一つ変えずに素通りするだけだ。

乾は宮殿での多摩の態度を思い出し、まだ向こうにいた時の方が受け答えをしていた分マシだったかもしれないと思った。これが普段の多摩だとしたら、もしかして宮殿では多少は気を遣っていたのだろうか。あれでもかなり横柄と言うか随分失礼な態度だったが。

乾が一人笑いをかみ殺すのに苦労していると、やがて目的の場所へ到着した。外観は特に感慨に耽《ふけ》るようなものでもなく、他の建物より多少大きめなのかもしれないという程度。だが、乾が驚いたのは館の中だった。壁も天井も、床も、調度品も何もかもが白い。

「……すごいな…」

思わず漏らした感想に多摩が身じろぎし、僅かに反応をする。

「あ、いや…全部白って…意味あるのか？」

「さぁな。俺には興味の無いことだったが」

「……興味が無くたって、こんだけ白ければ気になるだろうよ…」

半《なか》ば呆《あき》れたように多摩を見るが、彼は『そうか』と気のない返事をしただけでさっさと一人で奥へ入っていく。取り残された乾はその後を追おうとしたが、

「今回の神託は終わったのでしょうか…？」

老婆がポツリと呟いたので足を止めた。

「あぁ、宮殿に来てたった八日でね。…俺、神託は初めて見たけど、すごかったよ。多摩って何か他のヤツとは全然ちがうのな」

「……そう…ですね。ありがとうございます。安心しました、多摩様は無事神託を終えられたのですね」

「…だって、そのために宮殿に行ったんだろう？」

何を言っているんだと首を傾げると、老婆はまたしても深く頭を下げる。

「多摩様はあの通りのお方なので、我々の言葉にお応えになることはほとんど無いのです」

「え？　だって…神託しに里から離れたんだろ？　ちゃんと言うこと聞いてるじゃん」

「それは……いえ…では私はこれで失礼いたします。ごゆっくり…」

老婆は何かを言いかけて口を噤《つぐ》んだ。乾は不審に思ったが、そのまま背を向けてしまったので、後で誰かに聞けばいいだろうと老婆を見送った。

一見普通の里に見えたのだが。多摩の扱いに対して違和感を抱いた。多摩が特別だからか、それとも、もっと違う理由なのか。

乾はひとまず、多摩が入っていった奥の部屋へと足を踏み入れることにした。

「なぁ、多摩～、ここにだってカワイイ女の子いるよなぁ？」

ここまで歩いてくる間に見かけた女はよぼよぼの老人ばかりで、皆乾を見て怪訝そうな顔をするだけだった。見た限り若い女の姿は無く、乾としては、むちむちだったりぴちぴちだったりぷりぷりだったりする女とのあれこれも期待していたので、これは由々《ゆゆ》しき問題だ。

「…馬鹿だな乾は。俺は神子だ。里のことなど知るはずもない」

「……は？　どういう意味だ？」

自分の生まれ育った場所なのに、何故知るはずもないのか。その言葉の意味が理解できずにいると、多摩は困惑する乾の顔を見て僅かに笑った。

「俺は一旦この館に入ると、次に神子としての役割を与えられるまで外に出ることはない。恐らく既に外から鍵がかけられているだろう」

「なんだって!?」

驚き、咄嗟に入り口まで駆け出す。扉を開こうと手をかけるが、どんなに力を込めてもビクともしなかった。

「……うそだろ」

愕然とする乾の顔が可笑しかったのか、多摩は僅かに表情を崩して笑う。彼がこれ程笑うのは珍しいことだった。

「別に鍵など…外に出たければ俺が後で外してやる。ただ神子とはそういうものだと言っているだけだ」

そういえば、と乾は思い当たることがあった。多摩と初めて会った夜、鍵をかけていたにも拘《かかわ》らず、多摩は平然と部屋に侵入していた。あれはそういうことだったのか。

しかし、遊びたい盛りだろう年頃の子供がそのようなことを言うのには、違和感しかなかった。

「…でもさ…外、出たいだろ？　こんなところにずっと一人って息が詰まらないか？　第一つまんないだろ？」

乾の問いに多摩はしばし沈黙し、考えた。本当はいつでも外に出ることはできたが、そうしなかったのは禁じられている行為だったからだ。禁を犯す気も無かったが、外に対する知識は皆無であり、多摩は里に対しても誰かに対しても自分に対しても、生きることさえも興味が無かったのだ。

唯一の興味は……あのよく笑って怒って泣いた美濃だった。多摩が好きだと、行かないでほしいと幼い手で縋り付いた光景が瞼の裏に焼き付いて離れない。真実を言えば、もう少し長く見ていたいと思っていた。

だが、願ったところで、今の多摩には不可能であり、そんなものに意味を見いだすことはできなかったのだ。

だから多摩が宮殿に住めば嬉しいと答えた美濃に、その方法を考えると言ったのだ。

「なぁ…変だぞ。こんなのまるで監禁だ。自分たちに都合の良い時だけ多摩を利用してるみたいだ」

「……そうか…」

考えたことはなかったが、そうかもしれないと思う。

「そうか、じゃないだろ!? もっと楽しく生きようぜ!? 外はもっともっと楽しいんだっ、俺がたくさん教えてやるっっ」

外は楽しい？ よくわからない。

少なくとも宮殿での生活は里より遥かに解放感に満ちていた気がするが……

「決めごとを破ると罰が下る」

「はぁ!?」

「一度だけ…破ってもいないのに身体に覚えさせるためだと言ってやられたことがある。アレはもう二度と経験したくないと思った」

「……なに、ソレ？」

多摩が嫌がる程の罰…。一体何をされたんだと、乾はゴクリと唾《つば》を飲み込んだ。

「俺のココとココは生後すぐに奪われているのだ」

そう言って頭と胸を指差す。わけがわからなくて黙っていると、多摩は不敵に笑った。

「心臓と脳だ。どちらも無くては生きられないが、どちらも俺の中には無い」

「…？」

「つまり、殺すのとは違う目的で誰かが何らかの方法を用いて、その部分だけを俺から奪ったということだ。どこかに保管してあるらしいが、俺にはわからない。決めごとを破ると罰として心臓を痛めつけられる。一度やられた時は限界まで心臓を強く握られた。激しい苦痛が伴い息ができず、冷たい汗が身体から吹き出したのをよく憶えている。三日ほど身動き一つとれなかったが、脳への罰が無い分手加減したのだろう」

無表情のまま淡々と語られる内容に乾は顔を顰《しか》めた。何となく、多摩がどうしてこんな性格なのか理解できた気がする。

きっと、この館と食事以外、多摩に与えられるものは何一つ無いのだ。それに対して悲観したり怒りを覚えたりしないのは、何も知らないからだ。欲しいと思うなら何であろうと自分のものにすればいいと言った彼に欲しいものが無いのは、世の中を何も知らないからなのだ。望めば何でも我がものにできる可能性を秘めているのに。

　正義を主張するつもりは更々無いが、あまりに卑劣《ひれつ》なやり方に反吐《へど》が出る思いがした。

「つまりさ、神子って多摩しかいないってことか？　だから神託で莫大な報酬が得られる多摩を手放したくなくて、そんなもんを人質みたいにしてるってことなんだな？」

「……いや、神子は俺を入れて三人だと聞いたことがある。後は知らない、興味もない」

「ああそうだったな。多摩は何も知らないんだよ、赤ん坊みたいにさ。それって興味が無いんじゃなくて無知なだけだ」

「なんだそれは」

「こんな真っ白い部屋で、違和感無く過ごせちゃうくらい何にも知らないんだよ」

「白い部屋が何だというのだ？」

「だからっ、世の中ってのはもっとずっと色に溢れてるって言ってるんだ!!」

　全くもってらしくない台詞で自分でも恥ずかしいことを言っている自覚はあるが、乾が興味を持った多摩はこんな檻に閉じ込められて良い存在ではなく、ましてこんな姿を見たかったわけでも知りたかったわけでもなかった。

「……何にしても、その奪われたものとやらを取り戻さない限り駄目か。どこにあるのか多摩は知らないんだもんな」

「ああ」

「じゃあ、俺が見つける。必ず持ってくる。多摩は多くを知るべきだ。誰のためでもない、多摩は多摩のために存在しているんだ。俺はそのためにどんなことだってする」

「……何故だ？　俺自身がどうとも思わぬのに、何故乾が動こうとする？」

多摩の疑問は尤《もっと》もだった。今まで何の抵抗もなく生きてきたのに、どうして乾がこれ程必死にそれらを否定するのかわからない。色が溢れている世界とは何なのか、それがどのように良いものなのか、何もかもが理解不能だった。

「…たぶん、見てみたいんだ。多摩が自由になって自分の意志で世界を見て、欲しいものを見つけた時、それをどうやって手に入れるのか。…俺はその全てを見たいんだ」

「…変な奴だな。欲しいものがあったら俺は必ず手に入れる」

「だからそのためには多摩が自由じゃなくちゃいけない」

多摩は『俺は自由ではないのか？』と僅かな疑問を抱いたが、自由が何であるかがわからず口に出すことはなかった。ただ、欲しいものを手に入れるために掟を破る必要があるなら乾の申し出は都合が良いと思う。またあの苦しみを味わうのは御免被りたい。

多摩は少し考えを巡らせていたが、とりあえず乾の好きにさせようと考え、扉の鍵を開けた。

「その扉、今後は乾の意思で開くようにしてやる。好きな時に出入りすればいい」

「ああ！　時間はかかるかもしれないけどさぁ、楽しみに待ってろよ〜っ♪」

乾は顔を輝かせ、ウィンクをしてからスキップをする勢いで早速館から飛び出していった。姿が見えなくなるまでその場に佇んでいた多摩だったが、扉を閉め、また奥の部屋へと戻っていく。

そして、多摩はふと、ここが白いのは何故だろうと、生まれて初めて疑問に思ったのだった。

夕刻すぎ、乾が里の探索から戻り、旅の疲れもあって瞼が落ちかけていた頃、静寂を破るかのようにいきなり館の鍵が開けられ、数人の男女が勝手に押し入ってきた。

目の前にずらりと並ぶ四人の女。

皆、目を見張る程の美女だった。果たしてこれが意味するものは何なのか、乾は小さく首を唸りながら横目で多摩を見るが相変わらずの無表情だ。

「この娘たちは神子様への献上物でございます」

前触れも無く女たちを従えて入ってきた小太りの男が口を開く。

「…どの娘も神子様に忠実であることを誓います。どうか、この先も我らに豊かな未来をお与えくださいませ……」

「お、おい」

男は一冊の書物を多摩に差し出すと、乾の言葉に応えることなく物々しく頭を下げて、静かに館から出て行った。何が起こっているのかわけがわからない。

多摩は男が手渡した書物をぱらぱらと捲《めく》っている。時折眉を寄せるその姿を疑問に思い、乾は傍に寄り、その書物を覗き込んだ。

「……え？　あ〜、もしかして、そういうこと…」

「何だ」

「アレだろ、つまり、これを読んで実践しろって言ってんじゃないのか？」

書物には男女の交わりの図が事細かに描かれており、性の知識が無い多摩に与えられた説明書だろうと乾はすぐにピンときた。この手の理解力には自信がある。

つまり目の前の女たちは、多摩に囲われるためにやってきたのだ。献上物とされた女たちをどのように扱えば良いかはこの書の中に全て記されているから、後はこれの通りにすればいいということだろう。

しかも、最後のページはこうだ。

『偉大なる神子の流れを絶やさんことを――』

乾は何となくこの場所の仕組みがわかったような気がした。こうやって代々、神子が神子を作ってきたのだろう。

若い女たちの姿が無かったのも決められた女以外に手を出されるのを避けるために違いない。昼間乾が里の散策に出た時は若い女も多少は見かけていたのだ。

だが、突然やってきた乾をこの館から出すこともせず、このしきたりを実行に移したのは何故か。大勢に影響は無いと思ったか、それとも単に変更が赦されないだけか、どちらにしても今考えて出る答えではなかった。

「多摩、俺と初めて会った夜憶えてるだろ？」

「ああ」

「俺がヤッてたことを彼女たちとってわけ。俺が多摩くらいの時はとっくに経験済みだったしいいんじゃないか？」

多摩は、乾と女が激しくもつれ合っていた姿を思い出したのか、不快そうに眉を寄せる。

「あの行為の意味するところは何だ？」

「え～？　愛を確認する、とか…欲望を満たすとか、本来は子作りのためだけどな♪」

「……愛…欲望…子…」

「まぁ、深く考えないで。気持ちイイからいいんじゃない？」

「…気持ちいい？　あの行為がか？」

疑惑の目で多摩が問いかける。

「そうそうっ、だから男は女が欲しいって思うんだよ。多摩だって同じさ」

更に懐疑的な視線を向けられ、乾は吹き出した。

「ヤッてみればわかるって。まあ、いやでもヤらざるを得ないんだろうけど？　これからはコレも多摩の役目みたいだしな、次なる神子を作ってくださいってさ」

多摩は眉を顰めたまま、目の前に並ぶ四人の女たちを見つめる。女たちは憧れ続けた神子を目の前にして、皆一様に頬を染めて恥じらった。後方からその様子を見ていた乾は面白そうに笑う。女たちが頬を染めるのもわかる気がすると思ったのだ。

大人びて整った面立ちは決して優しいものではなくむしろ冷たい印象を与えるが、誰よりも紅く輝く瞳は思わず魅入ってしまうものだ。ほとんど外に出ないその肌は真っ白で、しかも彼が着るものも白ばかり。何となく、触れると溶けてしまう雪の結晶をイメージさせた。背は乾よりまだ低いものの、年頃の少年よりかなり長身で、これからもっと伸びるだろう。

つまり、滅多にお目にかかれないような美少年であることに加えて神子という地位、この里に限らずとも女たちが欲しがるに違いない。

「……このようなもの…」

多摩は忌々しそうにその書物を床へ投げ捨てた。

——次なる神子を産ませるために？　これが…神子の役目だというのか？

目の前の女たちと絡み合うなど想像するだけでおぞましく、たとえ女と触れ合ったことがなくとも、どうして男が女を欲しいと思えるのか多摩には理解できなかった。

しかし、そこで多摩はハッとする。

……触れ合ったことがない？

違う。ならば、美濃はどう説明する？

神託のためとは言え、あれほど傍にいて同じベッドで寝て、抱きつかれるのは最後の方では日常茶飯事だったではないか。初めて会った日は、なかなか寝付けない様子の美濃に口移しで術を吹き込んでやり、自らあの子に触れたのだ。

不快ではなかった。行かないでと泣く美濃を抱きしめ、あまりの柔らかさに驚いた。

自分とは違う生き物なのだと思って、壊れないように力を緩めたが、気を抜くと力が入って壊してしまうのではないかと柄にもなく気を遣った。

そして、あの子を…美濃が欲しいと思ったのだ。身体を繋げたいかと問われてもよくわからないが、確かにあの時美濃を切望した自分がいた。

そうだ、俺はこれからどうやって都に戻るか考えなければならない。そもそも、この者たちを相手にする道理がどこにある？　これさえも神子の責務というのか？　拒絶すればあの時のように罰が下ると？

……ああ、そうか。乾が言っていたのはこういうことか。

確かに俺は自由ではないのかもしれない。

「お、おい？　どうした？」

黙り込んだまま動かない多摩を覗き込むようにして乾が話しかける。女たちも、自分たちが気に入らなかったのだろうかと不安の眼差しを向けていた。

多摩は自分を見る乾の顔を意味ありげに一瞬だけ見返したが、すぐに女たちに向き直ると、感情の乏しい抑揚の無い口調で彼女たちに初めて話しかけた。

「おまえたちが俺に忠実であることを誓うというなら、それを今から証明してみせよ。後から申し立てるような真似は赦さぬ。異存のある者は今すぐこの場から立ち去るがよい、別に咎《とが》めはせぬ」

よく通る静かな声が館に響く。皆多摩に向けた視線を外そうともせず、いつまで経っても女たちが動く気配はなかった。

多摩は喉の奥で嗤《わら》い、愉しそうに目を細める。

「そうか…皆忠実に尽くすか。ならば…まず、そこにいる乾と交わってみよ」

簡単に、何でもないことのように多摩は言う。だが、これには女たちだけでなく乾も虚《きょ》を突かれた。咄嗟に理解した者は、この場で誰一人いなかっただろう。

「一番右の女、おまえからだ」

納得する間もなくこっちへ来いと顎で指図される。今のは聞き間違いに違いないと思っているのか、女は多摩に近寄りながら訴えるような眼差しを向けている。だが、そこにあるのは感情の見えない冷淡な瞳だけだった。

「…多摩様…っ、こんな、の……嘘です」

「…嘘？　…不思議なことを言う女だ。俺に何を期待する？　例えばあの書物に描かれたことを？　……くっ、今初めて見るおまえたちと何故俺が交わらねばならぬのだ？」

「…そん、…な…っ」

「誓ったばかりだろう？　口先だけでなく行動で示してみよ。乾…連れて行け」

「いや、あの…多摩…これはまずいんじゃ」

「乾、おまえはあの行為が好きなのだろう？　複数の女と快楽を貪《むさぼ》り合えばいい。先程も女女と喚いていたではないか」

「…ま、まぁ」

「御託《ごたく》は要らぬ。これは命令だ。俺のために動かぬと言うなら今すぐここから立ち去れ」

どうやら聞く耳は持たないらしい。流石《さすが》にこれだけの美女を前にして多摩が拒絶するとは乾も思わなかった。女を知らないとはいえ、これは明らかに行為自体を嫌悪している。

「……、……了解」

流石に今ことを起こすのは危険だ。放っておけば何をするかわからない多摩の目を見て、乾はこうなったら流れに身を任せるしか無いと、多摩の意思に沿う道を選択した。

そして、多少同情の目を向けながら女の肩を抱いて歩くように促す。女はガクガクと震えるだけで多摩から視線を逸らせないでいたが、そこにはやはり自分たちの一切を拒絶した冷酷で美しい真紅の瞳があるだけで、突きつけられる現実はあまりに無情だった。


——多摩はその夜、一晩中月を見ていた。

その顔はどこか穏やかで口元が僅かにほころんでいる。

隣の部屋での出来事などとうに忘れていた。

美濃は、もう寝ているのだろうな……

最後に泣きはらした彼女の顔が脳裏に焼き付いて忘れられない。

思い出すのは美濃のことばかり。他のことなどどうでも良かった。

❀ ❀ ❀

女たちが献上された翌日から、館の鍵は常に開けられた状態になり、力を使わずとも多摩は自由に外へ出られるようになった。かといって彼の行動範囲が劇的に広がったかと言えばそうでもなく、彼は毎日里の入り口付近に立ち、山向こうを静かに眺めているだけだった。その意味を知る者など誰一人としておらず、特にかわり映えのしない日々だけがただ流れていた。

「いつも同じ場所に立ってるのは何か意味があるのか？」

多摩がいつものように里の入り口付近に立っていると、大きな欠伸《あくび》をしながら乾がやってくる。どうせまた朝方まで女たちと過ごしていたのだろう。

「……意味など…」

「それにしちゃ毎日じゃん？　俺はてっきり脱出のための策でも練《ね》ってるのかと」

「いつまで経っても持ってくると言ったものを持ってこないのはどこの誰だ？」

多摩は呆れたように乾に視線を向ける。そもそも奪われた心臓と脳を取り戻さなければ、脱出などできるはずがない。

「…うっ、ソレを言われるとなぁ…っ。なぁ、どんなに小さなことでもいいから里のことで知ってること教えてくれない？　とにかく情報がなさすぎなんだよな～、よそ者に対して警戒心が強いのか壁が厚くってさ、普通は里の長《おさ》みたいなのがいるんだろうけど、ここにはそういう奴もいないみたいで、指揮系統がどうなってんだかさっぱりわからないんだ」

困り顔で頭をかく乾を見て、多摩はここに来てからの彼の行動を思い返した。

確かに乾は何もしていないわけではない。前に進まない現状を打開するため里中を駆け回り、しかしその度に収穫なく不貞腐《ふてくさ》れた顔で戻る姿を何度も見ており、女たちとの遊びだけに興じているわけではないことはわかっている。その女たちに至っても核心に触れることは知らないらしく、手詰まり感は日々募るばかりだった。

そのうえ、外を歩くと監視される視線に晒されるらしく、何度かぼやいていたこともあったが、それは多摩が自由に館の外に出るようになってから感じる視線と恐らくは同じ類《たぐ》いのもので、監視の目が乾だけに向いているわけでは無いとわかった。

多摩はしばし空を見上げ乾の質問に考えを巡らせたが、すぐにそれが無意味だったと思い至り己を嗤った。

「…生まれてすぐに今の館に連れてこられたのだ、俺が知っていることなどあるわけがない。大体これまで関心も無かった」

「……う〜ん……両親はどうしてるんだ？」

「両親？　そんなものは見たこともない」

わかっているのはずっと一人だったということ。誰から生まれたかなど考えたこともなかった。

「おいおい、…いくらなんでもそりゃあ酷すぎないか？」

「別にどうとも思わぬが、何か問題があるのか？」

乾の意図がわからず視線を向けると、彼は諦めたように溜息を吐き、『今更家族っていう概念を説明してもな…』と小さく呟いた。

しかし、そこで乾は何かを思いついたのか、突然『あっ！』と小さく叫んで顔を引きつらせると、狼狽した様子で再び口を開く。

「あのさ…。…今更すぎる話なんだけど、たぶん多摩の父親も神子だよ…な？」

「…？」

「だって神子が神子を作るってことはそういうことだろ。じゃなきゃ、今俺が相手にしてる女たちは何なんだって話になる。そのうえで考えると、確か現存する神子は多摩を含めて三人って言ってたよな。てことは、残る二人の内の一人が父親ってことも考えられる」

父親が神子だというなら、もしかしたら探しているものに誰よりも近い存在かもしれない。むしろそこから指示されている可能性も…、乾は独り言のようにぶつぶつ言っている。

「他の神子が…」

低い声で多摩が呟く。こんなことは彼には全く思いつかない話だった。

言われてみればその通り。なるほど確かに自分は無知だ、何も知らない、だから何も思いつかない。この状態を都合よく思う者がいたとしても見えるはずもない。

――だが、俺はもう自分が不自由だと気づいてしまった。

多摩は山の向こうへと意識を傾ける。日々里の入り口に足を運ぶのは、山の向こうに都があるからだった。遥か彼方に存在する、美濃の住む宮殿が。

彼女の傍で生きるための扉が、目の前で大きな音を立てて開いたような気がした。

「ならば、やるべきことはたった一つだ」

「…あぁ、そうだな。まずは他の神子の屋敷を探し出して…」

「いや、必要ない」

「は？　必要ないって…それじゃ前に進まないじゃん」

苦笑する乾を視界の端に捉えながら、多摩は自分が生まれた里を無表情に眺め、僅かに目を細めて歩き出した。

「行くぞ」

「えっ、どこに!?」

驚く乾に多摩は何の迷いもなく答えた。

「俺は神子を一人知っている。その男の気配を辿っていく」

「何だって!?」

「驚くことか？　俺は知らないとは言っていない」

「……あ？」

乾は混乱しているのか、眉を顰めながら視線を宙に彷徨《さまよ》わせて考えを巡らせているようだ。

だが、多摩にしてみれば答えを偽った憶えは一度もない。もっとも、他の神子の情報を求められたところで、これまでの多摩がどこまで言葉にしたかは彼自身わからないのだが。

「だけど、今の時点で多摩が直接行くのは危険すぎないか？」

難しい顔をして考え込む乾を横目に、多摩は浅く嗤った。

確かにこれはまだ仮定の話だ。全てが曖昧なまま動こうとしている。

だとしても、多摩が動くことで、この不鮮明な状況に何らかの答えが出されるのは確実であり、躊躇する必要性は全く感じない。そもそも、一刻も早く取り戻したいと思っているのは、今や乾ではなく多摩自身であり、他人任せにして待つのはもう飽き飽きしていた。

「時機など関係ない。可能性があるなら動くまで。俺のものだ、俺が手に入れなくてどうする」

「…っ！」

「ついてこい」

そう言うと、乾は目を見開き息をのんだようだった。もはや時間を置くという気持ちが多摩に無いことが、彼にもわかったのだろう。

「…あぁ、…勿論ついていくよ」

乾は納得したように頷き、前を行く多摩の後ろをついていく。それを目の端で捉えながら、多摩は吹き抜ける風を心地よく感じていた。

早朝だからか、里の者はまばらにしか見かけないが、多摩を見た途端、彼らは一様に慌てて頭を下げている。二人が向かう方向を訝しげに眉を寄せる者の姿も目立ち、このことが里中に知れ渡るのも時間の問題だろうと多摩にもわかった。

「乾、一つ言っておく」

ふと、多摩が思い出したように口を開いた。

「あぁ、なんだ？」

「俺には欲しいものがある。できた、と言うべきか」

うわけだ。奪われたものを取り戻さなければ俺はここから動けない。これが自由ではないということなのだろう？」

「それを手に入れるには里を出る必要がある。つまり、何もかもおまえの言う通りだったとい

「…そう、そうだよっ」

多摩の台詞に乾は何度も頷いた。

「知りもしない女を抱いて子を成すことが神子の役目ならば、俺は神子をやめる。もう誰の神託もやらぬ」

「それが…多摩の意思なんだな」

「意思…あぁ、そうだ」

「ならばそれを貫けばいい。取り戻せば全部多摩の思い通りだ！」

「あぁ」

乾の言葉に多摩は素直に頷く。

目の前にはもう、何の障害も無いようにその時の多摩は思っていた。

里の奥へと進み、二人はある館の前で静かに立ち止まった。他の建物より少し大きめの、それ以外は他と変わらない館だ。ここがもう一つの神子の館だなどと、今更説明されるまでもな

く乾は何も言わずただ頷く。

多摩の瞳がより一層紅く瞬き、口の中で何かを呟いた瞬間扉が勢い良く開いた。そのままゆっくりと前へ進み、中へ足を踏み入れ、すぐ後に乾も続く。

家の中は別段白いわけでもなく、むしろ何もない殺風景さは空き家のようだった。

だが、ぐるりと見回したところで、二階へと続く螺旋階段に人影が見えて、この家に誰かが住んでいることを知る。

「勝手に入ってくるなんて随分礼儀知らずだ」

低い声が上から降ってくる。館の中が薄暗いので顔がよく見えないが、白い着物に長い黒髪の男であるとわかった。白を纏っていることから神子に違いないだろう。

その者はゆっくりと階段を降り、二人の前で立ち止まると呆れたように笑みを零した。

「久しぶりだね、多摩」

そう言って多摩を見下ろすその人物に、乾は驚き目を見張った。この里に来て初めて〝多摩みたいなヤツ〟と言える人物に出会ったからだ。

それだけではない。顔形や骨格、雰囲気がとてもよく似ていて、説明されるまでもなく彼と多摩が血縁関係にあることはすぐにわかった。加えて乾はこの男を見たことがある気がして、それがいつのことだったかとぐるぐると考えを巡らせ、やがてハッとした。

「……そぅ…か、宮殿に多摩がやってきた時付き添っていた……あの男か…」

男性だったため、興味が失せ瞬時に記憶の隅に追いやっていたが、あの時も似ていると思ったのだ。そういえば、あの時誰かがこの男も神子だと言っていたような気がする。

「これは中将、今日はどのようなご用件で？」

笑みを浮かべ、乾に向かって男が話しかける。突然の礼儀知らずな訪問に対して、全く動揺していないどころか乾を階級で呼ぶ余裕まであるらしい。

乾はクッと奥歯で笑いをかみ殺し、男に目を向けた。

「探しモノがここにあるって聞いてね」

「ご覧の通りここには無駄なものが何一つ無い。そう値打ちのある物は無いはずだが？」

「ところが結構なモノがあるらしいんだよ。多摩が生後すぐになくしたらしいんだ」

その言葉に男は口を閉ざし、場に絶対零度の冷たい空気が流れた。

そして、そんな二人のやりとりに加わる気のない多摩の意識は、先程からある一点に向かっていた。

男の胸元に光る首飾り。多摩は何故かそこから目が逸らせない。

数珠《じゅず》繋ぎになっている紫水晶の首飾りの先端には、一際大きな真紅の宝玉が輝きを放っている。それは宝玉にしてはどこか有機的に思え、多摩が食い入るように見ていると、紅い輝きが断続的に揺らめき、このまま脈動が聞こえてきそうな律動《りつどう》を刻んだ。その瞬間、多摩の瞳が宝玉に呼応するように血色に瞬き、ためらいなく首飾りに手を伸ばす。

「志摩《しま》、オマエの水晶が狙われてるよ」

突然上から降ってきた声に、多摩の手が止まる。同時にその場にいた全ての者の視線が、声がした方へと注がれた。

階上には、またしても白い着物を着た黒い長髪の男が立っていた。

「伊勢《いせ》…何故出てきた…」

目の前の男が階上の男に対して咎めるように言い放った。

「だって志摩、オマエ隙だらけだよ?」

ニッと不敵に笑い、伊勢と呼ばれた男は手すりに手をかけ、勢いをつけて下まで一気に飛び降りた。そして、階下の、志摩という名の男の隣に悠然と立つ。

白い着物、長髪の黒髪、体格、容姿、何もかもが酷似している。

「双子の神子だったのか」

乾は驚きのあまり声に出して呟いていた。

二人とも多摩と面差しが似ていて、このどちらかが父親に違いないと確信した。

「ダメじゃん、多摩に狙われてたよ?」

「…そんなことは知っていた」

「そ〜なの?」

あはは、と無邪気に笑うのは伊勢。どうやら感情が表に出る性格のようだった。対して志摩は冷めた雰囲気であまり感情を表に出さないらしい。

多摩はそんな彼らを気にする様子もなく、今度は伊勢の胸元に視線を這わせていた。そこには志摩と同じような数珠繋ぎの紫水晶の首飾りがある。先端には大きく輝く紅い円形の宝玉がつけられていた。

「多摩って礼儀がなってないよなぁ、ぼくたちを見ても挨拶一つないんだもん」

「仕方ないだろう、躾けられてないんだ」

「そりゃそうか。しっかし一人でも見事に育つもんだよな、後何年かすればぼくらの身長超えちゃうんじゃない？　この顔も…出来すぎだよね」

伊勢は無遠慮に多摩の顎に手をやり、その手で滑らかな頬を撫でた。志摩も同様に多摩に近寄り、反対の頬を撫で、顔を覗き込み僅かに笑みを零す。

しかし、多摩には男たちの言葉も動きも目に入っていなかった。取り憑かれたように二人の首飾りに釘付けになり、遂には手を伸ばして柔らかく握り締めた。

あたたかい、息づいている。

とくん、とくん。

聞こえる。俺の鼓動だ。

欲しい　欲しい　これは俺の……

これは自分のものだと彼の全てが悲鳴をあげている。とても冷静になれるような心理状態ではなかった。

「手癖の悪い子だなぁ、ぼくたちの首飾り盗《と》ろうとしてるよ。どうする、志摩？」

「…人の物を盗ってはいけないと教えないと」

志摩と伊勢がニヤリと笑う。

――なんだ？

目の前で突然繰り広げられた抱擁に面食らっていた乾だったが、双子の笑みに不気味なものを感じ、咄嗟に彼らから多摩を引き離そうと肩に手をかける。

だが、乾の行動を予測していたかのような彼らの動きは、それよりも数瞬早かった。

多摩が握り締める二つの紅い珠。彼らは、その手をそれぞれが上から握り締め、思い切り力を込めた。

「――――っ…っっ!!」

紅い珠がミシミシと音を立て軋《きし》むと同時に、多摩の眼が見開かれた。

顔面が蒼白《そうはく》になり、唇がブルブルと震え出す。

「悪いことしたら罰が下るんだよ」

わかった？　と伊勢は相変わらず無邪気に笑った。

「――かは…っ」

笑う伊勢の顔に、多摩の吐き出した血飛沫《ちしぶき》がかかる。

「多摩…もっと利口にならないと」

そう言って志摩は握り締める手に更に力を込める。多摩の唇からおびただしい量の血液がゴボゴボと吐き出された。

伊勢も志摩に続いて更に力を込める。すると今度は、多摩の目から涙のように血が溢れ、そして鼻からも耳からも、ボタボタと流れては白い着物を赤く染めた。

——コイツら…多摩を殺す気か……っ!?

思った瞬間、乾は腰元の剣を抜き取っていた。殺気を感じた双子の意識がここでようやく乾へと向けられる。

しかし、どう見ても使い物にならないであろう、所々錆《さ》びついた剣を握り締める姿に、二人は顔を見合わせて失笑した。

「ソレってなに？　ぼくたちを笑わそうとしてんの？」

伊勢の馬鹿にした笑いを無視し、乾はうっすらと笑う。

「確かに手入れはしてないけどな、俺にはよく切れる剣なんて要らないんだよ」

ニィ、と口端をつり上げ、剣を大きく振り上げる。

すると、錆びた剣が、僅かに唸り声のようなものを発した。

「あんたたちこそ、人の物盗っちゃダメだろ！」

勢い良く振り下ろした剣先から発せられた爆音と共に、抉るような衝撃波が双子を襲う。吹き飛んだ身体が壁を突き破り、屋敷全体が激しく揺れた。

だが、それに対して一番慌てたのは攻撃した乾自身だった。

「ゲッ、何で多摩まで吹っ飛ぶんだよっ、ヤバッ、俺当てちゃったのかぁ!?」

乾は瓦礫《がれき》となった壁を越え、数十メートル先まで吹き飛ばされた三人のもとまで駆け寄り、グッタリと横たわる多摩を抱き上げた。

本来この剣から発する力は、もっと大規模なものを破壊するために使うものだ。彼に生まれつき備わるこの力は、内在する自身のエネルギーを放出することで爆発的な力を生み出す。ただし、何かを手にした状態でなければ力が放出されないため、こうして剣を持つ必要があった。つまり、そのような性質の力のため、多摩には当たらないように注意を払っていても、巧く調節出来たかと聞かれればハッキリ言って自信がなかった。

「おいっ、多摩!!」

乾は多摩を抱え、冷や汗を垂らしながら立ち上がろうとするが、多摩自身がそれを許さなかった。手が双子の首飾りの紅い珠を握り締めたままで離れないのだ。

「…くそッ！」

乾は力任せに多摩を引き寄せた。すると、繋いでいた紐が千切れ、遂にはバラバラになり地面にこぼれ落ち、紅い珠だけが多摩の両の手の中に残った。

乾は血で染まる端正な顔を自分の袖で拭《ぬぐ》ってやるが、何度拭っても閉じた眼からは血の涙が溢れるばかりでぴくりとも動かない。しかし、手はしっかりと紅い珠を握り締めていて、乾はこの宝玉の正体をようやく理解した。

「俺が持ってきてやるって約束したのにこのザマか！　おいっ、多摩！　手に入ったんだ！　もうお前を縛るヤツはどこにもいないっ！　自由なんだぞっ!!」

叫び声だけが響き、何一つ反応しない多摩に苛つきさえ覚える。

「どういうことだよっ、手に入れるだけじゃダメなのかよっ!?」

乾は苛立つ心をそのままに、握り締めた多摩の両手を無理矢理こじ開ける。しかし、そこで目に飛び込んできたものを見て愕然とする。

紅い珠は双子の神子によって握りつぶされて粉々に砕け散っていた。多摩が血まみれになったのはこれが原因としか思えなかった。

「…っかやろぉっ!! 欲しいもんがあるって言ったじゃんっ、お前、まだ何も手に入れてないぞっ、これから始まるんじゃないかっ!!」

乾は幾度も多摩を揺さぶるが、華奢な身体は何の反応も示さない。そのことに恐怖を感じ、彼は突然、多摩の顎を摑んで口をこじ開けた。

「なんだよっ、ふざけんなっ! これで終わりなんて認めねぇぞっ! こんな…っ、こんな簡単に死ぬわけがないだろうが!!」

叫びながら紅い欠片《かけら》を多摩の口の中に次々放り込んでいく。動くことのない顎を上下させ、無理に咀嚼《そしゃく》させてから指を突っ込み、喉の奥までぐいぐいと押し入れる。

どうしたらいいのかわからなかった。これは多摩のものだから、彼に還《かえ》さなくてはいけないからと、何かに急かされるように乾はその作業を続けた。

「…ぅわ…っ!?」

その時、乾の身体が突然宙に浮き、後方に引っ張られて勢い良く倒れ込む。

あまりにいきなりのことで受け身もほとんどとれず、背中を強打し激しく咽《む》せる。その横で彼を見下ろす双子の姿が眼に入った。

「…ゲホゲホッ…ッ、ってぇ…っ」

彼らの存在をすっかり忘れていたと舌打ちする一方、腕の中から多摩が消えていることに気づく。焦って目だけで辺りを見回すと、足下に血にまみれた白い装束を確認してほんの少しだけ息をついた。

「コイツ結構強いんじゃない？　見ろよ志摩、ぼくの肩から血が出てる」

「彼は中将なんだよ」

「チュウジョウ…？　なんだよそれ」

「軍の階級のことだよ。将官クラスにしては珍しく自ら最前線に立って行動するとかで、彼と同じように前線に出る…巽だったかな？　二人は特殊な力を持っていて、彼らが通った後には何も残らないとかで守護神みたいに言われてるらしい」

志摩が土にまみれた着物を払いながら興味深げに言う。

立ち上がった乾は、ペッと唾を吐き捨て、もう一度剣を片手に構えた。

「…随分イイ評価でむず痒くなるけど、ソレってちょっと事実と違うかな。俺は細かいことは嫌いだから、何も考えずに街ごとぶっ飛ばせればそれで満足なんだ。それに巽は俺とは違って破壊はしないんだよ。スッゲェえげつない力を使うけどな」

クックッと戦闘時の巽を思い出して笑う。

普段紳士なくせして、ある意味最悪なのはアッチの方じゃないかと思いながら。

「ところで一つ聞きたいんだけど」

「なにかな」

「どっちが多摩の父親？」

もうこの際どっちでもよかったが、特に父親の方は跡形もなく消し去ってやろうと思った。

「あっははははっ!!」

伊勢が突然笑い出す。

「何が可笑しい？」

「だって変なこと聞くんだもん！　あははっ、変なヤツ――ッ！」

「…？」

「どっちって言われても、ねぇ、志摩？」

「そうだな」

「ああ、だけど君も多摩の母親には会ったことあるんじゃない？　多摩が神託から帰ると出迎える役目を与えてるからさ。本当はあの女、多摩には会いたくも無いだろうけど！」

「…なんだって？」

「わかんない？　ホラ、あのしわくちゃババアだよ！　昔はスッゴイ美人だったのに、多摩生んだ途端ミイラみたいになっちゃって。百年の恋も冷めるよね。まぁ誰も恋なんてしちゃいないけど！」

爆笑する伊勢に、頷いて失笑する志摩。その様子に乾は不愉快になり、眉を顰める。

「安芸《あき》はさぁ、…あ、あのババアのことだよ？　元々志摩に捧げられた女の一人だったんだ。けど、はっきり言って捧げるとか言われてもぼくたちにとっては大きな迷惑だったんだよね。

どうして知りもしない女を抱かなきゃいけないわけ？　気持ち悪い」

「まったくだ」

「だから放っておいたんだけどさぁ、みんな必死なわけ。何たって子供を作らないと役目が果たせないからね。…ところが、安芸は他の女とは違って志摩に寄ってかないんだ。ソレに気づいたぼくが安芸に問いただしたら、好きな男がいるって泣くんだよ。可笑しくってさぁ！　可笑しくない？　神子への献上物のくせに志摩に自分を捧げられないんだよ!?」

　乾は、つい先日多摩に捧げられた女たちを思い出し、皆従順ではあったが中にはそういう女がいたとしても不思議ではないと思った。想う男がいても神子の子を産まなければならないと言い渡されればそれに従うしかない。ここはそういう場所なのだろうから。

「で、ぼくも志摩も興味持っちゃって。…安芸の怯える顔、堪んなかったよね」

「ああ」

　意味ありげに双子は笑う。とてつもなく最悪な予感がしてきた。

「二人で散々犯してやったからさぁ、どっちが父親かわかんないんだよ」

　敢《あ》えて言うならどっちも父親だけどね、そう言って笑う姿に眉を顰める。

「だけど生まれてきたと思ったら母親はミイラみたいになるし、里を囲むように黒い雲がわき上がって消えなくなったりで。能力だけは馬鹿みたいにあるくせに不吉きわまりないったら。ぼくらのやること増えちゃって最悪だよ」

「おかげで俺たちの力で多摩の身体から心臓と脳を取り出して二人で管理する羽目になった。

仕方ないから首飾りにできるように形を変えて、こうして身につけている」

「神子も楽じゃないよな」

——コイツらは何を言ってるんだ？

乾は二人を睨み、奥歯を噛み締めた。

「…まさかとは思うけど…多摩を真っ白な館に閉じ込めたり、まともな知識を与えなかったり、女たちを献上物にしたり…そういうことを里の連中に命令したのは…」

「ぼくたちに決まってるじゃん。放っておいて下手にコッチに飛び火したらどうするんだよ、余計な知恵なんてつけられたら面倒じゃないか。そんなの年長の神子の役目だろ？　ああそう、屋敷の中が白いのはさ、…なんだっけ、白には清らかで汚れの無い意味があるとか無いとかで。ま、そんなのどうでもいいよ。大体、閉じ込めるとかそんな権限が神子以外にあるわけがないだろ？　里の連中なんてぼくらがいないと生きていけない寄生虫《きせいちゅう》なんだから」

いともあっさりと伊勢は言う。

つい先程、彼らは捧げられるのは迷惑だと、知りもしない女を抱くのは気持ち悪いと言っていたばかりだ。まるで特別なのは自分たちだけで、多摩にその環境を強いるのはどうとも思っていないようだった。

結局のところ、多摩のこれまでの人生は、目の前の双子によってぞんざいに扱われるものに過ぎなかったということだ。当然ながら、彼らに従うだけの里の連中も大差はない。

「もー…わかったよ…、もういい。おまえら、みんな無くなっちゃえよ」

多摩にとって悪夢のようなこんな場所は全て消えてしまえばいい。乾はもう一度剣を振り上げた。

しかしその瞬間、笑う伊勢と志摩の目が紅く瞬き、乾の全身は金縛りに遭ったかのように、指一本動かすこともできなくなってしまった。

「あははっ…二度も食らうと思う？　ぼくたちは神子なんだよ」

「……っ？　…ぅ…っ」

「君は多摩を随分気に入ってるんだね。そうだ、多摩と同じにしてあげるよ。頭と胸から大事なもの奪って、ぐちゃぐちゃに握りつぶしてあげる」

「どのみち、お前は里のことを知りすぎた。生かして帰すつもりはなかった」

「…っ、く、ぅ…っ」

何が神子だ。清らかで汚れ無い姿を多摩には強要したくせに。

乾にはこの双子の神子こそが、悪の権化であるようにしか思えなかった。

くそっ…、こんな奴らに俺は殺《や》られるのかよ!?

悔しさで噛み締めた唇から血が流れる。神子たちの手が乾の頭と胸に伸ばされ、その部分が激しく熱を帯びていく。産まれたばかりの多摩もこうやって奪われたのかと思うと、何ともやるせなかった。

だが、不意に乾の後方でジャリ、と地面を踏みしめる音がした。同時に嘲るような掠れた声が微かに聞こえる。

「……クックック……ッ…、所詮《しょせん》、二人揃わねば何もできぬ小者だな…」

それは、まさしく多摩が横たわっていた場所からで、乾は身動きできない自分をもどかしく思いながら、目だけでも何とか姿を捉えられないかと意識を集中した。

どうやら眼球はまともに動くが、位置が悪すぎて確認することができない。ただ、目の前の双子の顔色は、信じられないものを見たかのように蒼白だった。

「何だその顔は？　まさか俺があれくらいのことで死ぬとでも思ったか？　王との謁見の間でおまえも認めていたではないか、俺は千年に一度現れるかどうかの神子なのだろう？」

やはり多摩だ。彼が生きていたことに、乾は心の底から歓喜して震えた。

「教えてやろう。支配とはどういうものか」

多摩の言葉を受けて双子の意識が乾から逸れ、拘束が僅かに緩む。

その機を逃がさず乾は剣を握る腕に集中し、全身の力を振り絞って今度こそ思い切り刀身を振り下ろした。

「…っ、志摩、っ!!　コイツ」

彼らが乾の変化に気づき、叫び声をあげるも、振り下ろす勢いは止まらない。

ドオォオオンと、先程より遥かに大きな衝撃と共に双子の身体が吹き飛ぶ。同時に乾のすぐ横を〝紅く光る何か〟が通過し、その異様な気配に寒気が走った。

「…なんだ？」

乾の放った力によって二人が吹き飛んだ場所は激しく破壊され、大きな土煙が起こり、どうなっているのか目で確認するのは難しい。

だが、そんなことよりも今横を通り過ぎた〝紅い光〟が気になって仕方がない。

ゴクリと唾を飲み込み後ろを振り返る。

「……っ、…多摩……っっ」

纏う白の着物を赤く染めて、幽鬼の如くゆらりと立つ華奢な姿。支配者の目が大きく開かれ嗤っていた。

「乾には良いものを見せてやろう」

多摩は口端をつり上げ、心底愉しそうに嗤いながら吹き飛ばされた双子へ近づいていく。

一体何を見せてくれるのかと後に続くと、酷い土煙がようやく収まり、埃っぽい空気が立ちこめる中、爆心地跡のようになっているその中心に双子が横たわっているのが目に入った。

二人にはそれぞれ紅黒い矢が胸に突き刺さっていた。それはあまりに寒気のする気配を放っていて、これが先程乾の横を通り過ぎた紅い光の正体だというのはすぐにわかった。

「この矢は俺に服従しない限り抜けない」

呻く双子を悠然と見下ろし、多摩は二人にとって最も屈辱的な方法でしか助かる道は無いと宣告する。

しかし、今まで誰にも支配されたことが無く、むしろその逆の立場として生きてきた者が簡単に服従などできるわけがない。激痛を伴いながらも決して従わない意思を眼に宿し、双子は多摩を睨みつけていた。

しかし、その反抗的な態度を目にしても、多摩はうっすらと冷笑を浮かべるだけだった。

「その痛みも増幅しながら永遠に続く。死ぬことが甘美な夢と思えてくるだろう」

「…っく、…多摩…ッ、このままには、しない…っ、ぼくたちは、…っ、多摩が本性を表したと判断…、した場合、お前を殺すことが許されてる……ぅ…っ」

「ほう…それは誰に？　里の皆に？　それともおまえたち自身に？　それがどうした。おまえたちの勝手な都合など知らぬ、俺は自分のものを取り返して自由になっただけだ」

「……はっ…自由…、そんなものは永遠にやってこない。国中でおまえを追い立て…血祭りにあげてやる…っ、神子にはそれくらいの権力が…」

「下らぬ妄想だな。良いか、おまえたちに与えられた余生は無間《むげん》地獄のみ…。それとも、絶対的な力の差を前にして現実から目を逸らすか？　…狂うほどの激痛を味わい尽くし、己の非力を悔いるがよい」

——きっと、二人にとっては、多摩が悪魔のように見えたに違いない。

嗤いながら去っていく多摩を押し寄せる絶望と共に見つめながら、崇《あが》められ讃《たた》えられるはずの双子の神子は、ただ恐怖と激痛に呻くことしかできないようだった。

そして、多摩と乾が来た道を戻ろうと歩き始めた時には、里の者が大勢出てきてこの状況を囲むように見ていたことを知った。彼らは目撃者となったのだ。

「乾、もう館には戻らない。このまま里を出る」

「…わかった」

頷き多摩の斜め後ろをついていく。

ふと、人ごみに紛れて、初日に自分たちを出迎えた老婆の姿が目に入った。

老婆は多摩の姿をひたすら目で追いかけていたが、乾の視線に気づくとハッとしたように息をのみ、所在無さげに俯くと人ごみに紛れて姿を消してしまった。

もしかして…あのばーさん…本当はこうなることを望んで――？

「…なぁ、多摩。事実を知ってどう感じた？」

反吐が出るほど最悪な事実だったが、父であろうと何のためらいもなく手にかけてしまう姿は、ある意味哀しくもあった。

「これ程気分の良い日は初めてだ」

多摩は嬉しそうに笑っていた。彼には血の繋がりが理解できないのだ。愛されないことがどんなことかもわからないのだ。

この里の全てがそうした。自分たちの都合だけを押しつけて何も与えなかった。

だからこれは、当然の代償なのだ。

人垣は決して二人を邪魔することなく、ただ怯えた顔で進む道を空けていく。二人が里の入り口に戻ったのは、それから半時も経たない頃のことだった。そこでも二人を遠巻きに見ている里の者たちが大勢いたが、多摩にとっては何もかもがどうでも良いことで、もはやこの場所に執着する理由など有りはしない。

「乾、さっきの力をもう一度使え」

「ん？」

「ここを、無くしてしまえ」

目撃者は一人残らず始末しなくてはならない。放っておけば、彼らは今日のことを国王ないしそれに近しい者に訴えに行くはずだ。つまり、あの神子たちが言っていた通り、国中をあげて多摩が追われる身となりかねないのは事実であり、ようやく本当の自由を手に入れたばかりだというのにすぐにそれを奪われては元も子もない。

乾は頷き、腰元にぶら下がっている剣を手に取った。

「あぁ、少し待て。その剣では力不足だ」

他に何も適当な武器を持っていないのにどうしろと言うのか。

そんな困惑をよそに、多摩は乾の持つ錆びついた剣を手に取ると、口の中で何かを小さく呟いた。途端、ボロボロと錆が剥がれていく。

そして、どう贔屓目《ひいきめ》に見ても単なるなまくらにしか見えなかったものが、見る見るうちに黒光りし、異様な迫力を身につけて、まるで生き物のような唸り声をあげた。

「…これは…」

「鞘《さや》はこれにしよう」

乾の驚きに耳を貸すことなく、多摩は傍に落ちていた石を拾い上げて息を吹きかける。すると紅い光が宿り、それをそのまま黒剣と化した乾の剣の切っ先へ押しつけると、刀身を包み込むように鞘へと変化を遂げ、どこからどう見ても価値ある一品となってしまった。

「おまえの持つ力を具現化しただけだ。前以上に役立つだろう」

「……すっげ…」

「それから…皆へは冥土《めいど》の土産に、これを…」

そう言うと多摩は両手を天にかざした。

途端に空が陰る。穏やかな入道雲を突き破り、突如発生した雷雲が唸り声をあげた。

あっという間に、里の周囲だけがどす黒い雲にすっぽりと覆われていた。それに比例するように、多摩の瞳はこれまでになく紅く輝いている。

——なんだ？

乾の頭に疑問が浮かんだその時、雷鳴が轟き、すぐ傍の大木に雷が直撃した。

この光景…どこかで…

そう思ったが、圧倒する迫力を前にした興奮から答えを導き出すことができない。

「乾…こんな里など、たったこれだけの時間で包囲できてしまう」

多摩は、ニィ…と、身震いするほど残酷な笑みを浮かべた。そして、天にかざしていた両手がゆっくりと振り下ろされる。

すると、いきなり激しい風が吹き荒れ、先程雷が直撃した大木が薙ぎ倒されて、空に向かって吹き飛ばされていった。これが単なる風ではないことは容易に想像できた。

「…まさか、竜巻？」

目の前では、猛烈な嵐の如く鳴り響く巨大な風の壁が、里全体を包み込んでいた。

「いや、これは台風のようなものだ。台風の目の中にある里は静かすぎて何が起こっているかわからないだろう。…後はおまえに任せる。先程の力を全力でぶつけても、目の前の壁はおまえの放ったものを内部へ受け入れるはずだ」

多摩の言うことは乾の理解を遙かに超えていて、すぐには反応できなかった。しかし、一つだけ、乾にもわかったことがある。

「何も考えずにこの剣を振り下ろせ、ってことでいいんだな？」

多摩は乾の問いに僅かに目を細め、口元に笑みを浮かべる。それが彼の返事だった。

「先に行っている」

そう言い残すと多摩は身を翻し、里から遠ざかっていく。この後に起こることには、もう何の興味も無いのだろう。

乾は少しの間、去っていく多摩の後ろ姿を見ていたが、やがて黒剣を抜き、異様なまでに唸るそれを大きく振り上げた。全身鳥肌が立ち、皮膚がビリビリと悲鳴をあげる。自分が考えていた以上の力を抑制することなく解放できるなど夢のようだ。

「多摩…っ、俺は今すっげぇ楽しいっ!!」

乾は少しの躊躇もなく黒剣を振り下ろす。破壊しつくすためだけに変化を遂げた妖剣から生まれた衝撃波は、全てを嘲笑うかのように凄まじいまでの爆音を奏でながら、目の前に立ちはだかる嵐の壁に突き進んでいく。

嵐の壁は柔軟に歪み、難なく剣の波動をその内部へ受け入れた。

乾は広がっていたはずの景色が呆気なく呑み込まれていく様子を数秒ほど目にしたが、歪みが消え、元の姿を取り戻した嵐の壁が障害となり、それ以上は見ることができなかった。

ただ、嘶《いなな》く轟音の中で、僅かに断末魔の音色を聞いた気がした。

そして突如、目の前の嵐の壁が一瞬のうちに消え去った。眼前に広がったのは、嘘のように何も存在しない大地だった。

乾は呆然と周囲を見渡す。里が存在していた場所だけが、ぽっかりと消失しているのだ。

「……すげぇ…っ」

全身が総毛立った。多摩に感じた底知れぬものの正体はこれだったのだ。乾はいてもたってもいられなくなり、一刻も早くこの歓喜を伝えたくて立ち去った多摩に追いつくべく、がむしゃらに走り出した。

だが、続く一本道の先に、ぽつんと何か…白い塊が目に入る。

白い…塊？

「……お…い…」

駆ける足がどこに向かっているのかよくわからなくなった。

「…っなんでだよ!?」

うつ伏せに倒れている白い塊…それは血にまみれた多摩の姿だった。

駆け寄り抱き起こした多摩の顔色は蒼白で、その肢体は人形のようにピクリとも動かない。

「…何でだよ…？　さっきまで…動いてただろ!?」

乾は叫ぶ。何が何だかわからない。自分が無茶苦茶に口の中へ放り込んだ宝玉の欠片たちが、多摩に奇跡を起こしたのだと、そう思っていた。これ程気分の良い日は初めてだと笑ったから、だからこの先も多摩を見続けることができるのだと信じて疑わなかった。

「…うそだ、うそだっ、こんなお前、…っ、俺は見たくない…っ！」

しかし、多摩の身体は既に冷たくなりかけていた。

「多摩……っ、多摩、多摩…っ、お前…なんだよ…っ、これからじゃないか…っ、なぁ、何が欲しかったんだ？　言ってみろよ、俺が代わりに手に入れるから……っ、多摩、多摩…っ、返事…しろよぉ…!!　うわあぁあああっ…っ」

細く折れそうな身体を抱きしめ、乾はただ声をあげてむせび泣く。

だが、どんなに泣き叫んでも多摩が動くことはなく、望んだ答えが返ってくることもなかった。

「…多摩……、お前、何だよ。そんな顔して……楽しかったのかよ？」

乾は夜明け頃までその場を動かなかったが、やがて穏やかに目を閉じたままの多摩に小さく声をかけてふらふらと立ち上がり、それきり消息を絶った。

神子の里壊滅の報はそれから半年後、神託の依頼にやってきた貴族の使いにより発覚し、王に話が伝わることとなったが、真相を知る者を探そうにも、里には誰一人として生き残った者は存在しなかったのである——

第三章

神子の里の一件が人々の話題にものぼらないほど風化し、更に数年がすぎた。

神子の里が消滅し神子までもが永遠に失われたことで、当時、国全体が大きな衝撃を受けた。しかし、亡き者を生き返らせることなどできるはずもなく、目撃者すらいないこの事件は、いつしか過去の出来事として、わだかまりを抱えながらも、人々の心の中で少しずつ受け止められるようになっていた。

ただ一人、乾の親友であった巽を除いては。

彼は他の誰よりも、乾と共にあった。乾がどのような能力者でどのようにその力を駆使《くし》するのか、厭《いや》と言うほどこの目で見てきたのだ。

神子の里の消滅、あれは乾によるものに違いないと、巽は事件発覚後、四度にもわたって神子の里に自ら赴き、見る度にその気持ちを確かなものへ変えていった。

絶望的なまでに破壊し尽くされた様子は、巽が知っている乾の力を遙かに凌駕《りょうが》していたが、そこで思い至るのはあの多摩という神子の存在だった。乾の傍にはあの神子がいたはずだ。神託の際、多摩の常人を逸した力をこの目で見たからこそ思えることだが、彼には計りしれない何かがあった。きっと神託など、彼の力の一旦に過ぎないだろうと思わせるような何か。

そうだ…でなければ、あの乾が死ぬはずがない。俺に何も言わずに死ぬわけが……

思い出すのは別れる数日前の乾の顔ばかり。多摩についていくと楽しそうに語り、人懐こく浮かべた友の笑顔。

「巽さま」

不意にかかった声に背筋を伸ばす。自分が執務中だったことを思い出して現実に戻った。

「なんだ」

「姫様がお呼びでございます」

「…すぐ行こう」

先程までの思考を切り離すために一瞬だけ目を閉じると、巽は静かに足を踏み出した。


「巽っ!!」

美濃の部屋に着くと、彼女は満面の笑みで巽を迎えてくれた。嬉しそうに頬を染めて真っすぐ見つめてくる眼差しと、力一杯抱きついてくる様子は、全身でその恋心をぶつけてくれているようで、彼は微笑ましくそれを受け止める。

美濃の想いは叶えられて当然と言うべきものだった。というのも、巽の家柄が彼女に相応《ふさわ》しいものである限り、美濃の望みに対して彼に選択権は無かったのだ。

しかし巽としては、彼女が幼い頃は可愛い妹ができたような気分で、美濃の想いを知りつつも本気で受け止めていたわけではなかった。幼い恋心は成長と共に移り変わるものだと、それ程深く考えることも無く。

しかし、純粋なまま可憐に成長した彼女が、変わらず巽を望んでいるということは周知の事実であった。巽本人も、幼かった彼女が女性らしく成長していく様子を近くで見守り続け、いつしか自分の中に生まれた感情に戸惑いを感じながらも、美濃のことを一人の女性として見るようになったのは、ごく自然なことだった。

「母さまがね、巽のこと素敵だって言うのよ。美濃は幸せだって」

そう言って彼女は本人に向かって自慢げに話す。

「買い被りすぎです」

柔らかく微笑むと、美濃の頬がたちまち薔薇《ばら》色に染まる。美濃は巽が照れたり動揺したりする姿を見たくて頑張っているようだが、結局そうなってしまうのは彼女の方で、巽はそんな美濃を微笑ましく見守っている。

だが、今日は先程までの思考を引きずっていて、気を抜くと表情が強ばってしまいそうだ。そのうえ美濃には今日、言わなければいけないこともあった。

「……美濃さま…。私は明後日から神子の里に行こうと思います」

「えっ、…ど、…どうして？」

もっともな疑問に巽の瞳が曇る。初めて神子の里の一件を聞いた時のことを鮮明に思い出し、自分はあの時から少しも前に進めていないのだと改めて思い知る。

「あの少年の神子についていった乾という男を憶えていますか？」

「…乾…？　憶えてるわ。この国の生まれでハチミツ色の髪は珍しいもの。何度か話しただけだけど、凄く優しかった」

巽は懐かしさのあまり自然と笑みが零れる。

そうか、あいつは女性が好きだから姫にもそれは優しく接しただろう、と。

「彼は周囲には色々言われている男でしたが、私にとっては大切な友人でした。どれ程行動を共にしてきたことか。彼の強さは私が一番知っています。神子の里の壊滅から何年経とうと、彼の死を認めるなどとてもできないのです」

「……巽」

「彼の死を確かめに行くのではなく、彼の生きた証が欲しいのです。女々しいと思われようが私はそうしなければ前へ進めない」

生存者がいないのだから誰に聞いても答えは無いのかもしれない。だが、あの破壊し尽くされた跡を見る度に乾を感じてならないのだ。あれは乾がやったことだ。だから乾は生きているのだと無きに等しい希望を抱いてしまう。

美濃はしばらく黙り込み、悲しそうに笑うと巽に抱きついた。

「わかったわ」

「……美濃さま」

美濃の返答に巽は驚きを隠せなかった。行かないでと泣かれるのではと思っていた。

だが、彼女もまた、あの一件によって心に傷を負っていた一人だった。少しの間しか一緒にいられなかったが、彼女にとって多摩は初めてできた友達。彼が死んだと聞かされた時、美濃は絶対信じないと言って何日も泣き続けた。多摩はいつかまたやってくると、約束したのだと。

塞ぎ込む彼女のために父王が神子の里へ行くことを勧めたこともあったが、美濃は断固として行こうとしなかった。行ったら多摩の死を認めてしまうかもしれない、彼女は目を腫《は》らしてそう言った。もしかしたら美濃も、巽と似た想いを抱えていたのかもしれない。

「巽のそういう話…聞けて嬉しいな」

にこにこする美濃に巽は微笑み、彼女の頬にキスを一つ落とす。

自分からは平気で抱きついてくるくせに、たったこれだけで真っ赤になってしまう彼女を可愛らしく愛しく思う。けれど彼はそれ以上の行為に及んだことがなかった。

これからも彼女を見続けることができると信じていたから——

❀　❀　❀

十日後、巽は一人で神子の里跡地に入り、早々に探索を始めていた。

彼はここに来るといつも、かつて存在したであろう里の様子を想像しながら歩き回る。どのような風景が広がっていたのだろう、このどこに乾は居たのだろう。そんなことを考えながら。

ここは巽が初めて訪れた時と随分変わってしまった。雑草が生い茂り、木々は育ち、全てを破壊された当初の風景とは違う。来る度にかつての面影を失いつつあるこの場所は、もう諦めろと言っているかのように思えて切なくなる。

その考えを振り切るように巽は唇を引き締め、また歩き出した。

元々この里は、端《はし》から端まで歩いても大人の足で数時間程度の、それ程広い場所でもない。そのくせ、親友を思い浮かべながら痕跡《こんせき》を探しているうちに、いつもあっという間に終わってしまう。

それでも、最後に思うことは、いつも一緒だった。

「……ここまで派手にやられると探しようが無いじゃないか」

親友に愚痴《ぐち》を零すかのように呟き、癖の無い長めの前髪を後ろにかき流した。里がこうなる前に、せめて一度だけでもこの場を訪れていれば良かったと、今となってはどうにもならないことを考えてしまう。

だが、もしこれが乾の仕業だとすれば、どうしてここまでする必要があったのか。

完全に里の全てが消滅している。意味無くこんなことをするはずがないのだ。だとしたら、こうせざるを得ない何かがあったということだろうか。

その時お前は一人だったのか？　傍に誰もいなかったのか？

想像だけで物を考えても答えなど出るわけがない。しかも乾がやったという前提での想像だ。それでも〝何故〟と疑問を抱かずにはいられなかった。

ふと、里の入り口から南西の場所に来たところで、巽は妙な光景を目にした。こうして年月が経過したからこそ、その異変を目にすることができた…些細《ささい》だが妙に引っ掛かる、まさにそんな光景だった。

「……あれは…どういうことだ？」

直径三メートル程だろうか…その円の中だけ草が一つも生えていない。他の場所はかつての生態系を取り戻しつつあるのに、まるでそこだけが取り残されたかのようになっている。しかも、近づく程にゾクリと背筋が冷たくなっていく。

「……っ!?　…うっ！」

草一つ生えないその場所へ一歩足を踏み入れた途端、あまりのおぞましさに震えが走った。だが、どこがおぞましいのか、どのようにおぞましいのかよくわからない。ただ、強烈な何かを肌で感じた。

中心に、膝丈よりも短い、黒く焼け焦げた細い二本の棒状のものが突きささっているのが目に入った。もうほとんど朽ちてしまっている。普通に見ただけでは誰もが見過ごすだろう。それでも巽の意識が惹きつけられたのは、それが、今まで感じたことが無いほど不気味な気を放っていたからだ。あらゆる負の感情が詰まって、触れればたちどころに狂わされてしまいそうな……

これ以上近づくのを躊躇していた時、その二本の隙間から一瞬ではあるが何かがキラリと光ったのが見えた。

巽は知らぬ間に流れていた額の汗を袖口《そでぐち》で拭《ぬぐ》い、僅かに荒くなっていた息を整える。

これまで何の収穫も無かったことに比べれば、多少の危険など取るに足らないことだ。

人懐こい親友の笑顔を頭に描き、紅く光ったその正体を突き止めるために、巽は隙間に手を差し込んだ。

——ジ　ユウ　ナド　エイエ　ン　ニ　オト　ズ　レナ　イ

——ボク　ラ　ヲ　コンナ　メ　ニ　アワ　ス　ナン　テ　イツカ　バツ　ガ

「——ッ——!!」

たちまち流れ込んでくる、〝感情〟

凄まじいまでの憎悪と恐怖と絶望。

——カラダ　ガ　トケ　ル

——エ　イエ　ン　ニ　コノ　マ　マハ　イ　ヤダ

——モウ　シ　ナセ　テ……

——フクジュ　ウ　シ　ナイ　ト　シネナ　イ

これは…何だ？　誰かの意識、か…？

不意に紅い光が脳裏に浮かんだ。今度は別の意識が流れ込む。

——俺の、もの

——手に入れれば自由　自由が　欲しい

——欲しい　欲しい　俺のものだ

——俺のもの　俺のもの　俺のもの　俺のもの　俺のもの

「……うぁ…アッ…ああっ……っ、あああぁあああっ、うああぁああぁっつっ!!」

——泣くな、…必ず逢いに行く、…から——


バンッ、と頭の芯《しん》を撃ち抜かれたかのような衝撃の直後、巽は先程いた場所から数メートル後方に倒れ込んでいた。激しく息が乱れ、身体中から汗が噴き出している。

「……あっ、…あ、っは、はあっはぁっ、…っく、はあ、はあっ……ッ」

暗い暗い闇の中を彷徨っている気分だった。抜け出すことのできない恐怖、もがき苦しむことすら赦されない絶望。そして、静かだが、強い凜《りん》とした響き。

何かを手に入れようと欲している？

わからない。誰の…感情だったのか、或《ある》いは一人のものではなかったのか。

ふと、巽は自分の手の中に違和感を憶えた。

「……これ…は…」

握り締めた手の中にあったのは紅い欠片だった。

先程二つの真っ黒な棒の隙間で光ったように見えたのはこれに違いない。手を伸ばした直後に自分が何をしたのか全く憶えていないが、現実とは思えない意識の中で見えた光も恐らくこれだ。どうやら無意識のうちに摑み取っていたらしい。

だが、何の欠片だ？　頭の上でかざし、陽に反射して一層輝く紅い欠片を訝しげに眺める。

これは乾に近づける鍵だろうか？

わかるはずも無い答えに小さく息を吐くと、彼は欠片を握り締めて立ち上がる。

すると、カサ…、と背後で草を踏む音が微かに聞こえた気がした。間を取ろうと反射的に跳躍《ちょうやく》して後ろを振り返ろうとした時だった。

「——それ……譲ってくれないか…？」

どこか聞き覚えのある懐かしい声に、遂に幻聴が聞こえるまでになったかと耳を疑う。

しかし、おそるおそる振り返ると、この国では珍しいハチミツ色の髪が風に柔らかくなびき、笑うと人好きのしそうな整った顔が巽を真っすぐ見ていた。

「……い、…乾!?　…乾、なのか……？」

駆け寄り、これが夢ではないと確認するため、棒立ちのままのその男の肩を摑む。

「お前今まで一体どこで…っ!!　身体は無事か、本当に乾なのか!?」

あまりに突然の再会に声が震え、込み上げる思いに揺さぶられそんな言葉しか出てこない。

それに対し乾の方は、相手が巽だと認識はしていても別の何かに気を取られているのか、二人の間には温度差がかなりあるように感じた。

「……頼む、……それ、俺に譲ってくれよ」

乾は泣きそうな顔でもう一度繰り返す。

どこか様子のおかしい乾を不審に思うも、〝それ〟と指をさされて、巽は握ったままの手をゆっくりと開いた。

「……これのことか？」

確認するように手の中の紅い欠片を乾に見せると、彼は目を見開いて何度も大きく頷いた。欠片を欲しがるばかりで自分をほとんど見ようとしない乾にどうしようもない苛立ちを憶える。巽は眉を寄せ、欠片を隠すように拳を握り締めると、その手で彼の頬を殴りつけた。

「お前は久しぶりに会った友人に他に何も言うことが無いのか!?　それとも、俺が一人で勝手にそう思っていただけか！」

尻餅をつき、呆然と見上げる乾を見ても巽の怒りは収まらない。殴った手が悔しさに震え、唇を噛み締めた。しかしその直後、頬をさする乾が『痛ぇ…』と呟き、そこで初めて彼の目に光が灯ったように見えた。

「……悪かったよ」

「乾…お前、何があった？　今までどうやって過ごしてきた？　何でこんなものを欲しがる？これは何だ？　ちゃんと説明しろ」

巽の剣幕に圧《お》され、髪をくしゃくしゃとかき上げた乾は『まいったな』と苦笑いを浮かべ、頬をさすった。

「だって…俺にはもう、どうしたらいいのかわからなかったんだよ…」

そう言って立ち上がった乾は、腰に下げた黒剣にしきりに触れている。その横顔は孤独に苛まれているように思えた。この空白の時間を一体どのように生きてきたのだろうと、巽は一瞬で言葉を失ってしまう。

「…あのさ…巽、お前に見てほしいものがあるんだ。…ついて来てくれるか？」

どこか思い悩んだ様子の乾に、助けを求められているような気がした。

「ああ、勿論だ」

ちゃんと向き合って話をしなければ。巽は大きく頷き、彼の後についていった。


神子の里から一時ほど早足で歩いたところに乾の住み処《か》はあった。

さほど離れた場所にあるわけでも無いのだが、所謂《いわゆる》獣道を使って案内されたため、巽自身今度来る時に一人で来られるか、と聞かれれば、否、と答えるしかなさそうだった。

しかも、枝葉で巧く隠されたその場所はどう見ても人目を避けているとしか思えない。

「ずっと…ここに？」

「ああ、神子の里が無くなってからな」

何故都に戻らなかった？　と聞こうとして乾を見ると、目を逸らされてしまった。

——やはり…乾は知っている。

巽はそう直感した。神子の里が無くなった経緯を。その理由を。でなければ、こんな苦しそうな顔はしない。あの地であったことが、乾にこんな顔をさせているのだ。

「見てほしいのは、あの扉の向こうだよ」

そう言って、通された部屋より更に奥にある扉を指差し、乾はどんどん先へ進んでいく。一見して扉と気づきにくいその場所は、まるで隠し通路のようで、そんなものがどうしてここに必要なのかと不思議でならなかった。

「入ってくれ」

行き着いた先には薄暗い空間が広がっていた。酷く寒気がする。ふと、その場所の中央に横たわる存在に気づいた巽は戦慄を覚えた。

死に装束を身に纏い、艶やかで長い黒髪が白い肌に美しく映えたその姿。まるでそこだけ違う空間を作り出すその存在感は、一度でも見たことがある者なら忘れようも無い。一つ違っているのは、今目の前にあるその存在は、あの少年の面差しを強く残しつつも、青年へと成長を遂げているということだった。

「……彼は……生きているのか……？」

疑問に思うのも仕方の無いことだった。穏やかに閉じられた瞼はすぐにも開きそうなのに、死に装束で横たわっているのだ。

呆然と立ち尽くす巽を見て、乾が感情のこもらぬ目でうっすらと笑った。

「それ、生きてるって言うのか」

「…なに？」

「息もしてないし、動いたこともないのに？　…コイツは身体だけ成長して、それがなきゃ死んでるのと同じなんだよ。……コイツは…多摩は…、人に夢だけ見せてさぁ、魂だけどっかに行っちゃったんだよ…」

そう言って笑う乾の眼は果てしない絶望を映していて、あぁ、そういうことか…と、巽は少しだけわかった気がした。

「乾、教えてくれ。あの里で起こったことを、お前が知っている全てを俺に話してくれ」

強い意志のこもった目を向けられた乾は少しの間押し黙っていた。

だが、やがて癖のある髪の毛をくしゃくしゃとかき上げて、はぁ…と重い息を吐き、自分の中の何かを整理するかのように何度か頷くと、静かな声で里での出来事を語り始めたのだった。


——ここは…寒いところだな……

巽は部屋を見渡し、温もりを拒絶しているかのような冷たい空間に、ぼんやりとそんなことを思った。彼は長時間に及んだ乾の話に一切の口を挟むこと無く、何と現実感の無い話だろうと思いながらも、最後まで真摯に耳を傾けていた。

あまりに俗世から離れすぎた、と言えば里の者たちは気分を害するかもしれないが、どれをとっても閉鎖的な印象ばかりだ。勿論、多摩の生まれた理由や生まれた直後の話を聞けば閉鎖的にならざるを得なかったというのは、多少なりともわからなくもない。

しかし、多摩をたった一人で閉じ込めておくことが正しいとはとても思えなかった。生まれながらに魔が宿っていようと、その脅威から眼を逸らしたまま与えるべきものが孤独のみなど赦されて良いはずはない。

閉じ込めることで考えを放棄したのか、それとも神託で得られる報酬がそんなにも魅力だったのか。どちらにしても多摩は犠牲者でしかない。

「……俺さ、お前が手にしたあの紅い欠片がずっと欲しかったんだ。多摩がくれたこの黒剣がさぁ…なんつーか、騒ぐっていうの？　よくわかんねーけど、ともかく〝探せ、手に入れろ〟って。そういう感覚にさせるんだ」

そう言って傍に置いた剣を撫で、乾は何やら難しい顔をしてみせた。

「んで。すぐに欠片は見つかったんだが……困ったことに俺じゃ駄目でさ、何度も頑張ったんだけど。あと一歩で狂い死にしてたかもしれないくらい」

真剣な顔で言う乾の言葉に、これを手に入れた時に自分もそんな感覚に陥ったと思い返す。

「結局、自分の力で手に入れることは諦めちまった。…と言っても都合良くはいかないもんで、誰一人欠片に気づく奴はいなくて…。気づいたって、普通の奴なら呆気なく狂わされて終わりだろうけどな。…昔の俺だったら大丈夫だったのかな。せめてあの里での出来事を知らなければ……。だけど…知らなくたって、キツかったよな？　そうだろ、巽…」

「……あぁ…」

「あそこは、多摩が双子の神子の息の根を止めた場所なんだ」

あぁなるほど、あのおぞましい悪寒はそれだったのか。双子の神子に壊された欠片たちの全てが多摩の身体に還ったわけではなく、双子の執念からか、あれだけは彼らの手の中に残り続けた。それこそが多摩の目が覚めない理由だったのだ。

そして、喉から手が出るほど欠片を欲していた乾にとって、巽がそれを手に入れたということは堪らなく幸運なことであり、同時に巽の判断如何ではつまらない結果になる可能性を恐れもしていた。今日の話を巽がどう受け止めるのか、彼にとってそれが全てなのだ。

「……お前の言いたいことも、その意図も理解した」

巽はその場から立ち上がり、台座の上で横たわる多摩のもとへ歩み寄る。

神子という存在を、まして最後の神子をこのままにしておくことはできない。

たとえ多摩が破壊神の如く荒れ狂う力を備えていても、今までは反逆する素振りなど全く無かったのだ。神子の里を滅亡させたことも、理由が理由だけに彼をどこまで脅威とするか。むしろ多摩を利用したがる輩が出てくる可能性があることの方が、危険であるようにも思えた。

存在が確認された途端、彼の復活が切望されるのは間違いないだろうが、いずれにしろ、まずは巽の敬愛する主君への報告が第一だった。

「しかし、この件は俺の一存でどうこうできる小さな問題ではない。陛下の許可のもと、しかるべき場所で彼を甦生《そせい》させる必要があるだろう」

「……それは…信じてもいいってことだよな？」

「…断言はしない。だが、神子という存在は大きい。まして失ったと思ったものをこのような形で蘇らせることができるとわかれば、彼のこの存在感からしても利用価値はかつてのそれより高くなるだろう」

「利用価値…だと？」

「お前がどう思おうと勝手だ。だが、民衆はいつだってそういうものに縋るのだ。それを国が利用しないはずもない。俺が言っていることが許せないか？　それが現実だ。その現実に堪えられないのなら、今すぐ彼をお前の手で滅ぼすしかない」

「――っ!!　ソレはお前の個人的意見かっ!?」

「…そうかもな」

「ふざけんなっ！」

乾の気持ちはわかる。けれど仕方がないのだ。生きていれば多摩はきっと利用され続ける。神子であり続ける限り、いや、生きている限り、神子でいなければ周りが許さないだろう。形は変われど、そういう生き方を強要され続けるのだ。

「多摩は死ぬことなんて望んでいないっ！　こいつは…っ、生きて…っ、欲しいもんを手に入れたかったんだぞっ!?」

「欲しいものか。それは何だ？　彼にとってそれは簡単には手に入らないものだったのか？」

「んなこと知らねーよ！　何が欲しいかなんて最後まで言わなかった」

「では聞き方を変えるが、彼の欲しいものがもし見当外れと言っても良いほど些細なものだとしたら？　そんなものを欲しかったのかとお前は失望するんじゃないのか？」

乾は時折、何かを求めているような素振りを見せることがあった。それが何かは聞けなかったが、もしかしたら、その欲求を満たしてくれそうなのが多摩だったのだろうか。何となく巽はそう思った。

「だとしてもっ！　少なくとも多摩にとっては大切なもんなんだろ!?」

しかし、同情だとしても、これは入れ込みすぎだろう。それとも、この神子と話してみればその気持ちがわかるようになるのだろうか？

「どちらにしても都へ戻ろう。紅い欠片は陛下へ報告の後に使う。異存はないな？」

「あぁっ、わかったよ！　巽の石頭っ」

ぶすっと不貞腐《ふてくさ》れ、乾はそっぽを向き悪態をつく。

「そうかもな……美濃さまにもよく言われる」

都に残して来た彼女を思い、少し目を細め笑う。

「姫さま…か。懐かしいな、元気にしておられるのか？」

「…あぁ…眩しいくらいに成長された」

「……ふ～ん？　遂に観念したか」

「なんのことだ」

「とぼけるなって。そんなのみんなわかってたことだ。姫さまもそろそろお年頃～ってか」

「…は、そんなことばかり鋭いな、お前は」

首をすくめて笑い、一途な眼差しを脳裏に思い浮かべる。

いつからこんな気持ちになったのか。大切で大切で、この人を守るように国を守ろうと思い、
未来永劫彼女の隣にいることを心から望むようになった。

「美濃さまが望んだのが俺で良かったと今は思ってるよ。…婚約してそろそろ一年になる」

「…っ!?　そうかっ!!　巽ッ、お前ならやってくれると思ってた!!」

我がことのように手を叩いて祝福する乾。ほんの少し照れくさそうにはにかみ、巽は素直に

それを受け止めた。

「そうかよそうかよっ、で、姫さまにはもう手を出したのか？　…って、お前のことだから指一本触れてないんだろうなぁ」

「当然だ。簡単に手を出せる相手ではない」

「まぁ、お前らしいというかなんと言うか。うん、…とにかく、おめでとう」

「…ありがとう」

「未来の王がここに誕生ってわけだ。多摩も復活するし、やっぱり巽は凄い奴だよ」

「下手な世辞はいい。それより、神子殿を連れて明日には出発するぞ」

「ああ！」

――ガタン……ッ。

「っ!?」

突然響いた音に身を固くする。

息をのみ、耳を澄まし、音がした方に目を向けた。

――…すぅ……すぅ…………

そこには、死んだように動かない多摩が……いや、

「……息を……吹き返している……」

規則正しい寝息を立て、先程まで胸の上で組まれていたはずの両腕がだらんと台座から投げ出されて、胸が僅かに上下し静かに息をしているのが見て取れた。

「…多摩……っ？　嘘だろ…息、してるのか？　…って、こいつこのまま目を覚ますのか？」

「……わからない」

あまりに突然の出来事に、ただ多摩を見つめることしかできない。

触れることは、何故だかできなかった。そんな巽の心中など知る由《よし》もなく、乾は素直に見たままの出来事を喜んでいる。

「目が覚めたらコイツ吃驚《びっくり》するよ、いつの間にか大人の男になってて、背だってこんなにでっかく……っ……〜〜っ…」

「乾…？」

「巽、ありがとうっ、お前やっぱり凄いよ!!　こんなこと今まで無かった！　お前が風を運んで来たんだよっ!!」

乾は大げさに巽に抱きつき、背中をバンバンと痛いほどに叩き喜びのままに大声で叫んだ。彼にとっては暗闇の中から一気に浮上したような気分なのだろう。

だが、巽にはそう簡単にこの事態を呑み込むことができない。何年も死んでいるかのような状態で成長だけを続けた多摩。それが何故今この瞬間、息を吹き返したのかと。

ふと、懐《ふところ》に仕舞い込んだ紅い欠片を思い出す。まだ彼はこれを取り戻していないのだ。

やけに胸が騒ぐ。何だろうこれは——？

言いようの無い不安が押し寄せる。

多摩が目を開ける。近い将来そんな日が必ず来る。きっと皆喜ぶだろう。

そう思うのに、素直に喜べない自分がいる。

……そういえば、彼の神託では、今年が美濃の運命の選択の年ではなかっただろうか？

それなのに誰一人そのことを口にしないのはどうしてなのだろうと、不意に思う。あんなに印象深かったはずの神託を、あれほど重要な行事を何故誰も気にしないのか。

いや、今の今まで、少なくとも巽の頭からはその記憶が抜け落ちていた。

「さ〜て、そろそろ戻ろうぜ？　ここにいると時間の感覚がなくなって」

大きな欠伸をしながら、のそのそといつも自分が休んでいる部屋に向かう乾の後に続いた巽は、もう一度だけ多摩を振り返った。明らかに最初に見た時とは違う〝生〟を感じる。

これが良いことなのかそうでないのか、巽には皆目《かいもく》見当もつかず、漠然とした不安だけが心の中を支配していた。

❀　❀　❀

神子存命――

その一報は都中を駆け巡り大変な盛り上がりを見せた。

当然ながら美濃にも届いたこの朗報、彼女は飛び上がらんばかりに驚き、同時に泣き出すほど喜んだ。

「母さま、多摩はいつからここに住むの？　いつ会える？」

興奮のあまり頬を紅潮させながら、母に抱きつく。年頃の娘よりも随分幼い仕草に、困ったものねと笑いながら、母は美濃の頭を撫でて彼女を抱き寄せた。

「そんなに簡単ではないのよ。まだ目が覚めないいんですって」

「……ふぅん…いつ起きるの？」

「それ程遠い話ではないと思うけれど…」

「そう…」

腑に落ちない顔で返事をする美濃には、多摩の真実は知らされていなかった。

巽が連れ帰った乾と神子、既に亡き者と思われていた二人の存命の報せは喜ぶべきこととして人々の心に灯りをともしている。

しかし同時に、神子の里の真実とその最期に至るまでの経緯を耳にした王たちの心中は複雑だった。虐げられ利用され全てを奪われ続けた可哀想な子。多摩に対してそんな同情的な感情を覚える一方で、その内に潜む危険で強大な力をどう扱えば良いのか頭を悩ませる。

使い方一つで善にも悪にもなりうる諸刃の剣。

――このまま多摩を目覚めさせてもいいのだろうか。

民衆の期待を一身に受けながらも、王は未だ結論が出せないでいた。

「多摩はね、私の憧れだったの。とってもキレイでね、ちょっといじわるだけど優しかったのよ」

懐かしくて頬が緩む。彼が里に戻ると言った時、あのまま手を放さなければ良かったと何度も後悔をした。だから今多摩が戻ってきたという事実が、あの時の約束を彼が守ってくれたように思えて嬉しくて仕方が無い。

　母は美濃の様子に瞳を揺らしながら頷いた。

美濃にとってそれは、幼い頃の大切な思い出だ。その裏にある多摩の闇など知る由もない。

何でも無い話ならかいつまんで話せたかもしれないが、これはそんなレベルの話ではない。

口が裂けても美濃に言える内容ではないと、隠し通すことを母は決めていた。

「全部美濃の未来の旦那様のおかげね」

「……うん。巽は凄いね…何でもできちゃうの」

　親友の生きた証を見つけたいと出かけて、親友と神子を連れて帰って来た巽は今や時の人だ。

元々民からも尊敬される人物だっただけに、今回のことで更にその人気に拍車がかかった。

　幼い頃から、美濃は彼に憧れを抱いていた。普段の物静かな眼差しが優しく微笑むのが堪ら
なく嬉しくて胸がきゅんきゅんして、こんな気持ちは他に代えられないと恋しく思うと同時に、
絶対的な信頼を巽に寄せている。

「私……しあわせ……」

　想いに応えてくれた巽。まだ頬にキスをくれるだけの子供扱いだけれど、ちゃんと婚約だっ
てしてくれた。彼と結ばれるのは時間の問題だと、きっと誰もが思っているはず……

「そうね…誰よりも幸せになって……私のかわいい子……」

「……ん……かあさま……だいすき……ぃ……」

そうだ、誰かに多摩の居場所を聞いて明日にでも会いに行こう。

何で起きないのかわからないけれど、私の気配に気づいたら目が覚めるかもしれないもの。また昔みたいに喋ってくれるかな。ううん、それより多摩が前より美人になってたらどうしよう。でもでも私だってちょっとは綺麗になったよね……子供っぽいってみんな言うから自信ないけど…背だってあの頃より随分伸びたよ？　もう大人の女性なんだから、巽と結婚するんだもん。

そんなふうに思いを馳せている間も母の抱擁を受け、美濃はあまりの心地よさに目を閉じた。やがて幼子のように眠りについてしまう娘を、母は愛おしそうに何度も何度も撫でては抱きしめていた。


翌日、多摩の居場所を聞き出すのに美濃が選んだのは乾だった。

巽は忙しい。特に今は英雄扱いされてあちこち引っ張りだこでほとんど姿を見かけない…というのは建前で、巽の場合、王の許しがないことについては、たとえ美濃であろうと教えてくれないということは目に見えていたからだ。彼は完璧な忠臣であり、美濃自身それくらいは言われずともわかっていた。

そこで選んだのが乾だ。昔はかなりの問題児扱いをされていたというが、多摩を知る人物の中では一番口が軽そうだった。

「これはこれは、見違える程綺麗になった。もう立派な淑女だな」

美濃を見た乾の開口一番の台詞はなんとも彼らしい軟派なもので、姫君に対する言葉としては許されない類いのものだが、美濃は全く気にすることなくむしろ喜んだ。

「ほんとう？」

「本当だよ。巽が羨ましいね」

彼女は目をキラキラさせて満面の笑みを浮かべている。こんなふうに一人の女性として扱ってくれる人は周囲にはおらず、この点も美濃が乾を選ぶ一つの理由だった。

「俺に何か用でも？　会いに来てくれただけで大歓迎だけどね」

歯の浮くような台詞だが、人好きのする明るい笑顔には嫌味が無い。彼が最も得をしているところだ。

「実はね、教えてほしいことがあるの」

「何かな？　わかることなら教えてあげるよ」

それなら…、と美濃はニコリと微笑んで乾にこしょこしょと耳打ちをした。

「あのね。多摩の居場所…知ってる？　会いたいの」

ね？　と小首を傾げ、童女のように美濃は笑う。

「そりゃまた…待ってりゃじきに会えるのに…」

「だってずーっと多摩に会える日、待ってたのよ？　なのに、巽が連れ帰って来たって聞くだけで全然会えないんだもん。母さまがね、目が覚めないって言ってたの。多摩、病気なの？」

「…いや、病気ってわけじゃ…どっちかっていうと普通に寝てる」

「そう、良かったぁ…っ、なら会っても大丈夫ね！」

乾は不思議そうに美濃の言葉に耳を傾けていた。あの神託までの数日で、二人がどのように心を開いたのか、乾の知らない多摩がそこに存在していたということを彼は知らないのだ。

「そこまで会いたいなんてよっぽどだ。まるで久しぶりに会える恋人みたいだな。巽が聞いたら妬《や》くんじゃないのか？」

「え——っ!?　多摩は友達よ？　…あっ、でも巽が妬いてくれるなら嬉しいかも……いっつも焼きもちやくの私ばっかり…」

頬を染める美濃を見て、要らぬ懸念をしたと苦笑した乾は、一方的に巽に想いを寄せ続けたのは彼女の方だったことを改めて思い出した。

多摩が誰かに友情を感じている姿は想像しがたい。しかし、多摩に対して純粋な好意だけを向けている美濃の様子に乾は少し考えを巡らせて、やがてにっこり笑って頷いた。

「会わせてあげるよ、ついておいで」

美濃の満面の笑顔を見た乾は、唇を綻ばせた。

多摩が身を置くのは、宮殿からほど近い場所にある丘の上の大きな屋敷だった。

身体に欠片を戻さない限り目覚めることはないのだと誰もが信じる通り、彼の意識はまだ戻らない。僅かに聞こえる呼吸音、それだけが彼の生を感じさせる唯一のものだった。

そして乾に案内されてこの屋敷を訪れた美濃は、緊張した面持ちで多摩が眠っている部屋の前に立っていた。

落ち着かないのか、彼女は胸を押さえて何度か深呼吸を繰り返していた。かと思えば、何かを思い出したのか、一人で楽しそうに笑ってはその場で足踏みをしている。一瞬でもじっとしていられないといった様子だ。

キィ…軋んだ音を響かせ、弾む心のままに扉を開く。

一歩、二歩…中に進んだ。けれど、中の様子に驚いて思わず息を潜めた。

「……ねぇ、乾。この部屋どうしてこんなに暗いの？」

「…安眠できるようにじゃないのかな」

あまりに適当な答えにむっとした表情を見せた美濃だったが、足下がやっと見える程度の薄暗さに気を取られ、それ以上聞くことはしなかった。それにしても妙に底冷えがする。扉の中と外では気温の差が随分あるような気がした。

「……こんなところに一人じゃ……多摩、淋しいよ」

ぽつり、とそんなことを言う美濃に、乾は僅かに目を見開いた。

改めて部屋の中を見渡し、その薄暗さに何かを感じたのか、『そうかもな…』と小さく呟く。

「ね、乾。…多摩はあのベッドに寝てるの？」

やや目が慣れてきたらしい美濃は少し離れた先のベッドを指差した。乾が頷くのを見て、思い切ったように多摩のもとへと駆け寄り、じっとその寝顔を覗き込む。

薄暗くてはっきりとは見えないけれど、それは多摩の面影を強く残した青年の顔だった。全てが整いすぎて冷たい印象を受けるその造形は、あの頃よりも成熟して色気すら感じさせる。しばし魅入ってしまった美濃は、『はぁ…』と溜息を漏らして多摩の顔の横に頬杖をついた。

「もー、どうして多摩ってこんなに大人っぽいのぉ？　…これじゃ私なんて、全然成長してないのと一緒だわ」

そう言って頬を膨らませている美濃の様子に、乾は笑いを堪えていた。第一声がそれとは乾にも流石に予想ができなかったようだ。

肩を震わせて笑う乾に気づいた美濃は『なによぉ』と不貞腐れる。しかし、再び多摩に視線を戻してジッと見つめていた美濃は、ややして素朴な疑問を口にした。

「多摩はどうして寝てるの？」

「…あー…っと…」

「いつ起きるの？」

「……いやぁ…」

「それって言っちゃいけないこと？」

「…そのぉ…なんていうか…」

言葉を濁《にご》して答えようとしない乾の様子に、美濃は瞳を揺らして哀しそうな顔をした。

「……みんな、隠してる…」

「え？」

「父さまも母さまも、他の者も皆、私が聞いても肝心なこと、答えてくれない。……私がまだ子供だと思ってるから？」

確かにその通りだった。身体は大人になっても心がまだ幼い美濃に、周囲は肝心なことを言えないでいる。言えば傷つける、…そう思ってのことだった。

今回のことにしても、ここに至るまでの真実についての一切は隠し通すようにと通達されている程なのだ。実際、目の前にいる美濃を見ても少女のようだと乾は思う。最初彼女を見た時は随分女性らしくなったと思ったのだが、まるで小さな子供のように疑うことなく懐に入ってくるその様子は純真そのもので、穢れを知らない。

彼女をどんな気持ちで見守って来たのか、巽の辛抱強さに頭が下がる。全くもって自分にはできない芸当《げいとう》だ。

だが、そんな彼女が僅かな時間でも多摩と過ごしたのなら、彼にとってそれはどれだけ眩しく輝いた日々だったろうか。

きっと、何ものにも代えがたいほどの──

「きゃっ!?　なによーっ、急に腕摑まないでよねっ、ビックリするんだから！」

「……どうし…っ……っ──！」

「起きたなら起きたって言ってよねーっ！　…っていうか、腕が痛いってばーっ！」

大騒ぎしてジタバタしている美濃の腕を摑む手。

それはしっかりと意思を持ち、『痛いんだってばーっ！』と喚く美濃の言葉を受けて、力を弱めた。

信じられない思いが乾の心の中を埋め尽くす。何を語りかけても反応一つ無かったというのに。大体、未だ紅い欠片は巽の手にあり、身体の中心は欠けたままで足りないはずなのに…？

「もー多摩のバカっ、寝てたんじゃなかったのー!?」

「……美…濃……」

小さく掠れた声が彼女の名を呼ぶ。

うっすらと開いたその瞳は美濃だけしか捉えていない。

「……美……濃…………」

真っすぐ。真っすぐ。

美濃だけを――

「……多摩？　どうしたの？」

「……美……濃……、……美濃、……美…濃……美濃……」

それしか知らないとでも言うように、繰り返すのは、彼女の名前だけ。

「……苦しいの……？　そうだよ、私、美濃だよ？」

熱に浮かされたような瞳で美濃の名を繰り返す多摩の姿に、乾の中の全ての点と線が繋がった。

今思えば、神子の里の入り口に立ち、毎日のように見つめ続けていたのは都だ。都を思っていたわけではない。その場所にいる美濃を想い、日々彼女だけを想い……

では『欲しいもの』とは――

「……美濃……美濃………」

「……多摩……？」

他の誰にも見せたことがないような無防備な顔をして、多摩は美濃を見つめている。存在を確かめるかのように、何度も何度も彼女を呼ぶ。

とても静かだった。静かだから余計に多摩の声が響いていた。

きっとこれが多摩にとっての慟哭《どうこく》なのだ。だからこそ、こんなにも胸に刺さる。

「………美濃……」

今、この場で何も理解していないのは美濃だけだ。

だが、彼女がどうして理解してやれるだろう。

嵐が来る……乾にはそんな気がしてならなかった――

❀❀❀

「多摩――っ、朝よ――っ!!」

元気いっぱいの声と共に美濃は部屋に駆け込んだ。その姿を視界の隅で捉え、多摩はうっすらと瞼を開ける。彼女はそんな多摩の顔を覗き込み、目が覚めていると知って満面の笑みを浮かべた。

皮膚の向こう側がとてもあたたかい。多摩にとって、そんなものはとうに忘れかけていた感覚だった。

「まだ起きられないの？」

やや苦しそうに身体を起こす多摩の様子を見ていた美濃が、心配そうに尋ねた。

あの目覚めから数週間が経っていたが、彼は一日の大半を眠って過ごし、日に数時間程度しか起き上がることができないでいる。

前と違うことがあるとすれば眠ったとしても必ず目覚めるという点で、そのかわり始終身体の不調が付きまとうらしく、彼がベッドから降りることはほとんど無かった。美濃はというと、多摩の目覚めがよほど嬉しかったらしく、毎日のように遊びに来ている。流石に王の承諾無しに多摩のもとへ出かけて、挙げ句の果てに目覚めさせてしまったことは皆を驚かせるのと同時に普段娘には甘い王も美濃を叱ったが、彼女自身はそれがどれだけ重大なことか理解できず、ただへそを曲げただけで終わった。とはいえ、多摩が目覚めることに不安を感じていた者たちにとっては、至って穏やかな今の神子の様子が安心材料になっていたのは確かだった。

「……やっぱり長く寝てたからかな。ずっと寝てると体力が落ちるんだって」

「…ああ…」

力のない声。それに顔色も悪い。

それでも美濃がやってくると必ず身体を起こして多摩は彼女と会話をする。元々あまり喋るタイプではないから口にする言葉は本当に短いのだが、鬱陶しがられているわけではないのは何となく美濃にもわかり、それが嬉しくてこうして毎日遊びに来てしまう。

「ねぇ、いつから眠ってたの？　どうして眠っちゃったの？　起きたら大きくなってて驚いた？」

ベッドの横で頬杖をつき、多摩を見つめながら矢継ぎ早に質問する美濃に彼の目が細められる。

「……おまえ、成長しないな」

「っ!?　ひっどーい!!　多摩のイジワルっ!!」

「意地悪？　何故そうなる」

「人が気にしてることそうやって簡単に言うんだもん！　イジワルだよっっ!!」

顔を真っ赤にしながら怒っている様はお世辞にも成長したとは言えないではないか。そう思った多摩だったが、きっとこれを口にすればまた怒るのだろうと思い、否定することはやめておいた。

「……おまえは元気すぎる。俺は少し疲れた、…寝る」

かわりに切り札のようにそう言って横になり、目を閉じる。

美濃は慌てて口を押さえ、相手がほぼ寝たきり状態にあるということを思い出してアワアワと焦っている様子だ。

流石に今目覚めたばかりで疲れたなんて嘘に決まっている。しかし、言えば美濃の顔色が変わる。ころころと変わる表情を見たくて、多摩は思ってもいないことを言ってしまうだけなのだ。

「ごめんね、多摩だいじょうぶ？　ごめんね」

何度も謝り、顔を覗き込む。多摩が紅い瞳をうっすらと開き、美濃の顔を捉えると彼女は安心したように笑う。同時にふわり、と美濃の香りが多摩の鼻腔をくすぐった。

——どく…ッ。

「……っ」

痛みを伴いながら大きく心臓が脈打つ。多摩は胸を押さえ彼女から顔を背けた。そのことに特別な意味は無かったが、美濃を見たままでは益々痛みが募りそうで自然とそうしていた。

「…っ、怒ったの…？」

しかし、美濃にしてみれば、顔を背けるという行為は拒絶を示しているとしか思えなかっただろう。彼女は、ぐすん、とはなをすすりながら多摩の腕を小さく引っ張った。彼女の触れたところを中心に、身体中に一瞬で衝撃が走り抜ける。

「……っ、…もう今日は帰れ」

そう言うと、美濃は『やっぱり怒ってるんだ』と、か細い声で呟き多摩から手を放した。

美濃の気配が遠くなる。背中の向こうで彼女の動きを感じ取りながら、多摩は得体のしれない喪失感を味わう。身体を捻り、彼女に視線を走らせると、肩を落として元気のない後ろ姿が扉を開けていた。

無性に抱きしめたい衝動に駆られる。力一杯抱きしめて、胸の中に閉じ込めてしまいたい。

「…美濃…、明日も来るだろう？」

多摩の言葉にぴくんと肩を震わせて美濃が振り返った。

「…うん！」

彼女は満面の笑みになり、大きく返事をして部屋から出て行った。

多摩は痛みの収まった胸から手を離し、代わりに彼女が触れた腕にそっと手を置いた。

――何故美濃は違う……？

触れられても嫌悪感がまるでなく、それとは別の激しい感情が生まれる。久しく憶えのない感情だったが、以前にも美濃に対して似たような想いを抱いたような気がした。

もっと、美濃に触れてみたい。美濃の全てを手に入れて思い通りにしたい。

思い通りに、滅茶苦茶に――

「まさか……俺は……」

知識だけのあの行為を美濃に望んでいると？

何故そんな気になるのか。ただ、無性に彼女が欲しい…彼女を心ゆくまで己のものにして、正常な判断ができないほど狂わすことができたら、どんな快楽にも勝るだろう。

考えただけで胸が苦しい。あぁそうだ、悪いのはこの心臓だ、いつも自由にならない。今も足りない欠片が自分を苦しめる。

巽…、あの男……どういうつもりだ？　欠片を隠し持っているくせに何故返さない？

だが、このままにはしない。充分すぎるほど時は経った。大人しく、いつ返されるかわからないものを黙って待つ程の愚かさなど、もはや持ち合わせてはいない。

これからは、思うままに行動するのだ――

❀❀❀

その頃の巽は、都に戻ってからの忙しさに追われ、僅かな休息時間を執務室で過ごしていた。ここしばらくは家にも戻れないほど公の場にかり出されている。

神子と乾を連れ帰ったまでは良かったが、こうも周囲からもて囃《はや》され様々な催しに出席させられる羽目になるとは考えてもみなかった。ある意味平和と言うべきだが、しかしおかげで帰ってきて数週間、美濃と二人で話す機会が全くない。

彼女が多摩を目覚めさせたと聞いた時、何か大変なことが起きるのではと危惧《きぐ》したが、特に何が起こるわけでも無く、彼女が毎日のように神子のもとへ遊びに出かけているという話を聞くぐらいで、その様子も普段の生活の延長上にある楽しげなものだったため、どうやら取り越し苦労だったらしいと皆で苦笑を漏らしたものだ。

「……これは本当にあの神子殿の一部なのか？」

懐に忍ばせている紅い欠片を小箱から取り出し手にとってみる。

乾が言うには、胸を患っているような、今の多摩の様子からして、これは心臓の一部ということらしいが、どう見てもただの綺麗な石の欠片にしか思えない。これが脈打っていれば信じなくもないが、無機質でとても命があるもののようには見えないのだ。大体こんなものがどうやって身体に還るというのか。たとえこれが彼の心臓だったとしても、
　どうして今、彼の目が覚めている。

　気になることと言えば、この欠片を手に入れる時に味わった〝感覚〟もそうだ。あの怖気だけは今も胸に残っていたが、それさえも日ごと忘れつつある。

「…考えても埒《らち》があかないな」

　小さく溜息を吐き、明日にも彼を見舞って話してみようかと考えた。美濃と仲良くしている昔の様子からは、それ程警戒する相手には見えなかった。そういえばまともに話したことは一度もなかったように思う。

…明日？　……そういえば、明日は何かがあったような……？

何か……思い出せない、だが重要な何かがあったような気がする。

黒い雲。雷雲。長髪の男の後ろ姿。死に装束。

繋がらない意味不明な映像が頭の中に次々と浮かんでは消えていく。

運命の選択。繁栄と静かなる世界。

これは一体なんだろう？　知っていたような、全く知らないような……

　巽は頭の中の映像を振り払うように左右に頭を振って気持ちを切り替える。

　あの神子のことを考えるといつもおかしな感覚に陥る。彼が外の世界から隔離され閉じ込められてきたことは同情せざるを得ない。彼を一個の人格を持つ存在として扱ってくれる大人が

いなかったのには、憤りすら憶える。だが、現実問題として、そうやって成長した人格にどこか歪みが生じてしまったということがあっても不思議ではないと思うのだ。

巽はその歪みが大きければ大きいほど危険なのではないかと考えていた。勿論、何も無いに越したことはない。その時は自分が小心者だったと笑えば済むだけの話だ。

欠片を再び懐に仕舞うと、巽は自分に対して苦笑を漏らし、それ以上考えを進めることはなかった。


——翌日。

まだ朝陽が都を照らし出したばかりの時間帯だったが、巽は神子のいる屋敷へと向かっていた。

道中不思議なことが一つあった。朝が弱いはずの乾に出くわし、共に行くことになったのだ。

「こんなに朝早くお前が起きていることもあるんだな」

「我ながら驚いてる。何でだろうなぁ…」

自分の行動の不可解さに乾は頭を捻っている。

巽からすれば、珍しく早朝に散歩している乾の姿は驚き以外の何ものでも無かったが、都に戻ってから彼と話す機会はほとんど無く、久々に会った親友の姿にどこかほっとしていた。

緩やかな上り坂を歩きながら空を眺める。こんなにゆったりと景色を眺めたのは随分久しぶりのことで、穏やかな気分のまま多摩のいる屋敷へと向かった。

多摩は溜息を吐きながら、朝陽を恨めしく感じていた。

窓から差し込む光が暗闇に慣れた多摩には眩しすぎる。しかし、そこから逃れようにも、少し動くだけで胸が痛んで、身動き一つ満足にできない己を呪うばかりだった。

「…美濃め、……また、開けたまま帰ったか……」

眩しいのは当然だった。室内全てのカーテンが全開なのだ。来る度に美濃は室内に光が入るよう、カーテンを全て開け放ってしまう。やめろと言っても、この部屋は暗すぎると言って聞く耳を持たない。せめて閉めて帰れと密かに嘆息することしか今の多摩にはできなかった。

少しして、胸の苦しみが僅かに落ち着いた隙にベッドから降りてカーテンを閉めた。たったそれだけの行為で息が荒くなり、額に汗が伝う。床を這うようにしてベッドに戻ったが、しばらくの間は苦痛で全身が悲鳴をあげているようだった。

「……はぁ…っ……、…はっ……はあっ、……っ、――?」

ふと、屋敷を包む空気に微妙な変化を感じた。整わない呼吸を止め、扉の向こうに意識を集中させる。

誰かがいる。まだ屋敷に侵入したばかり…二人いる…一人は乾、もう一人は…僅かだが憶えがある波動。男、乾が連れてくる男、親しげに、……まさか。

「……巽か…？」

何をしに来た？　俺に何の用があるというのだ。

わざわざ早朝を狙って欠片を渡しに来たというわけでもないだろう。かつて巽は、多摩を探るような眼で、…そう、まるで観察しているかのようにこちらを見ていた。

こんなふうにやって来るということは、相応の目的があるのだろう。

目的？　それが何だ…あの男が近くにいる、それだけで俺にとっては都合がいい。

足音がそこまで来ている。三歩、二歩、……あと一歩。

「よう、多摩。珍しく起きてたのか。今日は客を連れてきたんだ、巽、覚えてるか？」

扉が開くと同時に、陽気で聞き慣れた乾の声が耳に届く。

乾の隣の男、巽は無駄のない動きで一礼した。

「突然申し訳ありません。少し話を…と思いましたが、顔色が良くありませんね…」

「…いつ来ようがこんな状態だ。出直せとは言わぬ、入れ」

多摩の許しを得ると、二人は中へと入った。

ベッドの傍まで近づいた巽の顔を静かに見上げ、多摩は僅かに眼を細める。

「おまえのことは覚えている」

「光栄です。私も神子殿のことは印象深く覚えております」

言いながら、巽の視線は多摩の様子を注意深く探っている。多摩はつまらなさそうにそれを受け流した。

「俺はもう神子ではない。やめたのだ」

「…何故です？」

「どうせ知っているんだろう？　おまえは乾と親しいらしいからな」

「私はあなたの口から聞きたい、その真実を」

「聞いてどうする？　口外して回るか」

「誓ってそのようなことはしません」

巽の言葉が笑いを募らせ、多摩の口角が持ち上がる。

「誓って、だと？　おまえは何に誓いを立てている？」

「…自分自身にです」

「ほう…なかなか面白いことを言う」

片眉を持ち上げ、巽の顔を覗き込む。今度は多摩が彼の心を見透かすように見ていた。

横で静かに二人の様子を見守っていた乾は、この腹の探り合いに若干眉を顰め、二人の間に飛び散る見えない火花を避けるように沈黙している。

「俺の何を知りたい？　神子をやめると言うのがそんなに珍しいことか？」

「私が知る神子はあなただけですので、珍しいかどうかの判断はできかねますが、世間的には驚く程のことだと思います。中には神子を神格化する連中も存在しますので…本人がこんなに簡単に切り捨てたとなれば色々と問題もありましょう」

「ふん、神子などその力さえあれば誰でもなれるのだ。必要なら力を持った者を探し出し、神子と呼べばいい」

「その神子の力というのは、かの滅びた里からしか現れることが無いと言います。つまり里が滅んだ今、あなたが最後の神子と考えるのが正しいのでは？」

「言い切れる者がどこに存在する？　あの土地に特別な力が眠っているとでも？　愚かなことだ。たったそれだけの理由で俺に固執するというのか。……俺は双子の父が交互に犯した娘から生まれたらしいぞ。気まぐれな交尾の結果、俺を腹に宿した女は産んだ直後に老婆と化した。だが、里の連中は何もなかったと耳を塞ぐ。全ては神子を量産するため、神子が得る報酬は里の連中にとって何よりも甘い蜜だからだ。……例えば、神子を神格化する連中にこんな話を聞かせても、まだありがたいと手をあわせるのか？」

多摩に言わせれば単にその力があるから神子になっただけのこと。それも望んだわけでもなく、強制的に決められたものだ。そのことに特に抵抗をしなかったのは、外部から極端に隔離された状態で生活させられていた影響が大きい。実際、神子はあの里の者にとって金のなる木だったわけで、そういった意味では多摩は利用されたに過ぎないのだ。

「俺はそこの乾に言わせると世間知らずなのだそうだ。あの里にいる時は、屋敷から出られないよう外から錠をかけられていたが、それに対して俺は何も感じなかった。全てが白く塗りつぶされた屋敷の中も、まれに外に出た時に里の連中に監視されていようとも、生きている世界全てに対して特に思うものはなかった」

ただ流れるだけの時間と空間。そこには目をとめて何かを感じるほどのものは存在せず、喜怒哀楽と呼ぶべき感情はどこにも無かったのだ。

「……では、神子の里を消滅させたのは何故です？　特に思うものが無いのなら、そのような行動に出ることも無かったはず」

「思うものがあったのだ、欲しいものができた。それを手に入れるにあたって、俺は自分が不自由だということに気づいたのだ。あの土地にいる全ての者が俺の自由を奪い尽くす邪魔な存在だと。消滅させることが一番簡単な方法だったのだ」

紅い瞳が、一部始終を無感動な表情で物語る。あれは報復などではない。そのような価値のある連中ではなかったのだと。あの消滅は自分の身を軽くするためだったと。

「……欲しいものとは…？　そうまでして手に入れたいものとは…」

王の座か、そして国を乗っ取るか、それとも……

何にしても危険な存在であることは疑う余地もなかった。欲しいものを手に入れるためなら、どんなことでも躊躇しないという彼の思考は放っておけるものではない。彼は善悪の区別もつかず己の意のままに動いてしまう、力を持った実に畏怖すべき存在だったのだ。

やはり欠片を返すわけにはいかない。巽がそう決断した時だった。

「美濃が欲しい。……俺は、美濃が欲しいのだ」

「……なっ！」

――カリ…ッ、
多摩は何かを口に咥《くわ》えていた。ニヤリと嗤い、己の赤い舌に乗せて、それをわざとらしく巽に見せつける。

だが、それは。

「…ばかなっっ!!　どうやってそれを……っ!!」

それは巽の懐に小箱に入れて仕舞っておいたはずのもので。

――ゴク、…ン。

奪い取ろうとする前にそれを呑み込んだ多摩は、巽の腕を摑み取る。

目が、合う。とても紅い眼だと思った。…笑みを零す…とても満足そうな……

たったそれだけの表情に、言いようのない絶望感が巽の身を襲った。

「……あぁ……全てが揃うとこういう気分になるのか……」

多摩の青白い顔にほんのりと赤みが差していく。己の身に浸透して満たされていく感覚を心の底から味わうように、多摩は深く深く息を吐き出した。

「……何故…どうやって……っ!?」

「簡単なこと。己自身であれば元に戻ろうとするのが自然なのだ。あれは俺のもの、傍にあれば自ら手の中に飛び込んでくるものだ」

多摩に腕を摑まれたままの巽は、彼の手から溢れ出すような何かが自分の中へ入り込んでくる錯覚を覚えた。何かとてつもなく巨大なものに支配されていく気がして、背筋に冷たい汗が伝う。

「乾よ、……これが自由なのだろう?」

一層紅色を強くした瞳で、呆然と立ち尽くす乾に多摩が話しかける。

乾の目にも明らかに多摩の変化が見て取れた。

その身に纏う空気だけで周囲を支配しているかのようだった。

「……そう、だ」

乾の答えに満足そうに多摩は頷く。

生まれ落ちた日以来、初めて自分が一つになった瞬間。目に見えない忌まわしき呪縛から解き放たれた多摩は、内から満ち溢れていく充足感をようやく手に入れた。

「……爽快な気分だ。もう目の前で賑やかに動き回る美濃を捕まえることもできずに苛つく必要も無い」

「美濃さまには二度と会わないでいただきたい」

「なに？」

「二度と姿を見せず、ここを立ち去ってほしいと言っているのです……っ」

美濃という言葉を聞いて我に返った巽は、摑まれた腕を振りほどき言い放った。

何もしていないのに息があがっている。呼吸を整えようとしても、激しい鼓動が巽の冷静さを奪おうと襲いかかってくるようだった。

「…美濃さまは、貴方に夢を見すぎている…っ、幼いままの気持ちで一緒にいられると信じすぎている…っ!!　貴方のことを彼女の口から幾度聞かされたかわからない。しかし、それは紛れも無く親愛の情であり、それ以上のものではなかった…っ、今の貴方は彼女を己の征服欲で満たしたいだけではないのか!?」

純粋すぎる彼女は、きっと深く傷つく。このままにしては、あの日溜まりのような笑顔も、何もかもを失ってしまう。この国の未来は彼女のもの。自分はその傍らでそっと見守り続ける、そんな姿を想像していた。

だがそれは…目の前の、この男がいなければの話だ……

「おまえの言っていることが俺には何一つ理解できぬな。美濃がどう思おうが、おまえが俺をどう評価しようが知ったことではない。……おまえ、俺の邪魔をするのか？」

「……貴方が、ここを立ち去らない限り」

「立ち去る理由が無い」

「では貴方を殺す…っ！　たとえ刺し違えても、…それが俺の役目だ」

紅い眼が不愉快に細められる。そんな表情にさえ、なんと現実味のない存在だと巽は苦々しく思う。多摩は恐ろしいほどに人の目を奪い惹きつける。このような者がこの世に存在して良いはずがないだろう。巽には、破滅する取り返しのつかない未来が見えた。

「おまえに俺は殺せぬ。…結果的に〝あれ〟を手に入れるのは俺なのだ」

ふわり、多摩の纏う白い装束が窓から入ってきた風に舞う。

――白い装束……？

一見して、それは死に装束のようだった。巽の内にまた変な感覚が呼び戻される。思い出せそうで思い出せない…しかし、確かにこの目で……

「……どこか…で」

「なるほど、記憶そのものが失われていたわけではないのだな」

「……なに？」

「…皆忘れる。おまえのように。俺の神託を憶えている者は、俺だけだ」

静かな抑揚のない声。

囁くようなそれは、全てをわかっていて行使する強さを持っていた。

「……長い…黒髪の…男…？」

「俺自身にも確信は無かった。だが、この状況下であれが俺以外の誰かである可能性は消えたのだ。あれは俺、運命の選択は必ず行われる」

——ゴロ、…ゴロゴロ……ッ。

遠くの空が唸り出す。多摩は口角を持ち上げた。

だが、その眼は決して笑っていない。背筋が凍るとはまさにこのことだと巽は思った。

神託…あれはどのような内容だった？　何故憶えていない。憶えているのは神子だけ？　そんな馬鹿な…ならば何故俺は思い出せない。いや、確かにこの光景に憶えはあるのだ。

黒い雲、雷雲、…運命の選択。それで何を選ばせる？　…危険、そうだ、この男は危険だ。行かせてはいけない。美濃さまに二度と会わせてはいけない。

「神子だろうと知ったことか。…俺が殺す。なんとしても！　この力を行使して生き延びた者は、唯一人も存在しない」

巽の目が極限まで見開かれ、光が放たれる。

多摩はその不思議な光景に驚きの表情を浮かべ、吸い込まれるように巽に目をあわせる。

――それが命取りなのだ。

「…ばっ、……やめろ!!　見るな、多摩！　巽を見るな――ッッ!!」

乾が突如叫ぶ。彼は巽の放つ光から逃れるように強く目を瞑り、多摩の方へ走った。

巽の力を知る乾は、これから何が起こるかが手に取るようにわかるのだろう。彼はこの光が見てはいけないものと知っているのだ。

「その男は美濃さまにとって有害そのもの。たとえ乾であろうと邪魔をすることは赦さない」

腰にかかる護身用の剣を、巽は何のためらいも無く抜き、乾めがけて投げつけた。

ビュッ、と空を切るそれは、まるで矢のように乾の胸を射抜いた。巽は乾に視線を移すことなく、いとも容易くそれをやってのけたのだ。乾の身体がゆっくりと宙を舞う。

床に身体を叩きつけられた乾は胸に刺さる剣に触れて目を見開き、ようやく何が起こったのか理解したようだった。相手が巽なら、自分が危険にさらされるはずが無いと甘く見たのだろう。

震える手を伸ばし、乾の口元は微かに動いていた。しかし、それが声になることはなく、やがてその瞳は眠るように閉じられ、床に投げ出された手もピクリとも動かなくなった。

すぐ傍では多摩と巽が対峙し、彼らもまた微動だにしない。異変があるとすれば、多摩が巽から眼を離せないということだった。正確には、巽の瞳から放たれる光から。

妙な感覚だった。身体の隅々から心の奥底まで全てを覗き見られているような……。その感覚から抜け出すことは、どうやらできないらしい。多摩は二度三度他へ意識を向けようと試みて、それが無駄なことと知った。

そして、最初は走馬燈のように……

次第に嵐のように己の内部を何かが駆け巡る。

一体何が起こっているのか。冷静な部分が状況把握をしようと考えを巡らすも、答えを導き出すには至らなかった。

神子の里、館で一人過ごす己の姿。
永遠に続くかと思われる程、長きに渡る静寂を生き、
時折外に出てはままごとのように神託を授け、再び館に戻るだけの日々。
繰り返される輪の外で、唯一見えた色鮮やかなものは…
笑う、泣く、怒る、喜ぶ、感情と行動が同時に飛び出る無邪気な少女。
共に過ごしたのは、本来なら記憶にすら残らないような些細な日々。
それでも少女は別れが近づくと、小さな柔らかい手で懸命に抱きついてきた。
多摩が好きだと幼く泣く様子に戸惑いを覚えながらも、
その存在全てが欲しいと、漠然と思った自分がいた――
これは…。そうだ、これは俺の、今に至るまでの歴史だ。
これだけが俺の生きた歴史。それ以外には何もない。

自由とは何か、思うままに過ごすとは何なのか。

答えは出ている、俺は美濃と——

ボコ…ッ……

奇妙な音が己の身体の中から聞こえ、首を傾げる。

何かがおかしい。頭の中、思考、同じことを繰り返している。

　美濃との別れ、
　まるで今生の別れのように泣きはらした顔で、あの子が抱きつく…

　今は一緒にはいられない。

　そう思っていても、本当は一秒でも長く、ただあの子を見ているだけでも……

メキ…、ボキ……ッ……

その時ようやく巽の瞳から意識が逸れた。そして、己の身体に起こる激痛からその異常を知る。腕、両腕とも、見事なまでに骨が砕けた音だったのだ。

「なんだ？　……面白いことをする。触れずに身体を壊せるのか…？」

喋ると腹から何かが湧き上がる。…ゴホッ、と　回だけ咳き込むと、待ちかまえていたかのように血液が吐き出された。どうやら内臓を潰されたようだった。

「……それだけ…だと…ッ!?　……これ程、残酷な人生を歩みながら、貴方が傷ついたのは、唯一度、美濃さまとの別れだけだというのか…!?」

眼前で血を吐く多摩を、巽は信じがたいものを見るような眼で呆然と立ち尽くしていた。

「これは面白い力だ。……ゲホッ……、あれは俺の歴史だ。何をした？　あれを見るだけでどうやって壊す？」

「有り得ない……この力を使われて生きていられる者がいるなど……ッ、これは誰もが持つ心の傷を何万倍にも増幅させ身体に損傷を負わせる力だ。堪えきれずに身体が爆発してしまう場合がほとんどで、心に傷が多い者程、跡形も残らない…いや、傷のない者など存在しない…！」

だからこそ、相手が多摩であろうと、これだけの外傷は与えられた。

しかし、巽にとってこんなことは初めてだった。力を使って〝身体が残っている〟人物など、これまでただ一人としていなかったのだ。

「俺の身体を爆発させる気だったのか？」

「木っ端微塵になった俺を、おまえは想像していたのか？」

血に濡れた唇から、真っ赤な舌が覗く。

ぺろり、己の血液を旨そうに舐《な》めあげる。瞳が怪しく光った。

「面白いな、おまえ。……とても面白い。殺すには惜しい……」

「……ッ」

「そうだ、……おまえ、俺に服従しろ」

「…なっ!?」

「その力も、他の輩にはもっと効果的に働くのだろう？　これからは俺のために使え」

「…馬鹿なッ!!　俺は陛下のために働き、その先は美濃さまのために生きる！」

巽が鋭く言い放つと、多摩の眼が更に怪しく紅く光った。

「服従とは身も心も従うというもの。命令には忠実に。主君に背くことは赦されぬ」

ニィ…、と寒気のする笑みを浮かべ、多摩は逆流する血液に再び咽せた。

ビシャ！　と嫌な音をたて、吐き出された血液が巽の頬にかかる。

「……くっ…」

血の粒が眼に入り、巽は顔を顰めた。

「…おまえ、自分自身に誓いを立てていると言ったな…？」

空が黒い。雷がけたたましく鳴り響き、館の傍に立つ大木に直撃した。

「これからは俺に誓いを立てろ、永遠に服従すると」

この紅い眼が世界を闇へと覆いつくす。

絶対に支配はされない。そう強く念じ続けたが、頬にかかった多摩の血がジクジクとして、驚くほどの速さをもって巽の中へ侵食し、食い尽くされていくのが自分でもよくわかった。誰より輝く紅い瞳が闇を彷徨わせ、逃げ場も与えず、指の先から髪の一筋までをも食らいつくされる。

「……ぅ……あぁぁああ……ッ……ア——…………ッ——」

抵抗が……闇にのまれる。

己自身の誇りも、信念も、希望も、描いていた未来すら……

——巽は闇にのまれゆくさなか、ある光景を目にした。

この世を覆い尽くそうとしているかのような勢いで黒雲が増す。稲妻の壁が傍に立つ大木に直撃しては次々となぎ倒し、宮殿への道を作り上げた。途中、幾人もの兵士が逃げまどっていたが、皆爆発して消えた。

「確かにおまえのその力は、俺以外には効果的に働くようだ」

多摩の横に表情無く付き従う自分の姿があった。巽の眼は休むことなく光り続け、小爆発があちこちで起こっている。視界に入る全ての命をことごとく奪い続ける様子は悪鬼のようで、自分の嫌悪する姿そのものだった。

多摩はそこかしこで起こる小爆発を見て愉しげに眼を細めている。

「美濃…おまえの望みを叶える時が来たぞ」

そしてその直後……巽の中に多摩の心の声が流れて来た。

愉しい、愉しい。

考えるだけで高揚する。おまえの望みは、俺がおまえの傍で生きること。俺の望みは、俺の世界におまえが生きること。俺たちの望みは同一のものだ。

荒れ狂う空が嗤っている。

おまえがいないと、無性に喉が渇いて堪らない…どうして俺はこれ程までに、おまえを欲するのか。

——美濃さま……

暗黒が心を蝕み、喰らいつくすその瞬間、巽の脳裏に彼女の笑顔が浮かび……そして消えた。

❀❀❀

宮殿内は逃げまどう人々でひどく混乱していた。

当初はここにいれば安全と思っていたが、雷雲が宮殿を中心に発生し始め、遂には稲妻が宮殿へと繋がる道を作った。もしや一番危険なのは宮殿ではないのか、そう判断するやいなや我先に逃げようと皆が一斉に騒ぎ始めた。今までの穏やかで平和な日々が信じられない勢いで、目に見えない何かに壊されていく、そんな予感がした。

王と王妃が呆然とその光景に立ち尽くしていると、最愛の娘が涙を溜めながらたった一人ぽつんと姿を見せた。二人ともその姿で我に返り、平常心を取り戻す。

「美濃ッ!!　ここは危険だから部屋へ戻りなさい！」

「父さま、母さま、…コワい…」

「大丈夫、何も起こらない。少し空が荒れているだけだから」

「……でも…みんな…怖い顔してる。…こんなの初めて…ッ」

「少しの間だけだ。美濃、母さまと一緒に部屋に戻っておいで」

「父さまは…？」

ぐすん、と幼く泣く美濃を王は強く抱きしめた。

何が起こっているのかなどわかるはずもない。わかるのはこの身に肌で感じる危険だけだ。

もしもの時は、せめてこの子だけでも……

「私も後で行く。皆一緒だ、良い子で待っておいで」

「……う」

「さぁ、……玉欄《ぎょくらん》、美濃を頼む」

「……陛下……必ず……」

妻の瞳が不安げに揺れている。安心させるためにゆっくりと頷くと、王は二人の姿が見えなくなるまで見送った。

こんなことは恐らく建国以来初めての出来事だろう。宮殿入り口から続く稲妻の壁が道をつくり、まるで何かをここに導いているかのようだった。

何が起こっている……。上も下も無く逃げまどう人々の姿を目で追いかけ、王は汗ばむ手を握り締めた。宮殿の出入り口では怒声が飛び交い、我先に逃げようと醜い争いが起こっている。ほんの一時前までの穏やかな風景などどこにもない。

「きゃあああああっ!!!」

突然、出入り口付近から女の悲鳴があがった。

同時にドン、ドォンッ、ドォンと何かが次々と爆発する衝撃音が響く。

王は宮殿出入り口へ走った。すぐそこで何かが起こっているというのに、見て見ぬふりなどできるわけがない。

「陛下、ここは危険です!!　裏門からお逃げください!!」

途中何人もの兵に呼び止められたが、進む足を止めようとはしなかった。

すると――

今の今まで必死で逃げようとしていた人々が、突然爆発して一斉に弾け飛んだ。

「……ッ！　な…一体何が起こっている!?」

目の前で起こった信じがたい光景に戦慄する。

だが、このような所業を可能にする人物の顔が一瞬王の脳裏を掠めた。しかしそれだけは有り得ない、そんなはずは無い。馬鹿馬鹿しさに己の考えを即座に打ち消す。

しかし、打ち消したばかりのその悪夢のような考えが現実のものとして、彼の目の前に現れたのである。

「……た……つみ……ッ！」

巽と……彼の肩に担がれているのは、乾。恐らく意識がないものと思われた。更にはほとんど寝たきりだと聞いていた神子の姿が、ゆらりと彼らの後ろから躍り出たのである。

「…これは…どういう…」

王が口を開いた途端、彼の後ろで走り回っていた男たち数人が爆発音と共に弾け飛んだ。見れば明らかに巽が彼らに力を使っている。王が知っている巽の能力は確かにこのような所業をなせるものだ。

だが、これまでは決して乱用することはなく、むしろあまりに残虐な能力ゆえに忌み嫌い、ほとんど使用することが無かった。そんな男だったからこそ美濃の相手にも相応しいと考え、全幅の信頼を寄せていたのだ。

巽の視界に入った者が次々に弾け飛ぶ。もはや力の乱用という言葉では片付けられない一方的な殺戮《さつりく》だった。

「おまえ、憶えているぞ。何度か会った。美濃の父親だな?」

王を見て、多摩は薄く嗤う。

「巽、これはつい先刻までおまえが忠誠を誓っていた男だ。他の輩とは違い、逃げたりせぬあたり、それなりの度胸があるようだな」

巽は無言で王を見た。その目は先程から乱用している力を使うためのものではなく、多摩の言葉を受けて視線をあわせた、それだけであった。もとより表情豊かな男ではなかったが、今は表情そのものが失われ、感情自体が存在しないかのようだ。

何故神子が巽を従えている? 何故…、ここまで酷い所業をなせる?

「……何が目的だ」

王の一言に感心したように多摩の目が細められる。

「美濃を」

「美濃…だと!?」

「あれは俺のものだ」

「ならぬッ!!」

はっきりと拒絶する王に、整いすぎた多摩の顔が愉快そうに歪んだ。

何がおかしい…？　訊こうとしたが、身体の芯が凍ったように動かない。

「ならば、台本通り選択肢をくれてやろう。どちらかを選べ」

「そのようなこと、受けるはずが」

「おまえがこの国の主導権を握っていると知っているから与えるのだ。その辺の雑魚《ざこ》に選ばせてやっても良いのだが…それはそれでつまらぬ」

「……な…ん…」

「国を左右する、とても簡単な選択だ」

「……ッ」

王は奥歯を噛み締め、屈辱に堪えた。この男はわかっているのだ。国という言葉に、耳を傾けない国王などいないことを。

「……聞こう」

「…では選べ。美濃を俺に差し出すか、それとも、儚い抵抗を試みるか。差し出せば忠実な下僕として生かしてやろう。抵抗すれば、皆、残らず消してしまうまで」

——肯定した場合は繁栄が約束され
否定した場合は静かなる世界が約束される——

ああそうだ、これはあの時の神託。王はこの時になってようやくあの日の光景を思い出した。

「わかるだろう？　既に主導権は俺に移っている」

「何という……ッ」

何ということだ…こんなことがあの神託の意味する真実……

「…巽!!　お前はこんなことを言われても黙っているのか!?　美濃はお前を好いている、小さな頃から巽しか見ておらぬ!!　あの子を託せるのはお前だけだと信頼を寄せた我らの気持ちを無かったことにするのか!?」

王は巽に摑みかかり、叫ぶように訴えた。揺さぶられた勢いで肩に担いだ乾の身体がぐらりと揺れた。

だが、目の前にいるのは感情の灯らない目をした男だけ。この男はもはや巽ではない。恐らくは何かの力で操られているのだ。そうは思っても、あの強く優しい男が、美濃を大切にしていた男が、こんな状況に打ち勝つこともできず殺戮の限りを尽くしているなど考えたくなかった。

「……巽……お前にしか……、…美濃を託せぬと言っているのだ……ッ!」

何故このようなことになったのか。神子は未だに身を起こすのも難しいまま日々を過ごしているのではなかったのか。この神子を誰よりも危険視して、最後まで欠片を還すことをためらっていたのは他でもない、巽自身だった。だからこそ、神子の心臓の一部と言われる欠片を巽に託し、彼が納得しない限りは神子の手元に渡るはずがなかったというのに。

「……陛下……」

巽の低くよく通る声が、絶望感に打ちのめされそうになる王の耳を掠めた。

「……巽……、……お前……」

もしや、自分の言葉が彼の心に届いたのか、それとも、今までのは全部多摩を欺《あざむ》くための芝居だったのでは、あらゆる期待を思わず胸に抱いてしまう。

「陛下……、美濃さまを差し出しなさい。……この方に、差し出しなさい」

再び絶望が押し寄せる。巽は感情の無い目で淡々とそう言った。

これまでの日々は一体なんだったのか。

「愚か者め…ッ、命より大切な娘を貴様のような輩に渡せるものか!!」

王は腰に差した剣を抜き、一瞬にしてその切っ先を多摩の喉元に突き当てた。…が、それより先に多摩の足が空を蹴り、音もなくフワリと舞い上がる。重力を感じさせない軽やかな動きに身体が反応する前に、多摩のつま先が剣先を滑らかに鋭く弾き、剣そのものが弧を描いて数メートル先の床に突き刺さる。

「答えは後者か……？」

多摩はそのまま王の背後に舞うように着地し、涼やかな声で言う。

後者――儚い抵抗を試みる……

「……は……ッ」

ただ後ろに立っているだけだというのに、…一体なんだこれは。

我々は何という恐ろしいものを神子として崇めていたのか。これは神子と呼ぶにはあまりに対極の、邪悪な存在だ。

王は己の無力に愕然とその場に膝をついた。

「何だ、もう終わりなのか……？」

戦意喪失した王に落胆した多摩は溜息を吐き、骨が砕けた己の腕をやんわりと撫でながら天井を見上げる。誰が見てもこの状況に冷めてしまったのが見て取れた。

「あぁ、つまらぬ、つまらぬものを相手にしたようだ。手足を千切られても抵抗する姿を期待していたものを……ッ、……もう面倒だ、後はおまえに任せる」

多摩は唾を吐き捨てるように言い放ち、振り返ることなくその場を去った。

残されたのは王と巽、そして肩に担がれ意識の無い乾。王はそれでも己の死を間近に感じた。民も、家族も、何一つ護ることができぬまま終わろうとしている己を心底嫌悪しながら。

「……何故……美濃が……これではまるで生贄ではないか……」

大事に大切に育ててきたというのに。こんなことのために愛してきたわけではないのに。

巽は、膝をついたまま何もできぬ王を見下ろし、静かに言い放った。

「ここはもうすぐ完全な結界が張られ、誰も入ることができなくなる。数百キロ四方はあの方の標的となり、生命反応のあるもの全ての命が奪われるだろう」

見上げると、無表情なままの巽が床に刺さった剣を抜き取り、王に向けている。先程と何一つ変わらない表情のままで。

「……情けないものよ、何と不甲斐無く口惜しい……、私もお前も……っ！」

王は悔しさに顔を歪め、完全に己を失くした巽を見上げながら憤りを叩きつけた。

情けない。あのとき神託に不吉を感じていたにも拘わらず、平和に胡座をかいた結果がこれだ。本当にもう何も変えられないのか、美濃、美濃、美濃……

喉元に切っ先が突き立てられ、王は何一つ抵抗すること無く目を閉じた。

そして、次の瞬間、王は巽が小さく呟く声を聞いた。

「……命令には忠実に。……主君に背くことは赦されない」

それはあまりに無情すぎる一言だった。

巽の顔はこの瞬間でさえも表情が無い。

けれど、彼が今にも泣いてしまうのではないかと思える程、その瞳は哀しそうだった。


王妃は美濃を連れて階上へ駆け上がり、衣裳部屋に身を隠していた。

「母さま、どうして隠れるの？」

衣裳簞笥《たんす》に美濃を隠すために扉を閉めようとすると、不安げに瞳を揺らす我が子に気づき無言で抱き寄せる。娘の疑問に対する答えを持たない母の唯一できることだった。

「絶対に…私が開けるまで、ここを出てはだめよ」

母はもう一度美濃を強く抱きしめると、衣裳扉を閉めた。閉まる直前、美濃が手を伸ばしてきたが、胸が千切られそうな想いで見なかったことにした。

この不安の元凶がそこまで来ている。だからと言って、自分がどうすればいいかなど見当もつかない。本当は立ち向かったからといって、どうこうできる相手ではないのだろう。この宮殿へ向かう雷光の道は思い出すだけで身が縮まる。もしかしたら既にここはこの世のものではないのかもしれないとすら思えてくる。

「おまえは誰だ？」

消え入りそうな決意を吹き飛ばすような低い男の声が部屋の扉からかけられた。緊張で震えが走ったが、彼女は毅然と振り返る。

「……王妃か、おまえも見たことがある」

抑揚の無い男の声。

薄暗い部屋の中、目を凝らすと驚くほど整った美貌の青年が静かに佇んでいた。長い黒髪が艶やかに流れ、色白の肌に浮かぶ双眸の瞳が紅く煌《きら》めく。若い乙女であればひと目で恋に落ちてしまうかもしれない。だが、どこかで見たことがある顔だった。

男は一歩、二歩とこちらへ近づいてくる。傍に来るほど彼の容姿が鮮明となり、一人だけ、過去の記憶と重なる者がいた。

「……神子……？」

男は嗤う。

「…そう呼ぶ者も少なくなった」

やはり…。彼は、あの日の少年神子だ。美濃がとても気に入っていた、あの……

ほとんど動けない状態だという話は何だったのだ…？

「何故美濃を隠す？」

「…わからないわ。……ただ、私は、あなたから美濃を隠さなければと……さっきから嫌な予感しかしないのよ」

震える王妃に多摩は無表情のままだ。けれど、彼が先程美濃を隠した衣裳簞笥ばかりに意識を向けているのを見て、ここに来た彼の目的が何であるかわかってしまった。

「姿だけは大人の女性になったように見えても、あの子はまだ世間知らずの子供よ」

「知っている。何一つあの頃と変わらぬ無防備なままだ」

「だったら…っ、そのままの関係でいてはもらえないの？」

「…それは俺が決めることだ」

薄く笑った顔が冷酷に歪み、王妃は黙り込んだ。どうあっても変えることはできないのか。美濃を見ていれば多摩に対して信頼を寄せていることは明白だ。

完璧に信じ込み、微塵も疑うこと無く、幼い頃のままの気持ちで……ならばほんの少しでも、美濃に恐怖心を植え付けることができれば、もしかしたら彼から逃げようとしてくれるかもしれない。

ごくり、と唾を飲み込む。これが正解とは思えないけれど、何もしないよりはと王妃は決意した。

「……神子の里を滅ぼしたのは…あなたね…？」

かたん、美濃を隠した衣裳扉が小さく音を立てた。今どれだけ彼女が動揺しているのか手に取るようにわかる。だが、美濃が聞いていることが重要なのだ。

「…次は何を滅ぼすつもり…？」

　この男に理解できるだろうか。答える言葉によっては、美濃をひどく傷つけ信頼を失うということを。

「…何、ということもない。皆、消える」

　涼しい顔で、男は王妃の罠にかかった。

　絶対の信頼など与えない。あなたは永遠に美濃を手に入れることはできないのよ。

「そうして全て消えて…あなただけ生き残って…何をしようというの？」

「俺だけではない、美濃も生きる。永遠に二人だけの世界を手に入れる」

「…なら、目の前の私もあなたにとってはとても邪魔な存在でしょう。生まれた時から誰より傍で見続けてきたこの目も、あの子が自ら飛び込み、望むだけ抱きしめるこの腕も…私という存在そのものがとても憎いでしょう？」

　ぴくり、と多摩の眉がひくつく。明らかに美濃の母、という存在に対して苛つきを覚えた顔だった。

　多摩の眼が紅く光った。瞬間、王妃は一歩下がり、衣裳扉に手をかけて思い切り開け放った。

「……母さまッ!!」

　不安でいっぱいになっていた美濃は、急にひらけた視界の中、眼前の母の背中に手を伸ばした。頭の中はもうずっと混乱して、とても怖くて仕方なくて、母に縋り付きたくて。

だが、伸ばした手を掴んだのは母ではなかった。横から強引に掴まれた腕に身体ごと引っ張られて引き寄せられる。

「…やっ！」

きつく抱きしめられるように抱えられ、苦しくて小さくもがく。それすら赦さないとばかりに更に強くかき抱かれ、自由を奪われた。

「…やぁあ……っ、ッ…た……多摩……ッ、ど、して…ッ」

どうしてこんなことをするの？　こわい…、こわい、多摩がこわい…ッ。

こんなふうに多摩に対して恐怖を感じたのは初めてのことだった。

さっき母さまと多摩は変なことを言っていた。多摩が神子の里を滅ぼした？　多摩がこの国を壊す？　二人だけの世界ってなに？

「母さま、…か、さまっ!!」

息が苦しい。怖くて仕方がない。怖くて怖くて、ここから逃げたくて何度ももがく。

そして、…ふ、と腕の力が緩んだ。美濃は少し自由になった多摩の腕の中から母を振り返り呆然とする。

「……ぁ……？　……ッ、……な、…に…？」

さっきまで閉じ込められていた衣裳簞笥の傍に母はいるものだと思っていたのだが、そこには〝先程まで母が着ていた服〟だけが無造作に置かれてあるだけだった。

「母さま…は…？」

一瞬見たはずの背中は確かに母だったのに。

疑問と、言いようのない不安。次の言葉を発する前にまた強く抱き寄せられた。

「……っや…ッ、くるし…よ」

部屋のどこを見ても母はいない。抱きしめる多摩の腕も、自分が知っている彼とは別人のように思えて恐怖しか感じなかった。

「……美濃」

多摩の低い声が耳の傍で響く。あまりに近くてビクリと身体が震えた。一分の隙も無いくらい美濃をきつく抱いたまま、多摩は窓際まで歩いた。見事な刺繍のカーテンを半分程開き、嵐が襲う外の様子を見せる。

「…外を見ろ」

命令口調に促され、美濃は思わず外を見た。

「…ひッ」

息をのむ。なんということだろう、黒い空から無数の光が走り抜け、空が地上を襲っているようにしか見えなかった。

これは、何？　どうしてこんなことに……

「安心しろ。ここだけは残す」

多摩が言うことの意味はわからなかった。

ここだけ、って？　…なら他は？

他は残さないとでも言うの？　口を開こうとすると、それを拒むかのようにカーテンが閉められた。同時に低い唸り声のような地鳴りで空気の震えが起こり、例えようのない不安だけが駆け巡る。ガチガチと身体が震えてきて、外から聞こえてくる断末魔のような酷い唸りに悲鳴をあげそうになる。

多摩は震える美濃を抱えながら部屋を出た。向かう先は美濃の部屋だった。階段を上がるその動きに迷いは無く、いとも容易く辿り着く。

その間、美濃はただ震えていただけだった。外から響く音も、母がいないことも、多摩のことも、何もかも怖くて暗闇の中一人で放り出されたようで堪らなかった。だから、彼が何の目的をもってここにやってきたのかなど、彼女には計りしれないことだったのだ。

「…きゃあ…ッ」

気がついた時は、ベッドに放り投げられていた。突然のことで何が何だかわからない。

そして、何かを考える前に多摩の身体が重くのし掛かってくる。

はぁ…と、彼の吐息が耳元で漏れ、ぞくりとした。

「……やはりそうだ。…おまえだけだ、…おまえのこの甘い匂いが狂わせる」

多摩の目は、もはや冷静ではいられないと訴えているようだった。傍にいるだけで感じたことのない欲望が頭をもたげてくるのだと。

「…重い、…よッ……、多摩、…どいてよぉ」

わからないことばかり立て続けに起こって、美濃の目から遂に涙が零れてくる。

ただ逃げたいと思った。多摩が怖い、ここにいてはいけないと思った。

「…っや…ッ!!　何するの…ッ」

身体がびくんと震える。多摩の手が服の下に滑り込んで直に肌に触れたからだ。

綺麗に整った顔からは想像できない男らしい骨張った大きな手が脇腹を滑り、胸の膨らみを捉えた。驚き悲鳴をあげようとしたが、多摩の唇に自分の口を塞がれてくぐもった声にしかならない。

「…ん――…ッ、ん――…ッ、…っ、う……ッッんん、…」

口の中にぬるっとしたものが滑り込んでくる。それが多摩の舌だと気づいた時には口腔を思う様に蹂躙され、逃げ場を無くした舌は完全に捕らえられてしまっていた。

美濃の纏う服は一枚ずつ剝かれていき、彼の手は思うままに彼女の身体の感触を愉しむように至るところに触れてくる。

「…ん、…んん…っふ、……多摩、…おねがい、やめてっ…っ」

ようやく口が離れ、美濃は懇願した。こういう行為がわからない年ではない。いくら幼いと言われても知識くらいは持ち合わせている。

これを許す相手は、ずっとずっと憧れていたあの人で。一緒になった初めての夜に行うもので……。これは違う。夢見ていた相手じゃない。

「やだぁ…巽、巽、巽ぃ、…巽――ッ!!」

大好きなあの人じゃなければイヤだ。唇を重ねるのも、身体に触れるのも、巽じゃなければイヤだ。

その言葉に多摩の目つきが変わる。

「抵抗するな」

そう言って多摩は、激しくもがく美濃を組み伏せ、彼が纏っていた装束の腰紐を解いて彼女の頭の上で両腕を縛りつける。恐怖で泣き叫ぶ彼女の姿を見て、多摩は口端をつり上げ狂気を感じさせる笑みを浮かべていた。

露わになった美濃の胸の膨らみに彼の唇が触れると、彼女は驚愕して小さな叫びをあげる。果実のような突起を舌で突かれると、美濃は震えながら泣きじゃくり、それでも押しのけようと必死の抵抗を試みた。

しかし、その胸の柔らかさも、非力な抵抗も、何もかもが多摩の欲望に火をつけるだけだった。彼はただ触れるだけでは満足しないその心が何を求めているのか、実際に肌に触れたことでようやく理解することができたようだった。

彼は知っている。この先どうすれば、美濃と一つになることができるのか。

「…っひぁ…っ!?」

両足を抱えられ身動きもままならない美濃は、身体の中心を襲う刺激に悲鳴をあげた。

多摩が…多摩の舌が…ウソだ……

信じがたい行為に死にたいくらいの羞恥《しゅうち》を覚え、首を振る。

「…やだぁ……っ、やだぁ…、や…ッ…や、あ…ッ！」

それは執拗《しつよう》に、反応を愉しむように延々と続けられた。抵抗したくても縛られた両腕では抵抗らしいこともできず、おまけに器用に動く舌に与えられる刺激でうまく力が入らない。そのうちに指を浅く深く挿れられるようになったが、身体の中心から沸き起こる得体のしれない感覚を相手にするのが精一杯で、彼がすることに追いつくことができない。

「おまえの身体は素直だ。…こんなに濡れて俺を誘う」

「……あ…ぅ…んんっ…やだぁ…、ちが、…ちがうよぉ…ッ」

「ならば溢れてくるこれは何だ？」

中心から指を抜き、濡れて厭らしく光るそれを美濃の目の前で見せつける。その指を多摩の長く赤い舌がゆっくりと舐めあげ、妖艶な笑みを浮かべた。

「おまえの味がする」

恥ずかしくて顔から火を噴きそうだった。自分の身体はどうなってしまったのか。どうして多摩のすることに反応しているのか、巽でなければ嫌ではなかったのか。

多摩はそんな美濃の戸惑いを知ることなく再び美濃の中心に顔を埋め、ぴちゃぴちゃとわざと音を立て責め立てる。

「あ、あッ…っ、…んぅ……、っふ、…、やぁ…っ」

いやだ、どうして。どうして身体が反応するの？

声が我慢できない。ウソだ、どうしてこんな……

「…ああぅっ、…やめ…ぇ……多摩……おねが」

お腹の奥が変…コワイ。嫌だよ、やめて、もうやめて。

次に何がくるのか…ここで終わらないと、もう後戻りできない気がする。とても深い闇に引きずり込まれて、どこまでも堕ちていってしまう。

多摩の身体が覆い被さってくる。熱を孕《はら》み濡れた吐息と共に唇を塞がれた。熱い舌が自分の舌に絡まり、逃げる隙など、考える余裕など与えてはくれない。

「おまえは黙って俺のものになればいい」

低い声が甘く囁く。身体の中心に熱いものが触れ、美濃の身体が仰け反る。

「…んぁあ…や、あぁあ、ああ――――ッ!!」

容赦無く、加減も知らず、身体の最奥まで強引に貫かれた。

「…ッ……そんなにキツくするな」

多摩の苦しそうな声が耳元で響く。心なしか息があがっているようだった。

「…ぁ…イタ……抜い、てぇ……ッ　おねがぃ…、多摩ぁ、悪いことしたなら謝るから…ッ、ごめんなさいぃ…ッ」

ふるふると痛みに震え、何度も浅く息を吐き出しながら目に涙を浮かべる。もう何もわからなかった。痛くされるのは、もしかしたら自分のせいかもしれない、そんなふうにも思えてくる。

「…イ、…あぁ――――ッッ!!」

多摩の腰が動く。初めての快感に支配され、多摩は本能に抗《あらが》うことなく腰を振っているようだった。動く度に自分の下で啼《な》く美濃を抱きしめ、貪るように唇を奪う。

「ん、ん、んッ、…ん…ッ、っふ、…ん、ッ、んぅ、！」

零れた涙を舌で舐め取り、腰を突き上げる。悲鳴をあげる美濃の目からまた涙が零れ、舐め取っては腰を振る。

「…っは…、…もっと奥まで俺を受け入れろ」

多摩は美濃の両足首を摑み、大きく広げた。グッ、と最奥を突き上げられ、美濃は悲鳴をあげる。動く度に混ざり合う音が厭らしく響き、抵抗しがたい快感にぞくりと身体を震わせた。

「や、やっ、…やめっ、いやぁぁあ」

「…く、…ッ、…そんなに締めるな…」

苦しげに吐き出される言葉の意味は美濃にはわからない。繋がりが深くなるほど多摩の呼吸は荒くなり、そこから逃れようと身体を捩っても簡単に引き戻されてしまう。

どうしてこんなことになっているのか。身体の中心を激しい熱で支配されながら混乱は続く。

多摩の瞳はいつもよりも紅くて、どこに顔を向けてもその色がちらつき、今の自分の姿も表情も、全てを視姦されているように思えてとてつもない羞恥を感じた。それでも、力の差は歴《れき》然《ぜん》としていて顔を隠すこともままならず、腰を打ち付けられる度に、ただ声をあげ続けた。

「…やっ、あぁっ、ぅあぁんっ、あっっ、っあ」

そして、幾度となく肌がぶつかり、その激しさに意識が飛びかけていた時だった。多摩は不意にこれまでの激しい動きを抑え、突然何かを探るような抽挿をし始める。

引き戻される意識の中で彼を見ると、苦痛に歪めた美濃の表情をまるで観察するような眼差しで、身体を貫く角度を僅かに変えては慎重に何かを見極めているようだった。

「…あっ」

突然、小さな電流が走ったような感覚がして美濃は声をあげる。すると、今度は同じ場所ばかりを突き上げられた。何度も小さな悲鳴があがる。けれど、それは今までとは少し違う感覚だった。繰り返し同じ場所ばかりを擦られているうちに、自分の身体が少しずつ熱を帯び始めていくのがわかり、美濃は答えを求めるように多摩を見上げた。

「…相性は極めて良好ということか」

どうやらそれは、美濃の意思とは無関係に身体が快感を訴える合図のようだった。

美濃は自分に起こっていることについていけない。されるがままに何度も貫かれているうちに、痛みだけではない違う感覚がじわじわと襲ってくるのだ。

多摩と繋がっているところが熱くて、お腹の奥が…

どうして…？　いや、いやだ、…なんで……こんな……

「ふあっ、あっ、いや、ぁ…あ——っ」

突如、多摩の責めが強くなった。強弱をつけて、何度も何度も、美濃が一際大きく反応する場所ばかりを擦りあげる。

目の前が白くなって意識が飛びそうだった。抵抗なんてできない。身体が勝手に多摩の与える快感を受け入れてしまうのだ。

「あ、あああ、あっ、あ、いやっ、…ッや、…もぅ、…あっあっ、あ――ッ!!」

身体の奥から襲う強い快感に背をしならせ、一層の突き上げがより高みへと導く。

びくん、びくん、と絶頂に震えながら、多摩が一度だけ苦しげに喘ぐと、自分の中に熱いものが注ぎ込まれたのを強く感じた。

「……はッ……ッ……、…美濃…」

多摩は何度も唇を重ねてきた。

きつく抱きしめ、うわごとのように美濃、美濃、と繰り返す。その間も身体の奥がびくんびくんと打ち震え、小さな痙攣が止まらなかった。

美濃は肩で息を吐き、この身に起こったことを未だ理解しきれぬまま呆然と天井を見上げる。

「……俺を見ろ。……永遠に抱いてやる」

視界いっぱいに多摩の熱い眼差しが迫る。彼以外を視界に入れることすら許されないというのか……。その内にまた口を塞がれ、ひとしきり口腔を味わい尽くされると、彼の指が身体中を這い、狂おしいほどの愛撫を始めた。

多摩の腰が僅かに動いただけで中が擦れて身体が反応してしまい涙が出る。

「…んぁ……ッ、…も……やめて……」

いやだ、…身体だけが切り離されていく。

弱々しく喘ぐ美濃を愉しむかのように、多摩はゆっくりと腰を動かす。

もはや彼女を離す気などない。だからそう易々と繋がりを解く気もないのだ。

飽くことのない行為は美濃が意識を失うまで続く…。美濃は、どうしようもない程の深い闇に逃げ場を失ったのだった。

第四章

それから、何度意識を失いどれだけ身体を繋げたのか。

美濃にとって唯一できた泣くことも喚くことも、聞き入れられることのない意味の無い行為にしかならず、休むことのない淫らな行為は、まともにものを考える力を奪っていった。

そんな日々が続いたある日、多摩は初めて美濃の意識のあるうちに身体を離した。

多摩の熱も身体の重みも消えて初めて、全身が悲鳴をあげているということに気がつく。

指一本動かすことすら億劫《おっくう》で、起き上がるなんてとてもできそうにない。そんなことにも気づけない程、長い時間をかけて身体に深く刻み込まれた。身体の中心にはまだ多摩の感触が強く残っていて、自分の身体とは思えないほど言うことをきいてくれない。

「……少し眠れ」

頬を、多摩の大きな手がやんわりと撫でる。美濃の隣に横になり、乱れた髪を手で梳いてやりながら、少し気怠げに唇を寄せる。

まともな思考をしていれば、多少でも抵抗を示せたかもしれない。しかし、もはや考えることを放棄してしまうほど疲弊しきってしまい、言われるままに目を閉じて、眠りに落ちていく……。

……もう……このまま……、……永遠に眠ってしまいたい……

深い眠りの奥で、美濃は心から切望した。

多摩は完全に意識を失った美濃の口をペロリと舐め、小さく開いた唇に自分の舌を滑り込ませた。歯列をなぞり、舌先で上顎を突く…。ふう…と苦しそうに喘ぐ美濃の様子に胸の奥がくすぐったくなって唇を離してやると、涙を浮かべて寝てしまったせいで目の端に涙の粒が溜まっていることに気づき、それを舐め取ってやった。

——妙な気分だ。胸の奥が落ち着くと思えば、ざわつく……

多摩は彼女の寝顔を見つめたまま少し考え込んでいた。

だが、…ガタンと、遠くから僅かに聞こえた物音に起き上がると、溜息まじりにベッドから降りて、寝ている美濃を残したまま部屋から出て行く。

そして大階段を降りたところで、気ままに歩く後ろ姿を目にした多摩はピシャリと言い放つ。

「…あまりうろつくな」

声に反応して振り返ったのは乾だった。

「退屈で堪らないんだよ」

「…傷が治ればすぐそれか。呆れたものだ」

「多摩は楽しそうじゃん？　ははっ、他の女なんて見向きもしなかったのにねぇ。あんまりヤリすぎると、姫さま壊れちゃうよ？」

「…壊れる？」

本気で疑問の声を発する多摩に、乾は苦笑した。

乾は最初の数日間、巽にやられた傷で生死を彷徨い続けた。傷の手当ては主に巽が行っていたらしい。目が覚めて動けるようになるまで更に数日を要し、そこでふと多摩の存在が無いことに気がついたのである。

聞けば美濃と部屋にこもったきり、もう何日も出てこないのだという。中で起こっていることなど乾には簡単に想像がついた。この状況で何もないわけがないし、行為そのものは乾のせいで何度も目の当たりにしているわけで…だから何をしているかなんて、愚問以外の何ものでもないとは思うのだが……

——今までヤッてましたって顔してるよ…あの多摩が……

正直、あの多摩がここまで溺れるとは今の今まで、こうして本人の顔を見るまで半信半疑だった。

「女の体力は男より遙かに劣るからな。程々にしとかないと、ヤるのが厭になるってことだよ」

「……、…………」

渋い顔をして黙り込んだ多摩に、乾は吹き出した。

自分本位にどれだけ好き放題に美濃を求めたのか、それだけでわかるというものだ。

「何を笑う。俺は可笑しくない」

憮然とする多摩に、乾はますます笑った。

「まぁ…そうだな。…気絶させない程度にしといてやれよ？」

そう言った乾の言葉に、多摩が息をのむ。

考え込むように目を伏せ…首を横に振る。彼の心の内がわかるような狼狽えようだった。

何回気絶させたんだと聞いたら何と返すのだろうか。

と、廊下の向こうから二人の会話に気づいた巽がやってくる。

「――神子殿」

「…まだそのように呼ぶのか」

呆れた様子の多摩の傍まで歩み寄り、巽は一切躊躇することなく跪《ひざまず》く。この忠誠の姿は、つい先日まで王に対して見せていたものだ。

「お加減はいかがですか。身体に痛みは…」

「…あぁ…そのようなこともあったか」

思い出したように多摩は自分の肩に手を触れた。あの日、巽に内臓を潰され、両腕の骨を砕かれたのだ。

だが、彼はさほど深い痛手を負ったふうにも見えず、今日まで平然と過ごしている。

「あの程度で騒ぐ必要もあるまい。心臓を掴まれた方が余程苦痛だ」

感情無く平然と言ってのける様が彼のこれまでの過酷さを物語っていて、何とも言いがたい気持ちにさせる。確かに今の彼は己の全てを取り戻したことで、圧倒的な力に満ち溢れている。

尽きることのないその力は、あらゆることが彼の思い通りになることを周囲に納得させるに相応しく、その身が持つ回復力も以前のそれとは比べようもないのだろう。

「…ところでさぁ、知らないうちに外が凄いことになっちゃったみたいなんだけど、あれってどういうこと？」

乾の問いに多摩は眉一つ動かすこと無く答える。

「……見たままだ」

「俺の家、確か向こうの方にあったはずなんだけど」

「……」

「それに俺らはどうするつもり？　はっきり言って、今の多摩には邪魔でしかないよな？」

その問いは核心に迫ったものだった。多摩が必要なのが美濃だけというなら、それ以外の存在全てが要らないものでしかない。他の連中同様殺すつもりか、それとも使い道を見いだしているのか。

多摩は一瞬だけ沈黙し、しかしその一瞬を奪うように乾が口を開く。

「…だけど、実は俺たちには役目がある」

「……何だ」

「ここに貯蔵されている食料で永久に生存することは不可能。いくら多摩でも食事は必要だ。姫さまも同様にな。だから俺たちは狩りをする必要がある。それも一時のものではない、半永久的な供給を求めて。多摩はこういうのに頭が回らないタイプだ、そうだろう？」

「乾、無礼な言い回しはよせ」

「巽は黙ってな。多摩、わかるだろう？　そういうのが俺らの役目だよ。より効率的に、より政治的に、より優位に調達する」

政治的に狩りをする？　理解しがたい発言に感じる。だが、

「……好きにするといい」

何となく乾を泳がせてやる気分になった多摩はそんなふうに答えた。

「俺たちは明日にも出るよ、ここにいても俺には退屈なだけだしな」

乾の言葉を聞いて多摩は薄く笑う。この男はどこまで多摩にとって都合が良い存在でい続けるつもりなのか、それで満足することなどあるものかと。

しかし、今の多摩にはそんなことはどうでもよかった。すっかり胸の奥深くまで美濃で埋め尽くされ、狂わされてしまった。温もり、香り、甘く蕩けそうな身体。油断すると身も心も美濃を求め出す。

早く目を覚まして、早く俺を見ろ、おまえだけは啼いても喚いても傍に置いて離さない。

「少し、外に出てくる。……上で美濃が寝ている、静かに過ごせ」

「随分優しいんだな」

——優しい？

嗤ってしまいそうだった。

そんなものではない。自分以外の存在を美濃が知ったところで、面倒なことしか起こらないと思うからだ。心の拠り所など絶対に与えるものか。

「……なぁ、多摩、今、満足か？　少しは腹いっぱいになったか？」

後ろから投げかけられた乾の問いかけを聞きながら扉を開ける。久しぶりの外の世界、北風がひやりと肌を冷やした。

もっと、もっと…もっと欲しい。あの子に触れていないと、心がかさつく。ずっと餓えていた。欲しくて欲しくて、ひたすら求めていたものだ。ほんの少しあの子の世界を手にしたからといって、この餓えは簡単に満たされたりはしない。

多摩の目が欲情で濡れる。はぁ…と熱い息を吐き、頬が上気して赤みが差した。

「──足りない……」

多摩の呟きに、乾は心底嬉しそうに笑った。月夜に照らされる多摩の後ろ姿が風に揺れる。見渡す限り〝何も無い〟世界がひろがって、当の本人は夜風が心地よいのか目を閉じて静かに佇んでいる。

食い尽くすように世界を無にした多摩。

しかし、目的はそれではなかった。ただ、美濃を欲しがっただけだ。


翌朝を待たず二人はどこへ行くとも告げること無く宮殿を出て行った。

多摩は朝陽が昇るまで空を見上げ、障害物の無い平らな世界を心地よく感じていた。

ふと、乾の言う政治的にという言葉が頭を掠めたが、多摩の思考はそこまでしか追いかけなかった。そろそろ中に戻ろうと思った矢先、人影が視界に入ったからである。

人影は宮殿正面に佇んでいる多摩から見て西の出口からふらふらと出てきた。

「……美濃」

見紛うはずもない。寝ているあの子を置いて出て、一日近く経過している。目覚めて誰もいないと知り、逃げ出そうと考えたのだろう。取る物もとりあえずといったふうで、布を身体にただ巻き付けているだけのように見える。

だが、勢いで飛び出したものの、目の前にひろがった虚無の光景に愕然とし、よろめきながらその場にへたり込んでしまった。

多摩は美濃のいる方へ足早に向かう。近づくほど、彼女の呆然とした様子がよくわかった。何が起きているのか理解できず…逃げることも忘れてしまっているようだ。

しかし、かさついた土を蹴る足音にビクリと震え、多摩が近づいて来たことに気づくと慌てて立ち上がり、もつれそうになりながら走り出す。

必死に逃げるその様子が堪らない気分にさせる。懸命に走っても距離が簡単に縮まってしまうのに、蒼白になりながら息を切らすその様子が多摩の胸をくすぐった。

「どこへ行く…?」

美濃に追いつき、右腕をあっさり摑んで引き寄せると、多摩は彼女の耳元で囁いた。

巻き付けていただけの布地は勢いで外れ、フワリと風に舞い地面に落ちた。

「…やっ…やっ、やだっ!!　いやっ!!」

じたばたともがき、全身で拒絶を示す。

「いやっ、いやっ、ここはどこっ⁉」

「おまえの方がよく知っている」

「こんなとこ知らないっ！　何で何もないの⁉　何で誰もいないの⁉　みんな、どこに行ったの⁉　私を置いてどこに行っちゃったの！　いやぁああっ、父さま、母さま、巽ぃ！　どうして私も一緒に連れて行ってくれないの？」

感情が爆発して泣きわめく美濃の口からは次々と彼女の愛しい人たちの名前が飛び出し、多摩の中で行き場のない思いが膨らんでいく。

目眩がする。何度も何度も、美濃は自分以外の者に思いを馳せて泣き叫ぶ。それはあまりに遠すぎて、酷く苛々するものだった。

「……んぅ…っふううっ‼」

多摩は自分以外の名を呼ぶ美濃の口を手で塞ぎ、後ろから更に強く抱きしめた。

「そうだ、おまえはここを知らない。ここは俺たちだけの世界。誰もいない二人だけの世界だ」

「……っ……ふう…ぅううっ」

身につけるものの無くなった柔らかい肢体をかき抱き、彼女の肌に手を滑らせる。そこで初めて何も身につけていないことに気づいたらしい彼女のか弱い抵抗を容易くねじ伏せた。

「もう俺とおまえだけ、永遠に二人の世界で生きるのだ」

「…んぅっ、んんっ、ふぅぅうっ…っ」

指が下肢に触れる。滑らかな太股《ふともも》を伝い、震える彼女を無視して無遠慮に中心に辿り着いた。

「…んっ、ん、…ぅん――っ」

蕾を擦って嬲《なぶ》るように刺激してやると、この数日で覚え込まされた身体は従順に反応を示し、美濃の息はあがり、頬は薔薇色に染まった。

多摩はその頬にキスを落とし、そっと囁く。

「俺から逃げるつもりだったのか？」

「…ふう、ん――」

「どこにいても俺はおまえを見つける。逃げることは赦さない。……少し、お仕置きが必要だな」

「っ、んぅっ、んっ、んーっ、っ」

指が一本中に入って淫らに動く。美濃の中はそれだけで熱を持った。彼女は一瞬だけ空を見上げると、顔を真っ赤に染めて羞恥に身悶えていた。更にもう一本指を増やし、既に知り尽くした彼女の弱い場所ばかりを執拗に責め立てる。快感だけを感じるように刺激を続けると、無意識なのか、美濃はゆらゆらと腰を揺らして、多摩の与えるものを追いかけているようだった。

美濃の啼き声が手の中で震えるのを感じながら、多摩は彼女の耳を甘噛みする。

「……んっ、っっっ、…っんーっ」

身体が小さく跳ねる。余裕のない切羽詰まった表情で、限界まで追い込まれているのが見て

取れた。あと少し……理解した多摩は一層奥まで刺激した。

「っ、ん、……っっ——っ」

ひくひくと小さく痙攣し、美濃は指だけで呆気なく果ててしまう。

「…おまえの中…凄いな。うねって、締め付けて、…凄く熱い」

美濃の口を塞いでいた手を外しながら、耳元で多摩が囁く。

すると、美濃はこれまで以上に羞恥を感じたのか、耳まで赤くして目に涙を溜める。ちがうちがうと小さく首を振り、懸命に言い訳を探す唇がとてもいじらしかった。

「ここは…もう指では足りないだろう？」

ガクガクと震えて支え無しに立っていられないのを良いことに、多摩は美濃の身体を自分に振り向かせフワリと軽く抱き上げた。

「……っ！　あっ、あ——っ」

突然のことに驚いたのだろう。美濃が悲鳴をあげたのは抱き上げたからではなく、そのまま彼女の身体を開いて中心を貫いたからだった。深い繋がりに美濃の背中が大きく反らされ、彼女が離れていかないよう、多摩はその柔らかな肢体を抱き寄せた。

「…あっあっ、あ、あぅ……ッ」

息をつく暇もなく、多摩は宮殿へ歩き出した。一歩の振動が大きく響いて、その度にぐちゅぐちゅ、と厭らしい音が響く。

「いやっ…あっ、いや、いやっ……っあぅ…ぁっ、やぁ——っ」

美濃は僅かに足をばたつかせ、弱々しく抵抗する。しかし、今更何を抵抗することがあるのかと彼女のその様子を愉しんでいると、こんな場所はいやだと小さく喘いだのが聞こえた。

そんなことに気を取られている美濃を更に追いつめてやろうと、多摩は更に繋がりが深くなるよう大きく腰を突き上げ、逃げられないよう彼女の腰も自分に引き寄せた。そうするとますます美濃の中は彼を大きく締め付けて快感を与えたが、何故か彼女の顔は涙で崩れており、突然幼い泣き声をあげた。

「…うぇえっ、…あぅ…っ、あっ、…た…つみぃ…っ！」

「……っ、……まだ言うか……」

無意識で口にした巽の名前に多摩の目の色が変わる。不愉快だと言わんばかりに片眉をつり上げ、一層紅く光らせた目の色に美濃が怯えた。

「もうおまえには誰もいない。俺だけがこの世界で唯一の存在だ、俺だけを見ろ、俺だけを想って、俺だけを感じろ。他の誰を想うことも、口に出すことも、俺は許さぬ！」

強く唇を重ね、多摩は感情をぶつけた。激しい独占欲に支配されるが、その感情がどこからやってくるものなのかはわからない。

そうだ、わからない。何故美濃と身体を繋げたいのか、唇を重ねたいのか、彼女の一挙手一投足に、これ程の強い感情が生まれるのかも。

「…あっ、あっ、あっ、あ――――っ」

思いのままに、彼女の中を掻《か》き回し、貪欲に貪る。

おまえも俺と同じになればいいのだ。俺しか思い浮かばないほどに、埋め尽くされればいい。

「おまえのものは全部、……俺が壊したよ――？」

強く激しい感情に支配されればいい。それがたとえ、憎しみでも構わない。

美濃の目の色が驚愕と、絶望と、怒りと、悲しみ、あらゆる感情に振り回されているのに、快感に抵抗できずに濡れている。

「……っひ、――ッ、あぁ…ッく……っあ――っ!!」

それでいい。絶頂の中で俺を憎いと、一番憎いと思って、俺だけで埋め尽くされろ…そうしておまえは、永遠に俺の胸で殺意を抱きながら抱かれ続ければいいのだ。

❀ ❀ ❀

美濃は玉欄に似てきたな。

父さまが目を細めて、あったかくて大きな手のひらで私の頬を撫でる。

嬉しい、母さまみたいな女性になりたいの。

いつまでも大好きな人に愛される、そんな女性になりたい。

美濃、そんなに泣いてどうしたの？

何を泣くの？　きっと、悲しい夢を見ていたのね。

現実のあなたを泣かせるものなんて何も無いわ。あなたは誰より幸せになるの。

皆、あなたが大好きよ。

そうやって大好きな母さまに起こされる夢を見る……


貴女の未来に、私が隣にいてもいいでしょうか？

そう言って巽の唇が私の頬に触れた。

私が貴方の隣にいたかったのよ。

受け止めてくれてありがとう…私は誰より幸せな花嫁になるんだわ。

自分の中に多摩を受け入れる度、幸せな夢ばかり追いかける。

幸せな夢を追いかけていないと、現実に押しつぶされてしまうよ――


「…ふぁ……、ん、……っっ」

多摩の赤い舌が、手のひらをピチャ…と舐める。そのまま美濃の指一本一本を根本まで咥え込み、舌をねっとりと絡ませる。卑猥に動くその舌は全ての指を味わい尽くすと、ゆっくりと腕を伝っていき、鎖骨へと辿り着いた。

多摩は彼女の身体中を舌と唇で愛撫しながら、ぐ、と腰を突き上げる。

「…っは、…ぁう…っ、…も…やだぁ…っっ」

美濃は小さく喘ぎ、跳ね上がった。頬には涙の筋が幾筋《いくすじ》も流れ落ちている。止めどなく溢れる涙の粒が彼女の心の訴えだった。その訴えが届いたことは一度だって無く、多摩はきっと弱って陥落《かんらく》する様を愉しんでいるのだと思った。

「…おまえはいつも形ばかり抵抗する」

「あぅ…あっ、ん、…ふっ、は、っ、っあ…っ」

どこから出ている声なの？　何て厭らしい声。

だけど、美濃にはどうすることもできない程、力の差は歴然としていた。憎しみや抵抗は何かを考える余裕がある者だけに与えられた特権なのだ。朝晩の区別が無くなるほど身体を繋げ、まともな思考まで奪われ、悪夢のように同じ行為が繰り返し繰り返し。何度意識を手放しても、目が覚めれば繰り返される行為に抵抗を諦めたこの身体は、与えられる刺激に対して従順だった。

「……んっ、んっ、…っはっ、あっ、…あああっ」

恨めしい程、身体が受け入れる。身体の相性が良いのだと、お互いにこれ以上の身体は無いのだと、いつだったか多摩が言っていた。

それならそれでいい。だから初めての時も乱れてしまったのだと、身体がぴったりだからいけないのだと言い訳ができる。心を預けたわけじゃない、身体が陥落しただけなのだと。

頭の中は靄《もや》がかかり、まるでドロッとした汚泥に身動きを封じられているみたいで、考えることができなくなる。快楽に身を任せてしまいたいと、いつも途中から意識が曖昧になるのだ。

「…ふぁ、…あっ、あんっ、あっあ、ああっ」

ベッドの音が断続的に軋み、耳の傍では多摩の熱い息づかいが聞こえる。行為が続くほど、足のつま先から頭のてっぺんまで自分のものではなくなっていく。

多摩の与える快楽に溺れ、抵抗を諦めて、考えることすら止めて、浅ましく厭らしく娼婦のように果てて何度でも受け止め、一体どこまで堕ちればいいのだろう。

「……あ、…ぅ……は、……たすけて……」

美濃の目が空を彷徨う。

伸ばされた手を掴むのは、多摩。

助けは来ない…何度手を伸ばしても、愛してくれたあの人たちはもういないのだ。

だから…夢を見る。幸せな夢ばかり見る。ずっと夢の中にいられたらいい……

もう、……いやだよ。


「……ッ、……はっ……、もう…意識を飛ばしたのか……」

多摩は美濃の手に口づけ、荒い息を吐き出しながら泣きはらしたその顔を見つめた。

朝から何度彼女の中に精を放ったかは覚えていない。一度身体を繋げるとわけがわからなくなる。美濃が意識を手放すまで、酷い時は意識が無くてもこの小さな身体を貪っていた。

泣き濡れた寝顔に手を伸ばし、頬を撫でる。滑らかな頬が心地よい。多摩は美濃の唇をぺろ、と舐めると、食い尽くすように重ねた。甘い唇、柔らかい小さな舌が胸をちりつかせる。それから、意識のない身体を抱き起こし、自分の腕で包み込んだ。あどけない寝顔と柔らかな感触を胸に抱くと、彼の顔が僅かに綻ぶ。

「……やはり……おまえは、あたたかい……」

どうして美濃だけが違う？　美濃だけが俺を狂わせる。この異常な執着は美濃にしか向かない。俺はおまえの全てが欲しくて今ここに居る。

だから足りないのだ。俺は全てを手に入れていない。

「………おまえ、……どうして俺を見ない？」

いつも何かがすれ違う。

おまえの中に刻んでいる間は俺に縋り付くのに、抱いていないとおまえを見失う。

「……美濃……美濃……おまえ、俺のことを、もっと強く憎め」

夢の中でも憎い俺に抱かれるくらい、現実も夢も逃げ場を無くして俺に狂えばいい。俺はどんなおまえだろうと傍にいるならいい。手を伸ばせば触れられるこの世界が、どうしても必要なのだ。

そう考える一方で、彼女を抱きしめる腕は壊れ物を扱うみたいに優しい。このまま壊してしまいたい衝動に駆られながらも、彼がそうしないのは、彼女を慈《いつく》しむ気持ちが確実に存在するからだ。

彼が求めるものは本当はこういう関係ではなかったのかもしれない。もっと穏やかな方法があっただろう。だが、今更それを知ったからといって、失ったものを取り戻すことなどできはしないのだ。

――深く沈んだ意識の中、ふわふわと美濃の身体が宙に浮く。あたたかな温もりに全身を包まれ、美濃はその心地よさにうっとりして、この場所でいつまでも漂っていたいと思った。けれど、ぱしゃ…と、水音が傍で聞こえた気がして、まだこの感覚を手放したく無いのにと思いながらゆっくりと瞼を開く。自分を包む温もりをぼんやりと見上げると、多摩と目が合って、彼は僅かに眼を細めたような気がした。

次第に意識がはっきりしてきた美濃は辺りを見渡し、見知った風景に何度か瞬きをする。巨大な浴槽《よくそう》の中、後ろから多摩に身体を支えられながら、美濃の身体は湯船に沈んでいた。

「……湯殿《ゆどの》…？」

小さく呟き、もう一度多摩に目を向けると彼は僅かに頷いてみせた。最適の温度に温められた湯がとても心地よくて身体が弛緩《しかん》する。

「…多摩が……用意したの？」

「他に誰がいる？」

「……ん」

頷くと同時に多摩の手に引き寄せられた。すっかり慣らされてしまった彼の胸の中で、触れられることに抵抗を感じなくなってしまった自分が恐ろしい。

首の後ろを多摩の大きな手で緩慢に撫でられ、美濃は目を閉じた。

「…おまえはまだそのように油断した顔をするのだな」

「…？」

多摩が何を言っているのかわからなくて美濃は首を傾げる。

だが、それに対しての返答はなく、彼は美濃の瞼に唇を寄せ、額、頬、鼻、唇へと次々とキスを降らせてきた。あまりに柔らかい動作で、気持ちいいと思ってしまう。酷いことばかりするくせに、この唇は何故かいつも優しいのだ。

「…美濃、舌を差し出せ」

命令口調に、思わず舌を差し出してしまう。

お互いの舌が重なり、くちゅ、と湿った音がした。何度も何度も舌を絡ませて、一つに溶け合ってしまいそうな程濃密に絡まり合って……

「…ぁ…ふ……っ」

頬が上気して薔薇色に染まるとようやく唇が離れ、欲情して濡れた眼をした多摩と視線がカチリとあう。

「……美濃……俺に触れてみろ」

「…え？　…ぁ…っ」

手を掴まれ多摩の雄《おす》へと導かれる。張り詰めた熱を手のひらに感じ、びくんと震えた。

「やっ…っ」

「今更どうした、いつもおまえの中に挿《はい》っているだろう？」

生々しい感触が手のひらを伝ってくる。

この熱も形も、知っているからこそ、今どんな状態なのかがわかってしまう。

「…っ、…や…っ」

美濃は恥ずかしくて泣きそうになるのを堪えて多摩の身体を押した。けれど摑んだ腕は離れず、手のひらに感じる熱が一層脈打った。

こんなの…っ、いやだ、少し前の自分はこんなことなど知らなかったのに。

リアルな感触が頭の中を刺激して赤面する。涙を滲ませ真っ赤になった美濃を見て、多摩は眼を細めて笑い、手を放す。

美濃はほっとして胸を撫で下ろしたが、それも束の間だった。彼に抱き上げられると浴槽の隅に座らされて、腰まで湯に浸かった状態の多摩と視線がぶつかる。

誰より紅く綺麗だと思った瞳が美濃だけを映している。白装束を着ている時は華奢に見える身体にはしなやかな筋肉がついていて、色白の肌は今はうっすらと色づいていた。濡れた長い黒髪が肌を伝う姿は妖艶で目を奪われる。

多摩みたいに綺麗になりたいって……憧れてたっけ……

少し前までは、多摩が綺麗すぎて自分と違う性を持っていると理解していなかった。彼は男性で、簡単にこの身体を自由にできる力を持っていたのに。

「っあっ!!」

びくん、と身体が跳ねる。

足を開かされ、身体の中心を彼の熱い舌が触れたのだ。

「……このところ…激しすぎたか…？　……少し…赤くなっている」

「…あっ、…っんんっ、そんな…の。最初から酷くしたくせにっ…っ」

「それもそうだ」

「あっ、…ふ…ぅ…っん、」

いたぶるように舌が這う。どうすればソコが反応するのか、彼にはもう手に取るようにわかるのだ。

ひく、と喉が鳴り背を弓なりに反らした。また身体がおかしくなる。

「やぁ…っ、もぅ……見ないで…舐めちゃ、いやだ…っ」

私じゃなくなる。たくさん考えたいことがあるのに、いっぱい考えなくちゃいけないのに。

「おまえは、わかっていない」

「なに…が、」

「俺がいないことに、おまえはもう堪えられないのだ」

「そんなわけ…っ」

ない、と言おうとして、心を見透かすような眼をした多摩を見て、意味もなく言葉を失う。

多摩は器用に動く舌でもう一度ぴちゃ…と中心を舐めあげると、大きく反応する美濃をよそに、あっさり中断して顔をあげた。

「…なら、ここでやめるか？」

「えっ」

「こんなに溢れて…身体の方が余程素直だな」

人差し指をぐちゅ、と第二関節まで沈み込ませ、中でくるくると動かす。

「あっ、あぁ…っふ」

真っ赤になって熱い息を吐くと、多摩は意地悪く笑って指を引き抜いてしまった。

「……ぁ…っ」

「……物足りないのか？」

「……っ！」

図星を指されてますます紅潮する。

「そんな刺激だけでおまえが満足できるわけがない」

「やめて…っ」

「ほら」

「あっあ――っ、」

言い訳のしようもない程、はしたなく濡らした秘部に人差し指と中指を一度に挿れられ、一段と反応してしまうところばかりを擦られる。擦られる度に厭らしい音がして、恥ずかしいのに快感が止まらなくて、美濃は無意識に自分からゆらゆらと腰を揺らしていた。

「……欲しいと言え」

「あっ、あっ、あっあ——っ」

「俺が欲しいと、ねだれ」

一層激しく抜き差しされ、美濃は涙をポロポロと零しながら喘いだ。

頭の芯から支配される。

「…あぁ、…ああっ、多摩…ぁ…っ」

美濃はやがてくる絶頂を待ちきれず、多摩の肩にしがみつき大きく腰を揺らす。

多摩はそれを手助けするように、長い指で彼女の一番感じやすい部分を擦ってやり、限界近くまで追いつめられて肩で激しく呼吸をしながら乱れ啼く様子を静かに見ていた。

……と、

「…あっ、あっ、…ぁ……っ、……やぁーっ…」

もうすぐそこまできていた絶頂を前に、彼はまたしても指を引き抜いてしまった。

美濃は何が起こったか理解できないまま悲鳴に似た声をあげる。冷静な顔で静かに立つ多摩を、目に涙をいっぱいに溜めながら見上げた。

「……ぁっ、…や……どう、して…?」

多摩は濡れそぼった己の指を美味そうにしゃぶると、愉しそうに笑った。

「今のおまえ、俺が欲しくて堪らない顔をしている」

「…っ!!」

「だが…おねだりができなかったおまえが悪い。…今日はしない。残念だったな」

そう言うと、多摩は湯からあがり美濃の横を通り過ぎ、そのまま湯殿から出て行ってしまった。何が起こったのか理解できない美濃は、中途半端にされて熱くなったまま収まらない自分の身体をぎゅっと抱きしめた。

心臓がどくどくと脈打って止まらない。身体が…酷く疼《うず》いて…熱くて熱くて……

「……やだぁっ、…どうしてぇ!?」

首をふるふると横に振り、違う違うと自分に言い聞かせた。

どうしよう。こわいよ、私の身体…どうなっちゃったの?

美濃はうまく立てない足に何とか力を入れて、フラフラしながら立ち上がった。

お腹の奥がジンジンして止まらない。

傍にあった桶に水をたっぷり汲んで頭から何度もかぶる。そうすることで少しは熱が冷める気がしたのだ。彼女は何度も何度も水をかぶり、終いには身体の芯が凍える程浴び続けた。

──今のおまえ、俺が欲しくて堪らない顔をしている。

「……そんなわけないっ!!」

自分に言い聞かせていないとおかしくなりそうだった。認めてしまったら全てが壊れてしまう。絶対に多摩を求めてはいけないのだ。

だけど、多摩に貪り尽くされた身体は、一度快感を与えられると真っ白になるまで鎮まらない。この身体は多摩と肌を重ねることを望んでいるみたいに、どんなに冷え切っても熱が燻《くすぶ》り続けて……

「……こんなの…ひどい……っ」

壊れるほど無茶苦茶にされる方が余程堪えられる。いやだと言いながら思うままにされていた方が、こんな気持ちを知らなくて済んだのに。

美濃はそう思ってしまう自分が苦しくて悔しくて泣き続けた。しかし、身体の奥の熱はいつまで経っても収まることはなく、このまま部屋に戻ることに美濃は恐怖を感じた。

またさっきのように途中まで弄ばれて寸前で突き放されたら…もしそんなのを一晩中繰り返されたら…一晩だけじゃ終わらず何日も何十日も繰り返されたら何を口走ってしまうかわからない。彼の望むままの言葉を紡いでしまうかもしれない。

――いやだよ、部屋に戻りたくない……っ。

美濃は立ち上がり湯殿から出て行く。辺りに多摩の気配は無く、彼は部屋に戻ったのだと少し安堵した。決心するには充分なほど条件は揃っている。

彼女は二度目の脱走を試みたのだった。

一方、多摩は部屋で一人、静かに窓の外を眺めていた。

その姿は一向に部屋に戻らない美濃を待つでもなく、ただじっと窓の外だけに意識を傾けている。一見静かで変化のないその様子は空が朱に染まる頃まで続いたが、宮殿の外を走り去る美濃の後ろ姿を見つけ、彼は僅かに微笑を浮かべた。

そして、歌を口ずさむように愉しそうに数え始めるのだ。

「…いーち、にーぃ、さん、しーぃ…ごー…」

百まで数えたら、またおまえを捕まえてやる。

全て彼の手のひらで踊らされているだけに過ぎないと、彼女は思いつきもしない。

❀❀❀

美濃はひたすらに走った。何も無い果てしなく続く大地を、ただ闇雲に走った。

最初の逃亡で見た光景が、走っても走ってもどこまでも続いていく。改めて自分の大切だったものが無くなってしまった現実を突きつけられ、絶望しながらひたすら走り続けた。

「はぁ…っ、はぁっ、はぁっ」

こんなことってあるだろうか。こんな世界、一体誰が想像できただろう。ここがどこかと問われて、誰が答えられるだろうか。

「はっ、はぁっ、はぁっ、…っっは」

本当に何も無くなってしまった。誰もいなくなってしまったのだ。

「はぁ、…っふ…うぇ…っ、はぁ、っっは、…ぅ、っく…っ」

涙が溢れて止まらない。拭っても拭っても涙の粒が溢れ出してきて、美濃は苦しくなって走る足を止めた。

足がガクガクと震える。それは疲労からくるものだけではなく、押し寄せる感情によって行き場のなくなった思いが身も心も震わせるのだ。

「…どうして…っ、…どうしてこんなことができるの…っ!? 関係のない人々も動物も、木々たちまでも…っ、どうして全部を壊す必要があったのぉ…っ!!」

何もない大地で一人、美濃は叫んだ。

大好きだったのに…っ、町も森も、全部全部大切な世界だったのに。

皆が笑顔に溢れ、活気で満ちた姿が目に焼き付いている。なのにたった今走っているこの場所が、かつてはどんな姿をしていたのか思い出せない。眩しい程の過去の風景を思い出すくせに、今立っている場所がどこかもわからないなんて情けなくて涙が出る。

もう長い間地に足をつけていなかった気がする。それ程の時が流れたわけでもないのに、何もかもわからなくなるくらい、いつも多摩の体温が傍にあるから、あの腕が強く拘束するから、あの温度が離れることを許してくれないから、夢しか見なくなっていた。

あの日、現実をまざまざと見せつけられたはずなのに……。

「やだよ、こんなの…っ、ッふ…っく…ッ、うぅ、私も連れて行ってよ、みんなと一緒がいいよ。一人にしないで、置いていかないで、たすけて、たすけて、たすけて、…っ、これ以上はもう…私が私でなくなっちゃう…っ!!」

こんなの酷い。どこまで走っても何もない。こんな世界を愛することなんてできない。

皆が笑ってるあの世界が何より愛しかったのだ。

「……うぇ…っ、ぇっ…っ」

美濃はその場に泣き崩れる。涙で世界が滲んだ。

未来はもっと幸せなものだと思っていた。隣にいるのは巽で、あの穏やかな微笑を独り占めしているものだとばかり思っていた。大好きな皆が傍にいて、そんな日々は当たり前のもので、永遠に続くものだとばかり……

なのに現実は多摩の腕で強引に身体を開かされ、朝も夜も無く身体を重ね、快楽を植え付けられ、今では少し触れられるだけで簡単に陥落する。

どうしてこんなことになったのだろう。何を間違ったのだろう。何故多摩はこんなことをするのだろう。

「…もぅ…走れない…、…っ…裸足で走ったこと、ないよ…っ……」

見れば足にマメができて潰れていた。自分は何て脆弱《ぜいじゃく》なのだと、溢れ出す感情がもう何なのかわからなくなってまた泣いた。

こんなに辛いことがあるなんて知らなかった。泣きたいくらい苦しいことがあるなんて思いつきもしなかった。

「……ぅぇ……っ…、……っ、…………」

いつの間にか日が暮れている。美濃はしばらくの間嗚咽《おえつ》を漏らして肩を震わせていたが、完全に暗くなった頃には身動き一つしなくなり、静かになっていた。

月明かりが美濃をぼんやりと照らし出す。嗚咽から規則正しい寝息に変わった彼女の息づかいだけが周囲に響く唯一の音だった。

かさかさの土を踏む足音とともに美濃に影が落ちる。しばらく様子を窺うように沈黙し、完全に寝入ったことを知った影は彼女の傍にゆっくりと腰を落とした。

「……相変わらず……幼い泣き声だ……」

ぽつりと呟いた声は紛れもなく多摩のもので、若干呆れを含んでいるようにも聞こえた。そして、倒れるようにうつ伏せで寝てしまった美濃を抱き上げ、冷えた夜風にあたらないよう自分の胸の中に抱え込み、マメが潰れて痛々しい彼女の足裏をそっと撫でてみた。

「……ん……っ、……」

やはり痛いのだろう。小さく眉根を寄せて反応を示してみせた。

それでも起きる気配が無いことを知ると、多摩は僅かに笑って美濃を抱きしめ、ぽつりと呟いた。

「……おまえが理解できない」

多摩は遠くを見つめて、少し考え込んでいるようだった。

かつての世界を美濃は愛しているという。木々たちにまで涙を流してみせる。

多摩には愛しいという気持ちがどういうものなのか、よくわからなかった。美濃のように両親や周囲の者に対して好意的な感情を持つような経験は彼には皆無だ。皆、必要以上に彼に接触することは無かったし、日々を白い牢獄《ろうごく》で過ごすだけで、心に何かが生まれることなどあるはずもなかった。

だが、もしも……胸の中で寝息を立てている彼女をくすぐったく感じることがそういうことなら、美濃を愛していると形容するのだろうか？

この感情は同時に、ドロドロに溶け合うまで美濃と繋がりたいと渇望したりもする。逃げれば追う、捕まえれば何度だって抱き続ける。彼女が追いつめられていく姿にまた欲情する。あまりに形が違いすぎて、理解を超えている。

満たすためには、彼女が必要だということが唯一わかることだ。一度抱きしめて眠ったら、その温もり無しには眠れないと思う程度に執着しているということだ。

「……何故…消えたもののために泣く…？」

多摩は空を眺め、風に消えそうな程小さく疑問を口にした。

いつだって美濃の想いはかつての世界に向けられる。泣き疲れて眠ってしまうくらい、あの世界に思いを馳せる。一体どんな世界だっただろうか？　思い出せない。多摩にとっては感情が動くほどのことは無かった。

美濃と出会ったあの宮殿で、彼女と生きることが願いの全てだった。それだけあれば充分で、他の存在は疎ましくもあったのだ。全て壊して二人だけの世界を築くことだけが、求める全てだった。

多摩は美濃の頬を撫でると、もう一度抱きしめ、風で揺れる髪を指で流してやり、つむじに唇を寄せた。

「……ぅ……ん……」

「…俺の名を呼べ……、もっと…俺を思い出して、何度も呼べ」

耳元で囁くと、美濃の睫毛が小さく震える。

「…俺は誰だ？　声も、吐息も、熱も、誰よりおまえが知っている…俺を呼べ…、……わかるだろう？」

その声に反応して、彼女の唇が何かを言おうと形を作り出す。

「……ぅ、……多……摩……」

僅かな吐息とともに紡がれた名前は確かに「多摩」だった。

彼の口元が僅かに緩んだ。誰にも見せたことのない、はにかんでみせる年相応の青年の顔のようでもあった。

だがそれも束の間、美濃の両眼からは止めどもない涙が溢れては流れ出した。起きる気配は無いくせに、悲しそうに眉根を寄せて次から次へと零れ出す。拭ってもきりがないそれは月明かりに照らされると一層儚げで、胸の奥がやけに騒いだ。

多摩は沈黙する以外の術が見当たらず、無表情にそれを見つめることしかできなかった。

そして、彼はこの夜、かつての世界を愛おしんで泣く美濃と、自分の名を呼び悲しげに泣く美濃を交互に思い浮かべ、一睡もしなかった代わりに一つの疑問に辿り着いた。

それはあまりに今更な上に、もはや取り返しのつかないこの状況下では、疑問として導き出すにしては致命的に遅すぎたと言えるものだった。

本当は、美濃にとって焦がれる存在になりたかったのではないだろうか…などと――

笑うしかなかった。この想いを形容する方法を知らず、欲しいものを得るためにそれ以外を壊して奪うことだけを続けた己の姿を。

茶番も良いところだ。馬鹿げている。もしそれが答えだとしても…、だから何だというのだ。今更気づいたところで美濃に届くものなど、もう何も無いではないか。


朝陽で辺りが明るくなった頃、美濃は眩しくなって目を覚ました。目を開けてもしばらくは昨日のことが思い出せず、ぼんやりと包まれる温もりに身を任せてしまったのは、多摩に抱きしめられたまま目覚めるのがいつも通りの光景だったからだ。

けれど、今日の多摩は美濃が起きたことに気づかないのか、遠くを見つめた横顔が別人のようで、自分が誰の腕の中にいるのかわからなくなりそうだった。

不意に多摩が視線を向ける。彼はそこで初めて美濃が起きていることに気がつき、驚いたのか少しだけ目を見開いた。

あぁ…そうだった、と、ここで美濃は自分が彼から逃げていたことを思い出し、同時にそれが失敗に終わったことを知り落胆した。知らないうちに捕まって、温々と腕の中で熟睡していたなんて、本当に自分の危機感の無さに呆れてものが言えない。

言う。

「……少し…考えを巡らせていた……」

寝不足なのか、それとも眠っていないのだろうか、多摩は陽の光に目を細め、そんなことを

多摩は美濃の頬をやんわりと撫でると、彼女の唇をペロ…と舐める。瞼をピクリと震わせた美濃は、彼の意のままに唇を開いた。

いつだったか、こういうことは好きな人とするのだと彼女は言った。

好きな人とは巽以外の何者でもなかったはずだ。しかし、視線を外すことすら許さず、身体を重ねる日々が続くうちに、いつしか抵抗を示すことはなくなっていた。

多摩は唇を離すと今度は瞼に、こめかみに、耳たぶに口づけ、彼女に囁きかける。

「…傍にいればこうして唇をあわせ、抱きしめて身体を繋げたくなる。おまえ以外にこういう感情は芽生えない。俺にとっておまえは特別な何かなのだ。だから、逃げようとしても俺はおまえを傍に置くためにどんな手段を使ってでも縛りつけるだろう」

それは、自覚のない告白以外の何ものでもなかった。

彼にとって、それがどのような感情から来るものなのか理解しているわけではなく、本能的に感じる言葉だけを並べ立てただけで、取り繕うものなど全くない素の感情だった。一晩考えてもこの想いを何と形容するのか納得できる答えに辿り着くことはできず、たとえ知ったところでそれをうまく表現できるわけでもなかったに違いない。

愛も恋も言葉で聞いただけの単語を当てはめてみようとしたところで、どれ程の説得力を持

つというのだろう。

　欠落した部分はあまりに大きく、美濃が欲しいという持て余した欲求は計りしれない程強く、彼女を傍に置いておくだけで満足するはずもないそれは、心を通わせる間さえ惜しく、餓えた獣のように貪り尽くして傷つけることを繰り返す。どんなに考えを巡らせてみたところで、彼には答えを導くことなどできなかった。

「俺は、おまえが好きだというものをどうしても好ましく思えぬ」

　多摩の眼が紅く紅く瞬く。こういう眼をする時の彼は、感情が高ぶっている時なのだ。

　彼は美濃を放し、その場に立ち上がる。青空の下、真っ白い装束が風で緩やかに揺れる。

　美濃は長い黒髪が舞うその姿を、まるで一枚の絵のように感じて目が眩んだ。

「だが、一つだけ…。理解不能なおまえの愛する世界というものを……おまえに還そうか…」

　そう言うと、腰まである見事な黒髪を右手で束ね、その周りを左手で円を描くと、次の瞬間いとも容易く首の辺りでばっさりと断ち切ってしまった。

「……何をっ!?」

「これは俺の命の代わり、形代《かたしろ》のようなものだ」

「何で形代なんか…」

　言い終わらないうちに彼はその髪に息を吹きかける。気のせいか髪の束が紅く光を放ったように見えた。多摩はそのまま手を開き、髪の束は風に乗って散り散りに飛散していく。多摩が何をしたいのか全く理解できない美濃は、ただそれを呆然と見ていることしかできなかった。

彼はしばらく風の吹いた方向を眺めていたが、それ以上何をすることもなく、今度は座り込んだままの美濃を軽々と抱き上げた。

「……戻るぞ」

「…ねぇっ、何…、何で?」

質問には全く答える気がないらしく、無言で返されて美濃は少し感情的になった。

「…一人で歩けるっ、放して!!」

「やめておけ。足の裏が痛いと泣いていたではないか」

「……っ、そんなこと…っ」

一体いつから見られていたのかと顔を真っ赤にして抵抗するが、彼は意に介した様子もなく平然と宮殿へ歩いていく。背ばかり高くて身体の線は細いように見えるのに、この力強さはどこから出るのだろうと不思議でならなかった。

ふわりと多摩の黒髪が頬を掠める。顎の辺りまでに短くなってしまった彼の髪が、風で揺れていた。あんなに見事な黒髪を惜しげもなく、こんなに短く切ってしまうなんて……

「……髪……綺麗だったのに……」

多摩は少し美濃に視線を移し、

「髪などまた伸びる。おまえの思考はいつも理解できぬな…」

それだけ言って、後は宮殿に戻るまで口をきかなかった。

どういうことだろう。髪を切ることと私に何かを還すことと何の関係が——?

美濃の頭の中は疑問符で埋め尽くされるばかりで、よっぽど多摩の思考の方が理解できないと思った。だけど、風になびく彼の短くなった髪が独特な繊細さを浮き立たせて、今まで気づくことの無かった骨の浮き出た首筋が凛とした美しさを持っていたことを知り、ハッとする。力強い腕が時折確認するように美濃を引き寄せ、途中何度も多摩と視線がぶつかって、その度に意味もなく手に汗を握ってしまった。

それはきっと、目が合う度に彼が唇をあわせてくるからに違いない。美濃はぼんやりとそんなことを考えていた。

「…あっ、…痛…ッ…ぃ…」

マメが潰れた足の裏を撫でられただけで激痛が走り、美濃は痛みで身体を捩らせた。

宮殿に戻ると、土埃で汚れた身体を浄《きよ》めるために二人は湯浴みを済ませ、美濃の部屋でいつものように過ごしていた。

彼はもう何度もこうしてやんわりと足を撫でては痛がる様子を愉しそうに眺めていて、本当に意地悪だと、美濃はじわりと涙を浮かべながらそう思った。

「……いやっ…イタ…ぃ…って言ってるのに…ぃ…ッ」

目に涙を浮かべて身体を捩る様子を、多摩はまた違う視点で愉しんでいた。痛がり身を捩って強ばる様子がまるで初めて彼女を抱いた時のようで、あの時は余裕が無くじっくりと目で楽しむこともできなかったが、恐らくはこんな感じだったのだろうと。

「あっ！　…なにっ、…なにしてるの…っ」

彼は痛々しいその足に抵抗なく唇を寄せる。ぴちゃ、と傷を舐める音が響き、痛みとは違うくすぐったさを感じて美濃は驚いた。

「…っん…、そんなところ、やめて…っ」

「…洗った」

「そういうことじゃなく、てっ、…っ、ちょ…っ、とぉ…っ」

指の一本一本を丹念に口に含んだり、傷をそっと舌で突いてみる。真っ赤になって嫌がり身を捩る美濃を彼は時折目で追いかけた。目が潤んで息を弾ませる様子が、まるで彼女と繋がっている時のようだと思いながら。

「……胸の先が尖っているぞ」

当然ながら服など着せてはおらず、彼女の白い裸体がほんのりと色づき始めている。わかりやすく主張し始めた胸の頂を指で軽く弾いてやると、彼女は甘い息を吐いた。なすこと全てにいちいち反応するのは、痛みと羞恥で身体が敏感になっているだけではないようだ。多摩はくるぶしに唇を寄せた後、一拍置いてから上体を伸ばして彼女の耳たぶを甘噛みすると、低く囁いた。

「先程の湯浴みの最中も、散々嬲《なぶ》られるだけで切なかったのだろう？　今も…足だけではつまらぬか？」

美濃は驚き、真っ赤になって首を横に振った。

「本当に…？　なら…おまえの中心は俺を欲しがったりはしていないのか？」

吐息まじりの卑猥な囁きに美濃はますます首を横に振る。両手で力の限り彼を押しのけてみるもビクともせず、視線が胸から下に移されたのを見て彼の腕を摑んだ。

「昨日も…湯浴み中のおまえの身体を追いつめたまま放っておいたから、怒って逃げたのだろう…？」

「そんなんじゃ…っ、……ぁ、…っ、あっ…ッ」

抵抗の甲斐無く中心に辿り着いた指が卑猥な水音を立て、簡単に体内へ呑み込まれていく。もはや反論の余地がない自分の状態を知られて、美濃は極度の羞恥に涙が溢れた。

多摩はその涙を唇で吸い取ってやると、意地悪に口端をつり上げてみせる。

「俺が欲しいと言え」

「…っ、」

「言えばすぐに俺で埋めてやる。気が触れるほどの快楽を与えてやる」

唇が触れてしまいそうな程近くで低く囁かれ、誰よりも紅い輝きを放つ瞳に吸い込まれそうになった美濃は、望むままの言葉を言ってしまいそうになり小さく震えた。

「おまえの良いところを好きなだけ擦って、…ほら、こんなふうに……」

「……ぁ…は、ぁっ…、…」

「指だけでは、足りない……そうだろう？」

「……ッ、……あ、…ぁ、…あ、……、…ッ」

唇は何度も何かを言いかけて、少し動いては躊躇して噤む。その都度、身体の中心に呑み込まれた指が深く浅く緩急をつけて刺激をしてきて、欠片ほどになった理性を粉々に壊していく。

「言わなければ、今日もこれで終わりだ。……このまま何も無かったかのように眠れるのか？昨日のように逃げることはできないのに…？」

言われて昨日の湯浴みを強烈に思い出す。突然消えた刺激が狂おしくて耐え難くて、何度も冷水をかけ身体を冷まそうと躍起になって、それでも燻り続ける熱に怯えて逃げたのだ。取り繕ったところでそれが真実だった。

また同じことがあれば言われるままにねだってしまう。そう思うと恐ろしくて堪らなかった。

「…は…ッ、…あぁ…ッ」

苦しい。こうして葛藤する間も断続的に与えられる刺激で狂いそうだった。

多摩は相変わらず涼しい顔をして愉しんでいる。どこまで追いつめても飽き足らないと、真紅の瞳が語っているようだった。そして、痴態を曝《さら》し続ける美濃を見て、多摩はうっすらと笑みを浮かべ、その長い指で彼女の弱い部分を時折掠めて刺激する。唇を震わせて何かを訴えかけようとしては躊躇するその姿が、逆らい続けることの限界を叫んでいるように感じ、多摩はその後押しをするように、わざと浅い部分だけをゆるゆると掻き回した。

美濃は残酷なまでにもどかしい刺激にぶるぶると震え、肩で息をしながら遂に口を開いた。

「……おね…がい…、も……イジワル…しな…ぃ、で……」

我慢のきかない身体が心を凌駕する。何度も繋がり、与え続けられた快感の記憶が、中心を刺激し続ける彼の指からじわじわとひろがって、時間が経つほど逃げ場を無くし限界まで追いつめられる。

「…俺が欲しいと言え」

「…っ、……うぇ…ッ、…ぁ……っン、…ッ、……多摩が…欲し、……ッ、…欲しい…よ…っ」

パチン、と…頭の奥で何かが弾ける。

それは、最後の砦だった。全てを裏切る行為だとわかっていた。だから、地の底まで身を堕とす瞬間の弾ける音だったのかもしれない。

「あ―――っ!!!」

ねだった直後、彼の指とすり替わるように身体の中心を圧倒的な質量で支配される。

既に限界寸前の身体はただそれだけで絶頂を迎えたが、容赦の無い抽挿が尚も高みに導いた。

「俺を呼べ、もっと…何度も俺を呼べ…っ」

「あっ、…あっ、多摩、多摩、多摩、多摩、多摩…っ」

必死にしがみついて彼の名を叫び、強く与えられる快感に呑み込まれる。あんなに抵抗し否定し続けたくせに、堕ちる時はこんなにも簡単なのだ。

「あっ、あぁあっ、あぅ、あーっ、あぁぁっ」

まるで獣のように絡み合った。いや、それよりもずっと愚かしい行為であることは間違いない。彼と交わることを自ら望み、身体の奥で幾度精を受け止めても次を欲しがって、裏切りの行為だとわかっていても尚、絡まる舌に己の舌を絡め、彼が与える刺激に身体中を粟立たせる。どちらが自分なのかわからないほど溶け合って混ざり合って、もうきっと、気が触れるに違いないと思った。いっそのこと、気が触れてしまえばいい。正気が保てなくなるくらい、狂ってしまえばいいのだ。

「あぁああっ、あ、あ、ああっ、あ――っ、ッ…あっ、は、…ッ、あぁああ――ッ」

冷静になる自分を知りたくなくて、美濃は心の奥底からそう願い、声が嗄《か》れる程嬌声をあげ続けた。

その翌朝、皮肉にも先に目覚めたのは美濃の方だった。

昨夜の出来事を全て夢で片付けてしまえるほど現実は甘くはなく、身体を起こそうと少し動いただけで全身が軋むような疲労感に襲われた。同時に全身に散りばめられた鬱血の痕があまりに鮮やかで、身体の奥底から冷たくなっていくような感覚を覚える。

快楽を得ることに囚われた昨晩の痴態が矢のように責め立ててきて、気が触れるどころか一眠りしただけで冷静な自分を取り戻し、美濃は己の堕落に放心した。

身体を起こせば乱れた寝具が昨夜の激しさを物語っていて、目を逸らして身を捩ると、体内に放たれたままの精が逆流して太股を伝い、それが美濃を更に責め立てた。

……昨日…私は……

多摩を求めて堕ちるところまで堕ちてしまった。未だ眠ったままの多摩の寝顔を呆然と見て震える唇を噛み締める。こうして眠っていれば淫らな行為など知らないような高潔な容姿をしているくせして、理性を壊すほど溺れさせてがんじがらめにするのだ。

美濃は軋む身体を無理矢理起こし、ベッドから降りてふらふらと立ち上がった。何をしようというわけでもない、逃げることも今は無意味にしか思えなかった。

ただ、このまま彼の傍にいることが居たたまれなくて……冷静になればまだそんなことを思う自分が愚かだと思っても、やりきれなさが全身を襲う。

「……ぁ…ッ」

立ち上がったところで足の痛みでふらついて、咄嗟に近くの小窓に手をかけた。

美濃は肩を震わせて涙を堪え、何も無くなってしまったかつての世界を想い、窓の外をぼんやりと見つめる。

だが、何気なく目を向けた先にあったのは予想だにしないものだった。あまりの衝撃に美濃は息をのみ、足に力が入らず床に膝をついた。

「……ッ…どうして……!?」

たとえ夢だと言われても納得するような非現実的な景色がそこにあった。

しかし、これを夢などで片付けられるだろうか。膝立ちになりながら小窓にかける手を震わせ、美濃はただただ目を見張った。

…違う……これ…夢じゃ……

目の前にひろがる信じがたい景色が風に揺れたのをきっかけに、それが現実世界に存在するものと確信した美濃は驚愕する。同時に一つの疑問が頭の奥を掠め、昨日の多摩の言葉が脳裏を過ぎり意味もなく息を潜めた。

『だが、一つだけ…。理解不能なおまえの愛する世界というものを……おまえに還そうか』

風に揺れる長い黒髪が陽の光を浴びて深い緑のようにも輝き、遠い眼をした多摩の白い肌が、あの時はやけに温もりを帯びていた。見事なまでの艶やかな髪を自らの手で断ち切るという不可解な行動全てが、目の前の光景に繫がっているような気がする。

還すと言ったのは…このこと……？

だがこれは……

髪の束を形代にするだけで…？　見たこともない…こんな力は聞いたことも無い……

どんなに身を堕としても神子は神子とでもいうのだろうか？　神子はやめたというのは彼の勝手だ。力が消えたわけでもない。多くのものを全て消し去る恐ろしい力を行使して、結果として今が存在している。ならば、元に戻すことも可能だと？

眼前に拡がる広大な森林が、かつてのものと寸分違わないのが何よりの証拠だった。

「それ以上の考えは、無意味と思うがいい」

静かな声が部屋に響く。いつの間にか多摩が起きて、ベッドの端に腰掛けていた。

多摩は薄く笑い、顎まで短くなった髪をかき上げる。癖のない真っすぐなそれがサラリと頬に落ちて、たったそれだけのことでゾクリとするような色気を漂わせた。

「…それ以上って…どういうこと…？」

震える唇をそのままに、美濃は疑問を吐き出した。

「さぁな…」

片眉をつり上げて意味ありげに笑みを作る。その眼は少しも笑っていない。

本当は答えを持っているくせに、どうして知らないふりをするのだと激しく詰め寄りたかった。

「…本当はみんなも…元に戻るの？」

多摩は何も言わず口端をつり上げた。

それを肯定の証と受け取った美濃の中で何かがぱちんと弾けた。

「どうして意地悪ばかり…ッ、こんなことをやって見せてできないなんて言わせないッ！　どれだけの命を奪ったと思っているの？　何で笑っていられるの？」

多摩の白い肩を摑み、美濃は押し寄せる感情のまま彼にのし掛かって叫んだ。

「こんな残酷な心のまま神子の力を持ち続けてるなんて赦されることじゃない!!　その身体全部を差し出してでも皆を元に戻してよッ!!」

激しくぶつけた言葉は感情の赴くまま吐き出されたものだった。

多摩はその激情を黙って受け流し、ほんの少しだけ口元を綻ばせる。それは人を嘲笑う類いのものではなく、ただ静かに浮かべただけのもので、そんな多摩を見たことが無かった美濃は思わず言葉を失った。同時に激しい感情をぶつけた先程の自分を思い出して、そんな自分に驚きを隠せない。

多摩は美濃の小さな頭をその大きな手で包むと、髪をかきわけるように長い指で柔らかく動かした。ぞくぞくと背筋が粟立ち、それを隠そうと彼を睨むと、多摩は手に力を込めて美濃の頭を自分に引き寄せてそのまま唇をあわせた。

「……神子はやめたと言っただろう。……俺は…もう白い箱には戻らない…」

聞いたこともない静かな声で、幻聴かと錯覚を起こしそうになる。ぶつかった視線の先にある眼差しが見たことが無いほどの不安定さを持っていて、彼の言う意味を何一つ理解できないものの、何故だか胸の奥がきゅう…と痛くなった。

しかし、そこでお互いが裸のままだったことを思い出し、美濃は慌てて身体を離す。

何故今更そんな顔をするの……

いつもと違う多摩の行動に戸惑いを隠し切れず、どうしてか胸がざわざわして落ち着かない。美濃が多摩を詰《なじ》ったように、彼も酷い言葉で彼女を詰ることができるはずだ。たとえ煽動《せんどう》されたものであったとしても、昨夜の美濃は言い逃れができない程、はしたなく何度も多摩を望んでしまった。命を奪うことが罪だと言うなら、その多摩を求めて絶対に堕ちてはいけない場所に堕ちてしまった美濃も同罪ではないのか。

自らを追いつめる考えに支配され、それでも肩を震わせ虚勢を張る美濃の頬を多摩の手がやんわりと撫でる。その手があたたかいことに驚き、堪えきれない想いが募り、美濃の瞳から遂に涙が零れた。

――俺は何故、あのような半端な行為をしたのか……

多摩は涙に濡れる美濃を腕の中に閉じ込め、言葉にし難い感情を持て余しながら目を閉じた。

美濃の望むものをたった一つ還した所で、何の意味もなさないことなど分からない筈もなかった。それ以上のものを美濃が望むことも予想出来る範囲だった。

幼く泣く背中を見て、欲しいと思っていた関係とは違う気がしたからか？　愚かしい。こんなもので何を誤魔化そうというのだ？　それとも、焦がれる存在になれるとでも思ったか？

美濃はこの身体全てを差し出せと言った。それは彼女を手に入れる為に壊した世界のために身を投げ出し、消えてしまえと言われているようなものだった。しかし、たったそれだけの言葉に、どうして抉られるような痛みが胸に走るのか。

……これは何だ。何故肌を重ねても一向に縮まらない。この得体のしれない感情が吹き出すと、身動きがとれなくなる。

ここは確かに自分が望んだ世界で間違いないというのに、一向に彼女を手に入れた気がしないのは何故なのか。

嗚咽を漏らす美濃を抱きしめる腕は壊れ物を扱うように慎重で、そんな些細な自分の行動すら多摩には理解に苦しむことばかりだった。

第五章

　永遠とも思える二人だけの時間が流れゆく中、惜しげもなく切り落とした多摩の艶やかな黒髪は、気がつけば元の長さ以上にまで伸びていた。その分、彼の纏う雰囲気も存在感も以前とは比べものにならないほど圧倒的なものになっていく。

　美濃はその後も多摩から逃れようとしては捕まり、その都度、堕ちるところまで堕ちている自分が逃亡を図る無意味さに激しい後悔に苛まれた。それでも時折訪れる衝動のまま宮殿を飛び出す自分を止めることができなかった。

　二人の関係は一見して変化は無いように思えた。

　しかし、当人たちでさえ気づかないうちに、ゆっくりと変化を遂げていたのだった。

「……ん……ぁっ…、も……だめ……」

　身体を弓なりに反らし、美濃は喘ぐように小さく訴えるとゆっくりと崩れ落ちた。

　程なくして多摩も掠れた声を発して倒れ込み、一拍置いて息を弾ませながら力の抜けた彼女の身体を抱き上げる。意識を失い固く閉じられた瞼に唇を落とし、上体がぴったりと重なりあうように抱きしめると、彼女の鼓動が皮膚から伝わってくる。多摩は柔らかな胸に耳をあて、目を閉じて彼女の心音を聞くのが好きだった。

　少し速かった彼女の心音が次第に穏やかになり、苦しげに吐き出す呼吸もそれにあわせるように落ち着いた頃、多摩はようやく繋げた身体を離し、そのまま美濃をベッドに横たえた。均整のとれた引き締まった肢体を晒したままベッドから立ち上がり、流れ落ちる黒髪をかき上げながら気怠げに装束を身に纏う。その間もしばらくは目覚めることは無いであろう美濃の寝顔を、感情の読めない表情で静かに見つめ続けていた。

美濃がいなくなったのがちょうど二日前。そして、捕まえたのも二日前。

今に至るまで、ドロドロに溶け合うまで繋がった。彼女の逃亡がこれ程までの行為に至らせている。それを厭と言うほど身体と心に刻み込んでも尚、彼女はこうして繰り返すのだ。

正気を失くしてしまえば多摩の名を切なそうに呼び身体中で求めてくるくせに、正気を保った状態では頑なに拒絶する。激しく繋がれば繋がるほど、目が覚めた時の彼女は自己嫌悪に苛まれ泣きそうな顔を見せた。

多摩は汗で頬に張り付いた美濃の髪を指で流してやりながら、その寝顔を静かに見つめていたが、その静寂を自ら断ち切るかのように部屋の外へと向かう。

胸の中が空虚になる時、彼は宮殿の戸口に寄りかかり、外の風で身体を冷やすことが多くなっていた。それは大抵美濃が眠りに落ちている時であったため、彼女はそのことを知らない。

彼はまだ、このような気持ちになる理由を見つけられないでいた。美濃が衝動で逃げるのだとしたら、捕まえて執拗に抱くのも衝動だ。二度と離れられないように溶け合うまで繋がりたいという強い衝動。二人の衝動は常に平行線を辿り、混ざり合うことはない。

数え切れない程繋がって、この指で舌で触れていない場所など無い程に、彼女の身体のことなら本人ですら知らないことも全て知っている。散々嬲って敏感になった身体に触れて何もせずに眠る日々が続けば、寝言で何度も多摩の名を切なそうに呼ぶ。美濃の中で少しずつ自分の領域がひろがるのは堪らなく快感だった。

だが、そうして手に入れるものが真実欲しいものだったかと問われれば、それもまた何か違うように思える。

堂々巡りだ。結局何も見つからないまま、自問自答はすぐに終わってしまう。

──その時、

「……誰だ…？」

多摩は突然身体を強ばらせ、低く呟いた。

神経の端の方を何かが刺激する。研ぎ澄ませると、深い静寂を保ったままの森の中程で、僅かに空気を乱す何かの動きがあることを知った。

それは闇夜にも拘らず、迷うことなく真っすぐこちらへ向かっているようで、土地勘がある者の動きのように感じられた。だが、多摩が知るこの国の生存者の数と、こちらへ向かっている者たちの人数が合わず、彼は僅かに口元を引き締めた。

乾、巽と…あと一人。取り逃がした者がいたか、それとも……

どちらにしても多摩は侵入者を望まない。この領域で美濃以外を許容する気はないのだ。

多摩は一切の音を立てることなく地を蹴ると、風のように疾走し、闇夜でもわかる位に紅い眼を光らせて、自ら侵入者の元に向かうべく森の中へと姿を消した。

「普通、たった数年でこんなに蘇るものか？」

「…そんなはずはないだろう…。朽ち果てた神子の里を訪れた時は、小さな木々が育つのすら数年かかっていた。この森の幹は太い。年輪を見て確かめればわかるだろうが、恐らく千年以上の樹齢のものもあるだろう」

「だったら何千年も俺たちが留守にしてたって言うのかよ」

「いや…。ただ、ここはあの方の支配する土地だ。想像を超えた力が作用した結果と言っても不思議ではないだろう？」

「……そーだけど。…こんなこと、何でアイツがやるんだよ？」

「俺に聞くな」

　静かな森の中、腑に落ちないという口調で話す男の声が賑やかに響き、それに応える別の男の静かな低い声が静寂の中にとけ込んでいく。

　一行は多摩が感じ取った通り三人いた。賑やかな響きの声の主は乾、静かな低い声の主は巽、そしてもう一人は……

「後どれくらいで着きますか？」

　顔は毛皮のフードに隠れて見えないが、穏やかな響きを持つ青年の声だった。

「あと一時ほどかかと。慣れない土地で長旅を強いてしまい申し訳ありません」

青年に話しかけられ、巽が畏まりながら深く頭を下げた。

「いいえ…それも父の望みの一つなのでしょう。貴方たちを責める理由は何一つありません。そのように頭を下げないでください」

フードの陰で穏やかな笑みを浮かべていることが想像できるくらいに青年の口調は優しげなもので、普段あまり表情を崩さない巽が思わず口元を緩め、乾もつられて笑みを浮かべた。青年のおかげでぎくしゃくしていた空気が柔らかくなる。

と、その時、風のない森の中で前方の大木がゆっくりと揺れ動いた。そこにいた誰もが一瞬で凍り付くような冷気を感じ取る。

「…やはりおまえたちか」

闇夜の森に共鳴するかのような低い声が辺りに響いた。前方から響いたような、また後方からも響いたようなその声に、得体のしれない何かの射程圏内に入ってしまったような錯覚すら憶える。緊張の中、一同が闇夜に眼を凝らすと、ある一点に紅い光が浮かび上がっているのが見て取れた。

獲物を見定める獣のようなその視線に、背筋に冷たいものが走る。しかし、乾にはその独特の響きを持つ声色に聞き覚えがあった。少し低くなっているが間違いないと確信し、真っ先に声をかける。

「多摩ッ、多摩だろ？」

その問いに答えるかのように風が大木を揺らす。ざわざわと騒ぐ葉音に誘われるように白い装束が空を舞った。ふわりと音も無く舞う姿はあまりに幻想的で、鳥の羽のように柔らかく目の前に降り立っても尚、そのあまりの成長ぶりに乾は言葉を無くし、棒立ちになった。

「…乾…相変わらずのようだな」

皮肉めいた笑みを見て、乾はハッとして目の前の多摩にぎこちなく笑みを向ける。それを受け流し、多摩は後方に佇む巽に視線をずらした。

心の底を探るような視線を浴び、巽は表情を硬くしながら多摩の前まで歩み寄り跪く。

「客人を…お連れしました」

片眉をつり上げて不快感を露わにする多摩の表情にその場の空気が凍る。

わかってはいたが、とても歓迎しているような雰囲気ではない。かといって、このまま引き下がれるような用事で戻ってきたわけでもなかった。

「…あ、…と。…突然で悪かったよ。詳しいことは後でたっぷり話すからさ。今はこの人を宮殿で休ませてやってほしい。長旅で疲れてんだ」

重苦しい空気を壊すような口調で乾が割って入る。多摩は冷ややかな眼差しで、彼らの言う客人を一瞥《いちべつ》した。

青年はその歓迎されない雰囲気に別段気を悪くすることもなく、フードを取り、静かに一礼をする。多摩は青年を観察するように強い視線を向けると、無表情なまま小さく息を吐いた。

「静寂を保ち、己の気配を消すために注意を払うと約束できるか」

氷のような紅い瞳がまるで凶器のように煌めく。

極めて奇妙な条件提示に一瞬青年の表情が揺らいだように見えたが、真実を知らない者にこの言葉の意味など決して理解できるはずもなく、青年は素直に頷き宮殿へ入ることを認められたのだった。

だが、内心ではこの場で命を絶たれてもおかしくないと考えていた他の二人にとって、条件付きにしろ多摩がすぐに受け入れたことは驚き以外の何ものでもなく、伸びやかで凛とした背中に続きながら、皆一様に多摩の狙いを摑みあぐねていた。

巨大な森を抜けた先にある宮殿へ皆を連れて多摩が戻った時、まだ外は闇夜だった。無風だった夜にいつの間にか冷たい風が吹き荒れ、身体の芯から冷え切っていた一同は建物の中に入っただけでもあたたかさを感じて僅かに顔が緩んだ。

そんな空気を一切無視するかのように、表情一つ変わらない多摩が静かに振り返る。

「…話は明日聞く。どの部屋でも好きに使えば良い、干渉はせぬ。…だが、決して最上階には立ち入るな」

どうやらこれ以上の話を今ここでするつもりは無いらしく、彼は興味がなさそうにそれだけ言い置き、皆を残してそのまま大階段を使い最上階へと消えてしまった。残された方は、今になって戻ったことに対して、どれ程の厳しい追及が待っているのかと構えていたために拍子抜けしてしまい、しばらく多摩の背中を目で追いかけて立ち尽くしていたが、やがて柔らかな青年の声がその場の空気を変えた。

「貴方たちの主は不思議な空気を持っていますね」

「…ええ」

「それにこのような静かな宮殿は初めてです…、本当に他に誰もいらっしゃらないのですか？」

「…おりません」

「そう、ですか……」

巽の答えに青年は少し考え込むように押し黙ったが、小さく息を吐くと着ていたコートを脱いだ。暗闇ではわからなかったが、灯りの中で青年の見事な銀髪が輝きを放ち、乳白色の肌にエメラルドグリーンの瞳が映えて、高貴な血筋に生まれついたであろうことは容易に想像できた。

「では、お言葉に甘えて今宵《こよい》は休ませていただきます」

この状況を詮索《せんさく》することなく、小さく一礼してそのまま適当な部屋へ落ち着く青年を見て、乾と巽はホッと息を吐く。

「よく引き下がってくれたな」

「……察しがいいのだろう。今追及することが得策ではないとわかっているんだ。旅に同行して頭の回転が速いということはお前も理解しているはずだ」

「どっちにしたって、このまま何も話さないわけにもいかないだろう？」

「だが…全てを知られるわけにはいかない。……特に美濃さまのことは絶対にだ」

「…だな」

彼らが戻ってきた目的を達成させるためには、多摩と青年が多少でも歩み寄る必要があった。神妙な顔つきで二人はそれきり押し黙り、その夜は青年に倣って各自適当な部屋で身体を休めることにした。

乾は埃っぽいベッドに顔を顰めつつ、仕方なしに横になると頭の後ろで手を組み、ここを離れる直前の多摩とのやりとりをぼんやりと思い出していた。

多摩は覚えているだろうか。ここを旅立つ前日に乾が言ったことなど、もう忘れてしまったかもしれない。数年ぶりに再会した多摩は、いつの間にか乾の身長を追い抜き、声は一段と低くなり体つきも男らしく逞しくなっていた。白い肌に映える黒髪は艶やかなままだが、誰より紅い双眸に宿る光の強さは何者をも圧倒させるものになっていた。

姫さまに対しての執着も時間が経てば落ち着くだろうと楽観していたが…どうやらとんでもない深みにはまり込んだらしい。

自分たちがあれほど早く多摩と再会が果たせたのも、気配だけで侵入者の存在を感じ取ったためだろう。もしかしたら、本当は誰であろうと侵入者と見なして排除する気だったのかもしれない。

……だったら、どうして排除されずに済んだんだ？　またあの気まぐれか？　俺たちを残した時のように……

緻密な計算をして動く性格ではない。かといって適当に動く性格でもない。

「……何考えてるんだか」

あぁ、眠い。今日はもうだめだ。埃まみれだろうが久々のベッドは気持ちいい。どうせ一眠りしたら、また面倒なことが待ってんだ。全くこういうのは俺向きじゃないよなぁ……

そこまで考え、後は強烈な睡魔に全ての思考が流され、彼は朝まで泥のように眠った。

❀ ❀ ❀

再び多摩が最上階から降りてきて彼らと対面したのは、一度昇った太陽が沈みかけた頃のことだった。彼はどことなく気怠げで、目の縁がほんのりと紅く色づき、昏から艶めかしい吐息を漏らしている。その姿は妖艶にも感じられ、とても今の今まで眠っていたという雰囲気ではない。乾には彼がこの時間まで何をしていたのか容易に想像できて、もう今更それを茶化す気にもなれなかった。

「…おまえは誰だ」

大広間に全員が集まると、多摩は椅子に深く腰掛け、挨拶一つ無く青年に目を向けた。

余計な会話をするつもりはなさそうだった。

「昨晩は突然の訪問にも拘らず、こうして滞在させていただき感謝しております。……私はクラウザー。隣国バアルからやって参りました」

それを聞き、多摩は遠い記憶を辿るかのように視線を空に彷徨わせると、『あぁ…』と呟き淡々と口にした。

「……一度…神託に訪れたことがある」

「えっ、…それは本当ですか!?」

クラウザーと名乗った青年を見ながら、多摩はあっさりと過去の繋がりを明かす。

「…あの宮殿…名は何と言ったか…アンドロ……、やはり忘れたな。長くて面倒な名の建物だと言ったらバアルの王は笑って……あぁ、おまえ、そういえばバアルの王に似ている。あの男の息子か？」

「は、…はい」

目の前の男が思いもよらず祖国と父に関わっていたことを知り、クラウザーは思わず声を上ずらせて笑顔を作った。

「……なるほど…おまえも狡猾《こうかつ》そうな目をしている」

「…ッ!?」

初対面でこんなことを言われるとは思わず、クラウザーは固まった。

客人としての扱いなど期待はしていない巽らであったが、これには流石に黙っていることができずに間に入る。

「神子殿、そのような発言はお控えください」

言葉を遮るように入ってきた巽に目を向け、多摩は肘掛けにもたれて呆れたように息を吐く。

「おまえもわからぬ男だ。俺はもう神子ではない」

「何度でも言わせていただきます。貴方は生まれながらの神子です。千年に一度現れるかどうかの偉大な神子と謳われた程の…貴方がどう思っても神子の里が消滅した今、現存する最期の神子に他なりません」

「…やけに絡む。まさか俺を神子にするのが今回の目的か？」

「今更仕立てなくとも、力を有している限り貴方は神子そのものです」

「ならばおまえは神子とは何だと思う？　まさか神秘的存在だとかいう表向きの子供騙しを鵜呑みにしてはいないだろう？」

多摩は何を考えているのかわからない氷のような眼で巽に問う。神子の役割を果たしていた間に、どれ程のものを彼は見てきたのだろうか。都合の悪い知識は何一つ与えられず、ただ流れに身を任すままに役割を果たし続け、外に飛び出して自由を手に入れた今、過去の自分をどのように客観視するのか……

「貴方の神託を見て、神秘的存在を疑うはずもありません。あの場に立ち会えた者は誰しも魂が震えたはずだ。だからこそ大昔から神子の存在が我々にとって重要視されてきたのです。私はそれを子供騙しとは考えません」

「…鳥肌が立つほどの過大評価だな」

多摩は巽の強情な意見に辟易して眉を寄せ、これ以上何かを言う気が無くなったらしく、今度はクラウザーに視線を向ける。

「クラウザーと言ったな。バアル王の息子が供も連れずに危険を冒して直接俺に会いに来た理由は何だ？」

「巽殿の話によれば、この国は天変地異と原因不明の病によってほぼ壊滅、多摩殿が今では主であると。神子でもある貴方にこれを渡し、密約を結ぶことが私が来た目的です」

そう言うと彼は懐に仕舞っていた書簡を取り出し、多摩に差し出した。多摩はクラウザーを一瞥した後それを手に取ると封を開け、バアル王直筆の書面に目を通す。

「自ら密約などという言葉を使うとは面白い男だ。おまえはこの内容を知っているのか？」

「…はい」

頷くクラウザーを僅かに見やった後、すぐに書面に視線を戻して最後の一文まで読み終えると、多摩は頬杖をついて僅かに苦笑してみせた。

「……乾よ…おまえ、ここを発つ時に何か理由をつけていたな。…政治的に食料を調達する…だったか？　これがそのことか？」

突然話を振られた乾だったが、多摩が自分の言ったことを覚えていたことに驚き、同時に嬉しくなって大きく頷いた。

「そうだ。お互いの利害も一致するだろうし、現に必要なことだろ？　昼頃に食物庫を見たけど結構消費されてたし、それ程長くはもたないはずだ。供給を受けるにはそれなりの対価を求められるのが鉄則ってもんだ」

「…神子がそれ程のものだというのか？」

「釣りが来る程のものだと俺は思う。多摩はそんなに安くない」

巽どころか乾からも真っ向から断言され、多摩は眉を寄せた。

多摩にとっては、未来を見通す力にどうしてそれ程の魅力があるのか、少しも理解できなかった。

「多摩殿、何を迷われます。これは貴方がたにとっても魅力ある交渉のはず…それとも、我々との衝突を望まれますか？」

答えを出さない多摩に対し、クラウザーは静かに切り込んだ。

多摩は片眉をつり上げ、皮肉めいた笑みを浮かべる。確かにこれまで国境を接するバアルとの間にはいさかいが絶えず度々争いが起きていた。しかし、大きな争いというのは、互いに相応の数が揃わねば起こり得ないものだ。

「クラウザー、おまえはこの現状を見てそれを言うのか？　この地はもはや、おまえたちに脅威を与える程の多勢にはなれぬ。どうせなら敵であろう我らをこの機に排除してしまえばいいのだ。おまえも思ったはずだ、一方的なまでに我らを殲滅することが可能だろうと」

「これは父の、我が祖国の意志です」

「己が眼で見て感じたものを無視してまで尊重する意志など必要あるものか」

「……ッ」

表情を硬く強ばらせて感情を抑え込むクラウザーの様子を眺め、多摩は不敵に笑う。

「このような取り引きに意味があると思っているのか、俺はおまえに聞いている」

「……どういうことです」

「ここはもう国としての機能を失い、指導者も滅んだ。巽が何を言ったか知らぬが俺がそれに取って代わる気も更々無い。…にもかかわらず、おまえたちは国とは言えぬような地に王直筆の書簡まで寄越し、対等以上の対価を払うという。理解に苦しむ。わざわざ関わり合う必要がどこにあるというのだ」

射抜くような紅い瞳にクラウザーは息をのむ。この男の眼はここにいる誰よりも紅い。真紅の薔薇のようなその色に反し、瞬く輝きは冷酷さを放ち、目が逸らせなくなる。

「確かに見た限り、国どころか集落にすらなりえない人数は、いささか心許ないようにも感じます。……ですが、この取り引きで引き合いに出されているものは神子です。私は神子を知らない。神子の価値を知らない私にそれを判断することはできません」

それを聞き、口端をつり上げ笑みを浮かべる多摩からは、クラウザーの疑念も何もかも見透かしているのがありありと見て取れた。

多摩を初めて見た瞬間、言いようもない悪寒が全身を貫いたのを感じた。地の底から冷たい何かが全身を覆うのを感じたのだ。神子が何たるかを知らない自分に判断などできるわけがない。できるとしたら、彼を危険な存在だと警告した自身の第六感から目を逸らしてはいけないということだけだ。

――……どんッ。

ふと…どこからか音が聞こえた気がして、クラウザーの思考が停止した。

あまりの静寂さだからこそ、普通なら聞こえないような音が耳に届いたのかもしれなかった。

——…どん、……どん…ッ。

違う。やはり気のせいではないようだ。クラウザーは耳を澄まして天井を見上げた。

「他にも誰か…」

言いかけて多摩を見ると、彼は目を細めてほんの少し笑みを浮かべていた。何とも言えないその柔らかな表情は、彼が初めて見せた感情の一旦で、クラウザーは思わず後の言葉を呑み込んでしまった。

だが、視線に気づいた多摩は鋭い目で睨み返し、一瞬で表情は元に戻ってしまう。

不審に思いながら周りをよく見れば、巽も乾も顔を強ばらせて固まっているように思えた。

「……今日はここまでだ」

「えっ!?」

多摩は突然立ち上がり、驚くクラウザーを一瞥することなく足早に部屋を出て行ってしまう。

「ちょっと待ってください。まだ話は途中で…」

あまりに中途半端なところで話を区切られ、追いかけようとするが、巽に前を立ちふさがれ阻まれてしまった。

「そこを通してください」

「今日はこれで終わりにしてください」

「……ッ、一体どうしたというのです。あの音は…誰か他にもいるのですか？」

疑問をぶつけるも、巽は沈黙を通す。クラウザーは眉を顰めた。この圧倒的に不利な状況下で、正確な情報も無くたった一人で彼らと対峙しなければいけないのかと。

宮殿とそれを囲む森林以外に何も存在せず、他に生存者もいないというなら彼らはどうやって生き延びた？　天変地異と原因不明の病とは何だ？　何故宮殿だけが何の損傷もなく残った？　説明できないことが多すぎるだろう。

もしかすると、本当は別の原因が存在するのではないだろうか？

――…どん、……どん……ッ。

音は、それから二度ほど聞こえて、それきり途絶えた。

❀　❀　❀

美濃は泣いていた。目が覚めたら一人だった。いつも美濃を抱き込むようにして眠っている多摩の腕がないのは、彼女にとって有り得ないことだった。小さな頃から使っている自分の部屋が全然別のもののようで、一瞬どこか知らない場所に紛れ込んでしまったのだと思った。

何故だか唐突に不安が押し寄せてきて、何かを追いかけるように扉に走った。けれど、いつもは簡単に開くはずの扉がどんなに力を込めても開かない。こんなふうに閉じ込められることなど今まで無かったために、息苦しさと不安で押しつぶされてしまいそうになる。

美濃は何度も何度も扉を叩いて、一人にしないでと泣きじゃくっていた。

「…おまえは逃げるくせに一人にされるのは泣くほど厭なのか？」

平然とした顔で扉の向こうから多摩が現れても、溢れる涙は止まらなかった。

「…ッ…、…っ、…、…多摩……」

床に座り込んだまま多摩を見上げていると、彼は目線をあわせるようにしゃがみ込み、涙に濡れた頬を撫でて僅かに目を細める。何故か胸の不安がすっと消えて涙が一粒零れた。

それから多摩は頬に唇を寄せてきて、瞼にも、耳にも、額にも、口にも…落ち着くまで何度も口づけを繰り返した。こうやって時折、真綿でくるむように優しく触れられるのが怖くて堪らないのを、多摩は知っているだろうか。

「美濃…何を泣く」

こんなふうに頬を撫でる手があたたかいことに気づかせないでほしいのに。

「……泣いて、ない」

強情な唇を多摩の口が塞ぐ。あわせる唇から漏れる吐息の甘さに、多摩の眼が欲情に濡れる。小さな顎を甘噛みし、首筋に舌を這わせ所有の印をいくつもつけた。

「……あ、ぅ……多摩…っ…」

座り込む美濃の身体を軽々と抱き上げ、彼はもう一度唇をあわせた。柔らかな多摩の唇から覗く赤い舌が果実のような美濃の唇をなぞり、耳元に唇を寄せて小さく囁く。

「俺を呼んだろう」

熱い息が耳にかかり、ぶる…と身体を震わせ、美濃は多摩にしがみつく。

「……美濃」

小さく首を振るばかりの美濃の耳たぶに柔らかく歯をたて、びくんと震える睫毛に口づける。多摩はしがみつく彼女をベッドに運び、自分もその隣に横になった。

宝石のような紅い瞳が美濃を静かに見つめている。美濃はまたいつものように好きにされてしまうのだろうと思ったが、多摩の瞳には先程までの欲情に濡れたような色は消えていて、不思議な思いで彼を見返した。

「もう泣かないのか？」

美濃の髪を指で梳かしながら彼は静かに尋ねる。美濃が小さく頷くと、その口元が僅かに緩んだ。

もしかして……笑ってるの…？

彼を知らなければ見過ごしてしまうくらいの僅かな変化だった。

だけど、ほんの少しだけ緩んだ口元は確かに柔らかかった。

多摩は美濃の唇を親指の腹で撫で、僅かに開いた唇の間にその指を少しだけ押し込み、歯列を何度かなぞった。そうされているうちに、美濃は反射的に彼の指を舐めてしまい、それには多摩も少し驚いたように目を見開いた。美濃はハッとして真っ赤になりながら慌てて舌をひっこめる。

「…そんなに俺を挑発するな」

「…ッ、し、してない…ッ…」

美濃は首を振り、恥ずかしさのあまり多摩の顔を見ていられず、ぎゅっと目を瞑った。多摩はそんな美濃の様子を見つめ続けているらしく、視線を感じて瞼が震えてしまう。そのうちに彼は美濃の頭を自分の胸に抱き、彼女のつむじに唇を押し当てて小さく囁いた。

「今日はこのまま眠れ……」

けれど、そう言った先から聞こえてきたのは、多摩の寝息の方だった。

そういえば、ここ数日彼の寝顔を見たことがあっただろうかと、美濃はふと思う。多摩のもとから逃げて、すぐに捕まって…それからは美濃が気を失うばかりで、目が覚めると必ず視線がぶつかって…もしかしたら彼はずっと寝ていなかったのかもしれない。

だからって…何でそんなに無防備な顔で寝るの…?

逃げるなら今みたいな時が一番だ。

なのに、すっかり馴染んでしまった彼の匂いに包まれ、美濃はただ自分の中の力が抜けていくのを感じていた。

あぁ、どうして私はこうなんだろう。これだけ酷くされて全てを壊されて、どうして嫌いになれないの。こんな穏やかな空気になると、幼い頃、さよならをする時に見せてくれた彼の優しさを思い出して、無意識にその胸に飛び込んでしまいそうになる。酷いことばかりするのに朝目覚めた時の腕の中はあたたかくて、それが気持ちいいと思ってしまう。

多摩の腕が無いだけで不安で泣いてしまう自分が恐ろしくて堪らない。いつか、何もかも過去も全て忘れてこの温もりだけを求めてしまったらどうしよう、そんなことを考えてしまう自分にも恐ろしさを感じて、彼から逃げ出す自分を止めることができないでいた。

――おまえは逃げるくせに一人にされるのは泣くほど厭なのか？

深い眠りに落ちていく中で、美濃は彼の言葉が頭の中で何度も繰り返されるのを聞いた。

私が何を追いかけたのか。何を、誰を…無意識に追いかけたのか……多摩には、この矛盾を理解することなんて絶対にできないと思いながら。

❀　❀　❀

中断という形で打ち切られた話し合いで、巽と乾にわかったことが一つあった。互いの性格の不一致が介在していることを差し引いても、友好的な関係を築くことがどうやら困難になってしまったということだ。

特にクラウザーが単なるお使いではなく、自分の目で物事を見極めようとしている点が非常にやっかいで、加えて多摩が全く話に乗らなかったことが一気に先行きを曇らせた。多摩がこの手の話に興味が無いのはわかっていたが、バアル王からの書簡を見せて話がここまで進んでいると知れば、少しは耳を傾けるのではないかと思っていた。

書簡には神子の力をバアルにも与える代わりに、国の復興と食料の供給に全面協力をすると書かれており、それは長年敵対してきたバアルの民にとって許しがたい内容と言えた。この話を取り付けたのは巽と乾の二人であるが、バアル王は存外簡単に理解を示し、当初は食料の供給だけの交渉のつもりだったのが国の復興という大きなおまけまでついてきた。

その際に二人は、神子が一度バアルに訪れて神託を行ったことを王から直接聞いた。何故異国の彼らが神子の存在を知ることになったのか、さらに神託を行うことになったのか、事情までは聞けなかったが、その時行われた神託によって今のバアルが更なる強大な国家として飛躍し続けているのだと王は語った。そして、バアル王の方からおまけをつけてきたのだ。『流石に公にはできない内容ではあるが、あの者にはそれだけの価値がある』と。

だが、神子の力を知らないクラウザーにとっては、書簡の内容を聞いたところで内心では納得できなかったに違いない。多摩の言葉に揺さぶられ、挙げ句の果てには余計な疑念まで持たれてしまった。

恐らく、多摩はそれらをわざとやったのだろう。巽も乾ももはや下手に口出しできるような状況では無くなったことに、頭の痛い思いを味わっていた。何より、疑念を持ったクラウザーが、たっぷり空いた時間を使い周囲を探索していることについては、何らかの手を打たねばならないと感じていた。

❀ ❀ ❀

ある夜半過ぎ、思うことが多すぎてなかなか寝付くことができなかったクラウザーが、外の風にあたろうと静まり返る廊下を歩いていた時のことだった。

「…ッ!!」

突然右腕を掴まれ、驚きの表情で振り返ると巽が険しい顔で立っていた。

口を開こうとしたが、巽は人差し指を唇にあて、廊下の向こうに目配せをしてこのままついてくるよう促してきた。警戒しつつもクラウザーは彼の後に続き、吹き抜けの中庭を取り囲む回廊に行き着いた。

「随分思い悩んでいるようですね。一向に話が進まないので致し方ありませんが」

「…っ、ええ、そうですね。否定はしません」

「私に答えられることであれば、なんなりと。大切な客人にいつまでも不快な思いをさせているのはとても心苦しい」

「なっ、…」

平然とした顔で言う巽の言葉にクラウザーは目を見開く。今までこちらからの質問に拒絶する雰囲気を彼らがあえて作っていたのはわかっていた。

意図するところが読めずクラウザーは沈黙するが、やがて試すような眼差しで口を開いた。

「では……まず、貴方がたが敬愛する神子が何者なのかを教えていただけますか」

「…神子は神子の里という場所で生まれます。名前の通り神子がいる里。神子はそこでしか生まれません。ただし、その素質を持って生まれる者はごく僅か。というより限りなく無きに等しい。過去には神子不在の時代もあったそうです。その中で千年に一度生まれるかどうかの力を持った神子と謳われるのがあの方なのです。それがどれだけ稀有な存在か…貴方に理解を求

のです」

「…いえ…非常に希少な存在だということだけはわかります。ただ、神子がどのような役割を担っているのか…ほとんど知識のない私の想像力では呪術師のようなものしか思い浮かばない
めても仕方がありませんが…」

「あぁ、なるほど」

巽は頷き、少し思案してからこう言った。

「千里眼《せんりがん》とでも言えば少しはわかりやすいかと。未来を見通す力を持ち合わせた存在。それより更に優れている最大の特徴として、悪しき未来を良き未来へ転換することもできるとなれば、それはもはや神の領域。神の子と呼ばれても不思議ではないでしょう」

「…神子は…未来を変えることができるのですか？」

「ええ、占われる側が望めば」

「ならばどうしてこの土地の危機を避けなかったのですか？」

率直な質問に巽は目を伏せた。当然ながら、言えば聞かれることと予想はできていた。

「神子殿は二通りの未来を見通しました。王はどちらを選択しても良き未来になると考え、神託の際に第三の未来は望まず、最終的に二つの内の一つの未来を選択したのです」

「では選択の読みを誤った結果だと…？」

「今を悪しき未来とするなら…」

クラウザーにはよくわからなかった。二通りの未来を見通して、そのどちらも間違いなく良

い未来と思える内容だったものが、何故このような結果に至ってしまうのか。確かに巧く利用できれば大変な力を得られるのかもしれないが…もし裁量《さいりょう》を間違えれば国をも滅ぼしてしまう脅威ではないのか。それともこの国の者たちは全てを理解した上で、それでも神子を必要としているということなのだろうか…？

「貴方たちは…何故助かったのですか」

巽はクラウザーの真摯な瞳に目を細め、小さく微笑んだ。この異常な場所でただ一人、クラウザーが疑心暗鬼になりながら過ごしてきたのはわかっている。その点に対して同情する気持ちはあったが、巽にはその疑問に対する答えだけは持っていなかった。

「…天が気まぐれでも起こしたのでしょう」

中庭を眺めながら静かに呟く巽の横顔は、どこか憂いを帯びていた。

曖昧な言葉で濁されたように感じたクラウザーだが、何となく言葉が見つからず沈黙していると、巽はクラウザーに向き直り静かに口を開いた。

「……我々は秘密主義を貫いているわけではありません。何か調べたいことがおありでしたら書庫を開放しますのでご自由にお使いください」

「ならば何故、上にいる住人を隠そうとするのです」

いきなり核心を突く問いだった。しかし、巽は動じることもなく、僅かに口端を引き上げ穏やかな笑みを作る。

「どうやら長旅でまだお疲れのご様子、もうお休みになられた方が宜しいかと」

「……ッ！」

まるで一方的な思い込みをしているかのような言い方に、クラウザーは震える感情を抑え込み、拳を握り締めた。

「……もう少しここで涼んでいきます」

「では、私はこれで失礼いたします」

軍人らしく無駄のない動作で一礼して去っていく巽の後ろ姿を目の端に捉えながら、クラウザーは苦々しい思いが胸の中を支配するのを感じていた。

巽は当たり障りの無い情報を与える一方で、詮索は無用だと言わんばかりに牽制したのだろう。あの音を幻聴だと通すのならそれでも構わない。

本来であれば書簡を取り交わしてすぐにでも帰国の途に着く予定だったが、疑問から疑惑に変わった今、神子の力を借りることが正しいことなのかどうか見極める必要が出てきたのだ。何の取り交わしもせずに帰国するというなら相応の理由を。取り交わして国の復興と食料援助を約束するのであれば、神子に対する疑念を晴らして国益をもたらすことを納得させる理由を持たなければならない。それ程、彼らとの争いでバアルの民は犠牲になってきたのだ。

既に会った者たちの協力は得られないと考えるべきだろう。そのうえ自分の行動は常に監視されている可能性もある。誰にも気づかれずに行動するには……

——…どん、……どん……ッ。

目を閉じればまだあの音が聞こえる気がする。

何故多摩は最上階に立ち入ることを真っ先に禁じたのか。普通に考えれば、見せたくないものがあるからなのだろう。彼にとって知られると都合の悪い何か…それも、ひた隠しにしなければならない程、重要な鍵を握る誰か。

「……ひと目でも会えれば…その後の接触は容易くなるが…」

クラウザーは意味ありげに小さく呟く。

普通に会わせてもらえるとは到底思えない。

だが、多少の無理をしてでも会ってみる価値がある……そんな気がした。

第六章

「そんなところで何をしている。近くに来い」

多摩の命令口調が湯殿に響いた。彼は浴槽の中央にある噴水を背にして裸体を隠すこともせず、促すように振り返る。美濃が巨大な浴槽の端でもじもじしていると、多摩は不機嫌そうに片眉をつり上げてみせた。

「……ッッ、だって…同じことされるなら…、部屋のほうが……」

そう言って美濃は目を逸らして俯く。今更多摩と身体を繋げることをどうこう言うわけではなかったが、いつもの何十倍もの広さのある湯殿ではやたらと声も響くうえ、自分がとんでもないことをしているという背徳感に気づかされて、それがとても厭なのだ。

しかし、そんな思いがこもった抵抗を彼が理解するわけもなく、自ら美濃の方に近づいてあっさりと彼女を抱き上げ浴槽の中央まで運んでしまう。

「ここで俺がおまえを抱くと思っているのか？」

「……だって…」

いつだって多摩は場所なんて選ばないくせにと、唇を嚙み締める美濃の首筋を舌が這う。

「…んっ」

小さな声をあげ自分を抱き上げる腕にしがみついた。

「よくわかっているじゃないか」

「…ッ、…やっ、…耳…の傍…で、しゃべんな…で」

耳にかかる息で身体に力が入らなくなる。

真っ赤になって身を捩ると耳たぶを甘噛みされ、指先で胸の頂を軽く弾かれた。

「…あっ……」

「こうやってすぐに胸の先を硬く尖らせ、煽るような眼で俺を見るくせに、おまえの唇はいつも強情を張る」

そう言うと多摩は胸に顔を埋め、主張し始めた頂を唇で挟み舌先を使って執拗に転がしていく。美濃は強く目を瞑って声を漏らさないよう懸命に堪えるが、抱き上げる多摩の力強い右手は意地悪な仕草で太股を撫でる。彼女の反応を引き出そうと、わざと中心には触れずに周囲をなぞるようにしてゆっくりと淫らに動き回った。

「……ぁ……ッ、やぁ…や—…ッ」

もどかしい動きに美濃は堪らず声をあげた。ハッとして首を振り、今のは違うと訴えるが、肝心な部分には触れようとしなかった意地悪な指が、今更だと言わんばかりに中心を捉えてしまう。

「…あっ、…あ、違…ッ」

「何が違う？　ここを擦ってほしいんだろう？」

「んっ、…はっ、…つ、…ッ」

「……中は……これでは物足りないようだな」

「あっ、…ッ、やーっ、…ッ多摩…多摩…ッ…ッ」

ほんの少し中心を擦られただけで甘い息が漏れ、それを見計らったように中に指を入れられる。突然の侵入にも拘らず、この身体は受け入れることに何の抵抗も示さない。何度も抜き差しされるうちに身体は次第に熱くなり、美濃は浅い息を何度も吐き出しながら震える手で多摩の首にしがみついた。

「……これでも違うとおまえは言うのか…？」

「…あっ、あっ、あ――っ、やぁ――」

あっという間に陥落した身体は、自分が思う以上の淫らさを持って多摩が与える全てのものを貪欲に呑み込んでみせる。ぐちゅぐちゅとはしたない音を立てて彼の指を濡らし、腰を揺らめかせて恥ずかしい程に声をあげた。

「…望みのままにねだってみろ。欲しいだけくれてやる」

「はっ、はぁっ、ああっ、あっ、ふぁ、…ッっは、あ、いや、いやぁ、…そんなに、…ッ激しく、したら…、あ、ッ、…ッ、や――ぁッ!!」

弱いところばかりを執拗に擦られ、彼の言葉一つでたがが外れた身体は、びくびくと内も外も震わせながら呆気なく上り詰めた。多摩は苦しそうに身悶える様を愉しそうに眺め、美濃を抱きしめながら浴槽に腰を下ろしてゆっくりと湯に浸かる。

「……随分早いな…、湯殿でするのはいやなのだろう？」

「あ…ッ、はぁっ、は、…っはぁ、あ、…っふ……イジワル……ッ」

恨めしそうに睨むと、多摩は眼を細めて笑った。

口では相変わらず意地悪ばかりを言うくせに、何だかとても嬉しそうに……

「……っ…」

美濃は思わず息をのんだ。多摩は最近こんなふうに笑う時がある。

それは目が覚めて、誰もいない部屋の中で泣きながら多摩を追いかけたあの日からだった。

だけど、それをどう捉えればいいのかわからない。本当に優しくされているような、まるで多摩に想いを寄せられているような変な気持ちになって困るのだ。

「…美濃…指だけで足りるのか？」

「……っ…ぁ…」

言葉に詰まっていると身体の中心に埋め込まれたままの指をぐるりと掻き回され、美濃の喉がヒクンと鳴った。上り詰めたばかりで敏感になりすぎた身体ではその刺激に追いつけない。

「…っやっ、いやっ、…多摩…多摩…ッ、ナカ…擦らな…で…ッ、…あ…やッ、お湯が…入って…やっ、やだぁ」

多摩が浴槽の中に身体を沈めたせいで、指の隙間から湯が侵入してくる。

美濃は涙を浮かべてこんなのは厭だとしがみついて訴えた。

「…ならば、美濃……このまま…俺に跨《また》がれ……」

「……はっ…あ、…あぅ…」

耳元で低い声で囁かれ、背筋が粟立った。指が引き抜かれ、有無を言わさず腰を摑まれ多摩の上に股がらされる。中心に多摩の雄があたってようやく意味がわかり、美濃は息をのんだ。

「……あ、あ、あ……熱…ッ……あ、あ……ッ」

ズブズブと自分の中が多摩を呑み込んでいく。その圧迫感に喉を引きつらせていると、多摩は腰を摑む手に力を込めて身体ごと引き寄せ、隙間も無いくらいぴったりと身体を繋げてきた。

「あ——っ、……や、…あっ…は…」

「……湯など入り込む隙も無いほど、俺で満たされているだろう…？　美濃…おまえの望むように動いてみろ…あわせてやる…」

「…やっ、や、そんなの…やだ…」

否定の言葉を口にすると、腰を摑む多摩の手が美濃の身体を揺さぶった。口ではどんなに否定してみても身体は多摩のすることに従順で、彼の意に沿わないことを言えば言うほど追いつめられて簡単に理性が奪われてしまう。一度でも快楽を感じてしまえば最後、知らずの内にゆらゆらと腰を揺らして、彼の滑らかな肌に自分の胸を擦り付けてしまっていた。

多摩は薄く笑い、あわせると言った言葉通り腰を突き上げて一層深まりが強くなるように動いてみせた。身体が熱い。二人の動きに同調するように湯が激しく波打ち、湯殿いっぱいに響く全ての音が頭の芯まで融かしていく。

「……美濃…美濃……」

「は…あぅ…あ、あむ…ぅ…ん、ん…っ」

唇をねだられ、腰を揺らしながらお互いの舌が激しく絡み合う。苦しくなって逃げようとすれば追いかけられて、時折できる隙間から息継ぎをするように空気を求めた。ばしゃばしゃと波打つ湯が一層大きな音を立て、もがく程に腰を掴む多摩の両手に強く引き寄せられて、深い繋がりと激しい抽挿で意識が曖昧になっていく。

「……ん、ん、…んっ、ッ、…ふぁ…ん、…ふう、ん、ん…ん」

苦しいのに息ができないのに、恥ずかしいほど淫らな自分に羞恥するのに、彼と繋がるといつも恥ずかしい自分になるのを止められない。

「…美濃、もっと俺が欲しいだろう?」

ようやく唇を解放されて息をつこうとしたが、低音に耳元を刺激され身体の隅々まで浸透する熱に間断なく襲われる。溢れる涙で視界が霞み、美濃は身体中を震わせながら息を弾ませて喘いだ。

「あっ、っは、は、は、ぁっ、っはぁっ、はぁ、多摩、…た、…、多摩、や、…苦し、…苦しい…よぅっ…あっ、あぁっ、多摩、多摩、……ん、…多摩…ぁ…ッ」

「…っ…美濃…、もっと傍に」

これ以上どうやっても近づけないというのに、多摩はより深く繋がることを求めた。

彼自身も切羽詰まった様子でいつ果ててもおかしくないほどに余裕が無く、興奮した紅い瞳は欲情で濡れていた。美濃の強い締め付けに苦しそうに喘いで強く腰を突き上げる。

「あっ、やぁ、だめ…やぁ、あ、あ、…も、…多摩、多摩ッ、多摩ぁっ」

もう限界だと首を振って強く抱きついた。身体の奥底から湧き上がる快感が痛いほどに襲いかかってきて、ぶるぶると震える。

「やぁっ、あん、あぁ、あ、あ、多摩ッ、…や、あーッ、あっあっ、あぁ――ッッ」

ぎゅうぅっと全身を強ばらせ、刺激を与え続ける多摩にもその余波は充分すぎるほど伝わり、断続的な強い痙攣が一層の締め付けを与える。

「あっ、ああ――っ!」

「……っく、…ぁ…、…美濃…ッ」

大きく身体を波打たせて果てる美濃を感じながら、多摩は掠れた声で小さく喘ぎ、襲い来る最後の瞬間にぞわぞわと全身を粟立たせながら精を放った。

互いに声も出ないほどの深い快感で頭の芯が痺れ、それでもまだ足りないと多摩は美濃を求めて鎖骨や首筋に唇を這わせ、ぐったりして力が抜けてしまった彼女の身体をきつく抱きしめる。

「……はぁ、…はッ、は、…はっ、……美濃……」

そして飽くことなくもう一度彼女を求めようと身体を抱え直した時、多摩は何となく美濃の様子がいつもと違うことに気がついた。

「……美濃…?」

「…はっ、はっ…はっ、…はっ、…は…っ」

彼女の息は一向に整う気配がなく、苦しそうに肩で息をしている。よく見れば顔を真っ赤に

して明らかに逆上《のぼ》せているようだった。

そういえば苦しいともがいていた気がする…と先程までの美濃を思い出し、あれは単に呼吸できずに喘いでいたわけではなかったのかとようやく理解する。多摩は美濃を抱えながら立ち上がり、巨大な浴槽からあがって脱衣室へと彼女を運んだ。

「…ぁ…、は、はっ、…ん……ッ、…は、はっ」

ぐったりと肢体を投げ出したままで胸を上下しながら苦しそうな様子だが、どうやら意識はあるようだ。安堵したように多摩は僅かに息を吐き出し、身体を冷ますために窓と入り口の戸を少しだけ開けてやる。そして彼女の柔らかな手をやんわりと握って、平常時より随分高い体温に少し驚いたように目を見開き、唇を押し当てた。

「……おまえの言う通り、ここではあまりしない方がいいようだな…」

穏やかな声音に驚いたのか、美濃は閉じていた瞼を開く。

多摩の眼差しの柔らかさと、自嘲しながら笑いを漏らす口元を見て美濃は息をのんだ。

「少しここで休め」

彼の瞳はいつでも美濃を捉えて離さない。それに対して今まで美濃が動揺を見せることはほとんど無かったが、言われるままに閉じられた彼女の瞼は少しだけ震えていた。

こんなの駄目なのに、絶対駄目なのに。触れる手が優しいからいけない。酷いことしかしてこなかったくせに、たくさんのものを壊したくせに、どうしてそんな目で見るの。

だけど……どんなに憎いと思っても嫌いになれない私が一番酷い……——

――カタン…、

遠くの方で何か小さな音が聞こえたような気がして、美濃はぼんやりした意識のままにうっすらと目を開けた。周囲を見るとすっかり日が沈んで、窓の外に浮かび上がる満月が煌々と夜の闇を照らしている。どうやら身体を冷ますだけのつもりが、完全に意識を手放して熟睡していたようだった。

「……多摩…？」

上体を起き上がらせて多摩を探すと、脱衣室の隅に置かれた椅子に腰掛けたまま眠っているのをみつけた。美濃はすぐ傍に置かれている寝衣に気づき、彼が用意したのであろうそれを身につけている間、何となく目が覚める直前の不自然な音を思い出し、身体を冷ますために多摩が開けた戸の隙間に視線を向けた。

だが、湯殿に続く渡り廊下は月明かりに照らされているだけで何の変化も無く、馬鹿なことを考えたと自分の甘さに溜息を吐いた。…が、

「……ッ!!」

ゆらり…と遠くで影が動いたような気がした。美濃は目を見開き、静かに戸口に駆け寄ってもう一度眼を凝らす。

やはり何かがいる。渡り廊下の向こうで、確かに人影らしきものが揺らめいたのだ。

「…多…ッ……」

美濃は慌てて多摩を振り返ったが、彼はまだ眠ったままだ。

「……っ…」

彼女は少しだけ迷うように眉を顰めたものの、決心したように唇を噛み締め、あの影の正体を摑むために足音をひそめて湯殿から出て行った。

月明かりもほとんど届かない暗い宮殿の中、美濃はどこへ消えたのかわからない影をひたすら追いかける。右を見ても左を見ても人影はなく、やはりあれは見間違いだったのだろうかと諦めかけた。けれど、もしかしたら誰かが生きていたのかもしれないという淡い期待が胸の中から消えず、無数にある部屋の扉を片っ端から開けながら、誰ともしれない影を探した。

そして、ひたすら扉を開け続けたその先で、遂に彼女は多摩と自分以外の誰かがこの宮殿にいることを知ったのだった。


「……あなた誰？　どうして逃げたりしたの？　ここにいるのはどうして？」

深い眠りの中で、クラウザーは女性の声を聞いたような気がしていた。

誰だろう…、ぼんやりと考えたが、それきり声は途絶えてしまったので彼の意識は再び沈みかける。しかし、その眠りを邪魔するように、今度はこちらへ近づく足音が聞こえてきた。

「ねぇ、聞いてる？」

「……ん………な…に…」

いきなり耳元で声が聞こえ、クラウザーは眠そうに答える。ぼやける頭の中を整理しきれず僅かに沈黙していたが、すぐ傍にある気配に驚いて飛び起きた。

「…きゃっ」

「……、え…？」

女の声に困惑しながらも、クラウザーは部屋に忍び込むその人物の様子を探る。

どうやら自分が飛び起きたことで驚いて固まっているらしいことは雰囲気で見て取れたが、どんなに眼を凝らしてみても、その姿は窓から差す月の光で輪郭が浮かび上がる程度。

クラウザーは傍に置いてあった蝋燭に火を灯し、ぼんやりと浮き上がる姿に目を細めた。するとその相手はすかさずクラウザーの間近まで顔を近づけ、食い入るように覗き込んできた。

流石にそれには驚かされて目を見開いたが、灯りの下で見るその表情は無防備以外の何ものでもなくて、しかもその愛らしく可憐な容姿を微笑ましく感じてしまう。

「……あなた見たことある」

「…え？」

「絵本に出てきた天使でしょ？」

小さい頃に絵本で見たのだと彼女は真剣に語る。

何だか急激に肩の力が抜けてクラウザーは小さく笑った。

「……貴女の名前は？」

「…私、美濃。あなたは？」

「私はクラウザー。事情があってこの地に一時身を置かせていただいています」

「ふぅん。……そっか…ここしか建物ないものね…」

もしかしたら、彼女は自分を通りすがりの旅人くらいに思っているのかもしれない。

だが、肩を落とした様子をクラウザーは不思議に思う。彼女は何かを期待していたのだろうかと。

「…あ、…あのね。じゃぁ、ここはなるべく早くに出た方が良いよ。多摩に見つからないように静かにね」

「……っ！」

「たぶん見ればすぐにわかるよ。背が高くてね、私の目よりうんと紅くてね、髪の毛が長くてね……男のくせに凄く綺麗なの」

「…そうですか。でもそんなに口を尖らせなくても貴女は大変かわいらしいですよ」

「ほ、ほんとう？　……あ、でも私がここにいると見つかっちゃうかも……多摩ってね、私がどこにいてもわかるみたいなの」

急にソワソワし出した様子を見て、クラウザーはどういうことだろうと疑問を膨らませた。どう見ても彼女…美濃は多摩をよく知っているようだ。しかも今まで会ったこの国の者たちは一様に何かを裏に隠し持っているようだったが、彼女からはそういう空気を全く感じない。クラウザーはころころ変わる表情に感心しながら、頭の中に浮かんだ素朴な疑問を彼女にぶつけてみることにした。

「…美濃…貴女はいつもはどこにいるのですか？」

「……多摩と二人でね、自分の部屋にいるの。……一番上だよ」

「――ッ！」

それでは、皆が一様にひた隠しにしている上の住人というのは……

最上階には立ち入るなという多摩の言葉と、一度だけ聞こえてきた上からの音。それが全て目の前の彼女に繋がっていたことだと……？

「どうしたの？」

不思議そうに首を傾げ、美濃はクラウザーの顔を覗き込む。

そして、クラウザーの思考は一つの事実に行き着いた。彼女は『自分の部屋』と言ったのだ。皆が敢えて隠蔽しようとしている様子からも、ただの少女ではないのだろう。もしかしたらかなり位の高い…ここが宮殿であることを考えれば、或いは王女、という可能性もある。

「…いえ…、どうしてこの国はこのような事態に陥ったのかと…急にそんな思いに囚われてしまって。……貴女の言う通り、ここに来るまで建物一つ無かったので…」

彼女なら答えを持っているだろうか。他の連中のように事実を隠したりせず、ありのままに答えてくれるだろうか。そんな思いを込めたクラウザーの言葉に美濃は少しの間沈黙したが、悲しそうに瞳を揺らして小さく首を振った。

「……わからないの。……多摩が……おまえのものは全部壊したって。…でも、どうしてなのか…やっぱり全然わからなくて」

ぽつりと呟いた美濃の言葉に絶句して、クラウザーは身の底から湧き出る怖気を隠すかのように手のひらで口を押さえた。

「……もう行くね。見つからないようにね」

部屋を出て行こうとする美濃の腕を摑み、クラウザーは油断すると震えそうになる声を何とか絞り出す。

「待って…。また会えませんか？」

「…無理だよ。一人になれないもの」

「一人の時なら？　…今みたいに、時々は一人になることもあるでしょう？」

「……わからない」

「では、もし一人になったら空を見てください。空が歪んできたら私が会いに来る合図です」

「…そんなことができるの？」

「ええ。…それよりも先程、多摩という人は貴女がどこにいてもわかると言っていましたね？」

「うん」

「ならばここから出て行ったらお互い危険かもしれません」

「えっ…どうしよう」

「…今から安全なところに貴女を運びましょう。そのかわり、私と会ったことは誰にも秘密にしてくださいね」

にっこりと優しく笑うクラウザーに美濃は全く警戒していないようだった。彼女は大きく頷き、無防備な笑顔まで見せている。クラウザーは、いつ多摩が現れるかわからない危険な現状を切り抜けるため、美濃を包み込むようにやんわりと抱きしめて瞳を閉じた。

「……あっ、……なに…？」

突如、美濃の身体が大きく歪んだ。怯えた彼女が咄嗟にクラウザーに抱きつくが、クラウザーの表情に変化はない。彼がこの状況を作り出した張本人だからだ。これは空間を飛び越えて人や物を移動させる彼の持つ特殊な能力の一つで、今まさにその力を行使しようとしていた。

クラウザーはひたすらこの宮殿の構造を胸に描き、大階段の付近に意識を集中させると、その集中した意識をそのままに、腕の中で怯える美濃の頭を撫でながら、少しでも怖がらずにいられるよう彼女を柔らかく抱きしめる。

「大丈夫……またね…」

そう言って笑うと、目を潤ませている美濃と目が合ったが、彼女はクラウザーに応えるように小さく頷いたように見えた。会って間もない自分の言葉を信じようとしているのかと、彼女の素直さに眼を細める。それから間もなく、美濃の身体はクラウザーの作り出した空間へと呑み込まれ、彼の腕の中から完全に姿を消した。

――そして、まさにその直後…何の前触れもなく、今の今まで美濃がいたこの部屋の扉が開き、多摩が姿を現したのである。

「……っ、……どうしました…？」

クラウザーは平静を装いながら、無言で部屋を見回す多摩に話しかける。

彼は無表情なままクラウザーを監視するような鋭い眼光を向けたが、重い沈黙の後、静かに口を開いた。

「明日、もう一度だけ話を聞いてやる。それで最後だ」

低い抑揚のない声でそれだけ言い放つ。そして、クラウザーの返事を待つことなく、彼はそのまま部屋を出て行ってしまった。

多摩がいなくなっても尚、彼の作り出した空気はしばらくその場を支配し続けた。一体どれだけの緊張に支配されながらクラウザーはその場を動くことができずにいたのか……

彼は背中を伝う冷たい汗とともに深い溜息を吐き出した。同時に彼は勝手に震え出す身体をどうにか落ち着かせようと自らを強く抱きしめることで、可能な限りの冷静さを求めた。

先程彼女は何と言った？　あの男が壊したと……？

考えるほどに身体の底から冷たくなっていく錯覚を覚える。

「……ッ、……ばかな…っ…」

それが真実であるなら、父上はとんでもない思い違いをしているということになる。我々が相手にしようとしているのは、神子とはかけ離れたものではないのか？

明日で最後……何かを勘づかれたのかもしれない。もう滞在することは許されないらしい。あまりにも時間がない。彼女と接触できる機会があるとすれば、もう明日をおいて他にはない。もっと詳しく話を聞いてみたいが、それが許される状況を作り出せるだろうか。場合によっては手段など選んでいられないだろうが……

彼はもう一度深い溜息を吐き出した。考える程に自分の置かれた状況に吐き気がして、今夜はもう眠れそうになかった。

クラウザーの部屋から消えた美濃が次に姿を現した場所は、宮殿の一階から続く大階段の前だった。本当に自分が別の場所へ移動したのだと知った美濃は、驚きのあまり思わず床にへたり込んでしまう。

…あれは一体誰だったんだろう。

蝋燭の光だけではははっきりとはわからなかったけれど、異国の服を着て顔立ちもこの国の人々とは違うみたいだった。自分の身体が歪んだと思った時は怖かったけど、あの優しくて綺麗な顔が大丈夫と言って微笑むと素直に頷けるような気がした。

そういえば、多摩に見つからずにちゃんと出て行けただろうか。事情があってここにいると言っていたが、たぶんここを廃墟だと思って使っていたんだろうと思った。

会いに来るって言ってたけど……どう考えたって、そんなことあるわけ無いよね。

「……美濃、そんなところで何をしている」

突然後ろから声をかけられ、美濃はビクリと身体を震わせた。

「あ、……多摩」

振り向くと多摩がこちらに向かって来るところだった。階段の前でへたり込んでいる美濃の傍まで歩み寄ると、彼は屈んで彼女の顔を覗き込む。

「…何故一人で出て行った」

「あ…多摩がよく寝てたから……」

「……」

多摩は僅かに沈黙したが、諦めたように小さく溜息を吐き出して美濃を抱き上げた。

「…今度からは起こせ」

「う、うん」

怒っていない様子に安堵して大きく頷く。ホッとして一気に表情が緩んだ美濃の顔を見て、多摩は僅かに苦笑しているようだった。

「……また逃げたのかと…思ったんだがな」

小さな呟きと、一瞬遠い目をした多摩の顔を切なく感じる。彼の表情に少しだけ変化を見つけただけなのに、どうしてこんな気持ちにさせられるんだろうと頭の隅で思ったが、それより何故自分は逃げようとしなかったのか、多摩に言われるまで全くそんなことを考えていなかった自分に驚いた。

本当だ…。湯殿から一人で出て行った時点で、いつもなら逃げている。いくら人影を追いかけていたからといって、思いつきもしなかったなんて……

「…に、逃げても意味ないんでしょ」

一瞬頭の端を過ぎった考えに蓋をするように、美濃は口を尖らせて気持ちを誤魔化した。多摩は抱きしめる腕に少しだけ力を込めて、彼女の頬に唇を寄せる。

「あぁそうだ。俺はおまえに触れていないと息苦しくて堪らない。だからどんなに逃げようとしても、地の果てまでおまえを追いかける。もう俺の傍から離れようと思うな」

「……ッ……」

まるで強く焦がれているような眼差しだった。そんなことがあるわけないのにと頭の中で否定しつつも、その瞳に引き寄せられてしまう。

美濃は自分の顔が熱くなるのを感じた。今とても恥ずかしい顔をしているような気がする。何を考えているんだろう。信じられない…こんなふうに思うなんて。

「まだ少し熱いな…」

あれからどれだけ時間が経ったと思っているのか。それはもう湯に逆上せた熱ではないのに、多摩は勘違いしているようだった。

ぶつかった彼の視線がとても柔らかいことを知って、少しだけ泣きそうになる。それを知られたくなくて、美濃が彼の肩に顔を埋めると、抱え直すように身体を引き寄せられ、多摩の息が首筋にかかって、また少し熱があがったような気がした。

私……どうしちゃったんだろう……

美濃は自分の変化に戸惑い、これ以上その変化が大きくならないよう祈るばかりだった。

❀
❀
❀

翌朝、宮殿内の吹き抜けの中庭に佇みながら、巽は黒い雲に覆われた空を見上げ、今にも雨が降りそうな様子に幾分険しい表情を浮かべた。彼は一晩中この場所に身を潜めるようにして一睡もしていない。

実を言うと、昨夜美濃が追いかけた影の正体は巽だったのだ。

彼は湯殿に向かう二人に誰かが近づくことの無いよう、物陰からひっそりと監視を続けていた。しかしあの中に美濃がいると思った途端、無意識に足が湯殿の方に向いてしまい、迂闊にもその影を彼女に見られてしまったのだ。

自分の影を探し回るようにして宮殿内を歩き回る美濃の姿が目に焼き付いて離れない。好奇心の塊のような仕草で次々と扉を開ける様子は、昔とそれ程変わらないように見えるのに、その姿は最後に会った時よりも随分大人びてとても眩しかった。

巽は目を伏せて頬にかかる前髪を煩わしそうに後ろへ流し、小さく溜息を吐き出した。

神子殿が望むままに彼女を手に入れたあの日から、一体どれだけの月日が流れたと思っている。いっそのこと、この想いも泡となって消えてしまえば楽になれるものを、何故いつまでも胸の奥で燻り続けているのか。彼の命令通り邪魔者を排除するために非道な殺戮を強行したあの瞬間は、確かに何もかもが消え去っていたというのに……

「おーい、巽ーーっ」

陽気な声が背中から降ってきて、巽は静かに振り返った。確認するまでもなく相手は乾だったが、昨夜の失態で彼をも巻き込んで身を隠すこととなってしまったため、気まずさが募ってまともに顔をあわせられない。

乾は横に立ち、大きな欠伸を一つしながら巽の肩をポンポンと叩いた。

「いつまでも気にするなよ」

「本当にすまなかった」

「それはもういいって。……たぶん、姫さまは…誰かが生きていたんじゃないかって思ったんだろうなぁ」

どこか溜息まじりで乾が言う。

恐らくそうなのだろう、巽にもそう思えた。

「……まぁ、でも俺が心配なのはそこじゃなくてさ…」

「鉢合わせしたのではないか…ということだろう」

「そういうこと」

それは無論、美濃とクラウザーが、ということだ。

しかし、乾と二人で身を隠している間に別段大きな揉めごとが起こった様子も無く、少しして多摩はいつも通り最上階へ戻ったようだった。彼が美濃を放って最上階へ消えるとは考えにくく、それならば彼女も上に戻ったのだろうと理解するのは自然な流れだった。

「何にしても騒ぎになってないってことは大丈夫ってことかもな。とにかくここであれこれ言ってても仕方ないし、どうせ何かあってもなるようにしかならないしな」

そう言って笑う乾の言葉に、巽は少しだけ救われた気がした。同時に、あまりに愚かな行動に恥じ入るばかりで、己の女々しい未練に乾は気づいてしまっただろうとも思う。

俺はもう…二度と美濃さまと会うことはできないというのに……


そして、それぞれが内に抱える想いに考えを巡らせていたこの日、昼に差し掛かる時分になって平然とした様子で多摩は階下へ降りて来た。陽が高いうちから彼が階下に降りて来るのは珍しく、乾も巽も一様に驚きの表情を浮かべ、意表を突かれたような空気の中、多摩は無表情で静かに口を開いた。

「あの男を呼べ」

「…は、…畏まりました。乾、神子殿を大広間に」

「あ、あぁ」

多摩のひと言で緩んでいた場の空気が一気に緊張に包まれ、乾は多摩を連れて大広間に、巽はクラウザーを呼びに走った。

——だが、巽が呼びに行った先で思わぬことが起こった。

部屋の扉をいくらノックしてもクラウザーの返事は返って来ず、失礼とは思ったが扉を開けて部屋の中を確認したが誰もいない。巽は少し考えた後、最近彼がよく足を運んでいる書庫へ足を向けることにした。

しかし、今この瞬間、クラウザーは宮殿内のどこかで暇を潰していたわけでも、外に散策に出て不在にしていたわけでもなかった。多摩が階下に降りてくる今だけが美濃に会うことができる唯一の機会と考えた彼は、危険を承知で行動を起こしていたのである。

その日、いつも通り多摩の腕の中で朝を迎えた美濃は、今日も彼の腕の中でそのまま一日が終わっていくものだと思っていた。

だが、目が覚めても貪るように身体を開かされることはなく、この日はただ唇を重ねるだけの、今までにないとても甘やかな時間が流れるだけだった。頭の芯がトロトロに融けていくまで唇と舌を絡めあい、多摩の胸の中に閉じ込められるように抱きしめられ、また唇を重ねる。その繰り返しがあまりに心地よくて、唇を重ねながら再びウトウトと眠りの中に落ちかけていた、そんな時だった。

『そのまま少し眠っていろ…少し出てくる』

美濃の耳元で眠りを邪魔しないよう小さくそれだけ言い残し、多摩は部屋を出て行ってしまった。そうやって多摩が一言残して部屋を出て行くなんて初めてのことで、彼の背中を眼にしながらどう反応を返して良いのかわからなかった。

そして、彼が出て行った後、ハッと思い立ち、追いかけるように部屋の扉に駆け寄って……けれど以前のようにその扉に鍵がかかっていないことを知った途端、言い表しがたい思いが込み上げてくる。

…何で…こんなの…私はもう逃げないって思っているみたい……

美濃は戸惑いつつも、この絶好の機会に逃げようと思わない自分自身が何よりも理解できなかった。自身の身体を抱きしめ、一体どうしてしまったのかと自問自答を繰り返す。

けれど考える程に胸の奥がチリチリと焼け付くように苦しくなって、彼と何度も唇を重ねたせいか、まだそうしているみたいに熱かった。

「……私がいちばん、変…、……どうしてこんなに……」

彼の感触が、匂いが、傍にいない今もずっと身体を包んでいる気がして、一人になっても多摩のことばかり考えている自分が信じられなかった。何か別のことを考えないと歯止めがきかなくなりそうで、美濃は必死で考えをめぐらせた。

そしてふと…今自分が一人だということに気づいた美濃は、昨晩出会ったクラウザーの言葉を思い出した。

『一人になったら空を見てください』

空が歪んできたら会いに来る合図だとも言っていた。今の今まで一人になることなんて無いと思っていたから忘れかけていたけれど、昨日自分の身体が別の場所に一瞬で移動したのは本当のことだ。だからと言って、彼が会いにくる理由なんてどう考えても見つからない。どうしても半信半疑の思いは捨てられず、扉の前に立った状態のまま窓の外に視線を向けてみるけれど空は歪まない。

…やっぱり、そんなのあるわけない。あれは夢だった…そういうことにしてしまった方がいい。もし多摩に見つかったら、また大変なことになってしまうかもしれないもの。

しかし、そう自分の中で結論付けようとした時、昨晩の自分の身に起こったものと同じ現象が、本当に窓の外で起き始めたのだ。

「……ッ…あ…」

美濃が目を丸くして呆けていると、歪みはすぐに人型の輪郭を作り出し、見る間にそれが鮮明になり、クラウザー本人であると認識できる程はっきりしていく。外から見るその現象はあまりに衝撃的で、思わずその場にへたり込んでしまった。そして、開けてもいない窓をすり抜けるように彼は部屋の中へと入り込み、ハッとした時には美濃の前に立っていたのだ。

「…ゆ、…夢じゃ…なかったんだ…」

美濃はやっとのことでそれだけの言葉を絞り出し、目の前に立つクラウザーの姿を呆然と見上げた。優しい乳白色の肌にエメラルドの瞳が美しく映えて、銀髪の輝きは何かに例えようもなく、日中に見る彼は蝋燭の光などで表現できないほど綺麗だった。

クラウザーは驚く美濃に眼を細めて微笑み、目線が近くなるよう床に膝をついた。

「ね、ね、それってどうやるの？　私も練習すれば好きなところに飛んでいける？」

美濃は呆然としていたのも束の間、好奇心いっぱいに目を輝かせていた。クラウザーは困ったように笑って答える。

「生まれた時からあった力です。胸の中心で強く念じているだけなので、自分ではどうやっているのかよくわかりません。でも、遠い距離は移動できないうえ、一度目にした場所や相手にしか使えませんし…だからそれ程大したものでは…」

「充分凄いよ！　いいなぁ…クラウザーは特別なんだね、それに全部がキレイで羨ましいなぁ」

美濃は尊敬と羨望の眼差しでクラウザーを見つめて、ほぅと溜息を吐いた。

力を持つ者は国にもそれなりにいたが、クラウザーの力は美濃が知っている中でも特に楽しそうでワクワクするものに思えた。

「実はあまり時間が無く……お別れを言いに来たのです」

折角仲良くなれそうだったのに…美濃は一瞬で気持ちが沈んでしまう。けれど、そんな気持ちを表に出して困らせないよう、素直に小さく頷いた。

「…そっか…わざわざ会いに来てくれたんだ。ありがとう」

「いえ…あの、でも本当はそれだけではなく…実は、帰る前に教えていただきたいことがあって……、非常に図々しい話なのですが…」

遠慮がちに言う様子に美濃は首を傾げたが、私で答えられることならとすぐににっこり笑って頷いた。だが――

「私はこの地に起こったことを…もっと詳しく知りたいのです」

「――っ!?」

心臓がドクンと飛び跳ねる音がした。美濃は一瞬で凍り付く。

「……美濃……私は難しいことを聞いていますか…？」

自分でもわかるくらい顔が強ばる。クラウザーが多摩の話を聞き出そうとしているのは何となくわかっていた。だけど、自分の中でも未だ消化できていないことを、とても言葉になんてできそうになかった。

「……クラウザー…あの…私…あんまり言いたくない」

美濃は俯いて消え入りそうな声で呟き、首を横に振った。

すると、美濃の表情で何かを察したのか、クラウザーは少しの間沈黙していたものの、やがて小さく頷いて柔らかく微笑んだ。

「…美濃、そんな顔をしないで。少し気になっただけなので、無理に聞き出そうとかそういうつもりは無いんです。では…代わりに貴女の顔をよく見せていただけませんか？」

「……顔…？」

「帰る前に貴女の顔をよく覚えておきたいのです」

「う、…うん」

「ありがとう、…絶対に忘れません」

不思議な要求だった。けれど、微笑んだ顔があまりに綺麗だったので、少し戸惑いながらも深く考えずに素直に頷いた。そして、うっとりするほど綺麗に輝くエメラルドの瞳に見つめられ、美濃は異国にはこんな人がたくさんいるのだろうか…とドキドキしてしまう。

しかし、…何かがおかしい。美濃は小さく首を傾げた。

何となく先程までの彼とは違う気がするのだ。宝石のような瞳は確かに綺麗なのに、そんなふうに見つめられると、まるで心の裏側まで全部覗き見られてしまうような気がして……

「…この国の人々の瞳は皆紅いと聞きますが…美濃の瞳は深い青も入り交じって…よく見ると紫に近い色なんですね」

唐突に話しかけられて美濃はハッとした。変なことを考えてしまったと、自分の考えを打ち消すように彼の言葉に小さく頷く。

「純粋に紅い瞳なんて滅多にいないんだよ。私だって一人しか知らないもん」

「…そう」

小さく相づちを打つクラウザーの冷たい手が突然頬に触れたので、美濃は吃驚して目を見開いた。だけど、彼はただ瞳を揺らしながら真っすぐに美濃を見つめているだけで、それ以上の何かをしようとしているわけではないようだった。そんな彼に対して、美濃は強くなっていく違和感を何故だかどうしても拭いきれない。

頬に触れる手が震えているのは気のせいだろうか。この部屋に来た時の彼とは比べようもない程、その表情が青ざめているように見えるのは何故なのか。

それでも美濃の瞳を見つめたまま、執拗に視線を外そうとしないのは……

次第に美濃はクラウザーを不審に思い始めた。やはり心の奥底まで覗き見られているような不気味な感覚に戸惑いを隠せない。

しかし次の瞬間、クラウザーの瞳から止めどなく溢れてきたものを見て、美濃はギョッとして慌てふためき、一瞬で頭の中が真っ白になってしまった。

「……えっ、えっ!?　クラウザー……どうして泣いてるの？」

クラウザーは唇を震わせ、その頬には涙が伝っていたのだ。

「どうしたの？　私…何か…した？」

「…いいえ……私こそ……騙すような真似を……」

驚いて心配する美濃を、クラウザーはどういうつもりかきつく抱きしめた。

「……すみません…、すみません……っ、私は……何ということを……っ」

彼は首を振り、おろおろする美濃に何度も謝罪する。

謝罪される理由が見つからない美濃は混乱するばかりで、彼の目が変だと思っていたことなどすっかり忘れていた。


一方、溢れる涙を止めることができずに謝罪を繰り返すクラウザーには、そうしなければならない理由があった。

本当なら今頃は、多摩との最後の話し合いに出席しているはずだった。

しかし、それを利用して美濃に会いに来たのは、この地で起こったことの詳しい経緯を聞き出すためだった。多摩が壊したという理解しがたい漠然とした説明ではなく、どういう状況でどのようにして破壊されたのか、そんなことが本当にできるのか。せめて昨夜聞いた以上の真実が少しでもわかれば、それ以上の詮索は止めようとも思っていた。たとえ国に帰還して自分がどうなろうと、密約の取り交わしを破棄する埋由として充分だろうと。

だが、強ばった顔で唇を噛み締める美濃の顔を見て、その先を期待できないと悟ったクラウザーは、口では無理に聞き出すつもりはないと言いながら強行手段に出ていたのだ。

それは心底愚劣な行為だった。何故なら、クラウザーは彼女の瞳をただ見つめていたわけではなく、その奥にあるものを本当に覗き見ていたからだ。

誰しも振り返りたくない過去の一つくらいはある、それを悪戯に覗き見ることは決して赦されない。

頭ではそれを分かっていたつもりのクラウザーだったが、彼女の中にあった巨大な闇を覗き見た瞬間、初めてこの行為が絶対に赦されるものではないのだと、心の底から断罪されたような衝撃を受けた。

自分の身に降りかかったことではないというのに、恐怖と絶望に支配されゆく当時の彼女の感情に引きずられていく。ほんの数秒覗き見る程度で見えた、堪えがたい苦痛。

宮殿へと繋がる道を作る稲妻、衣裳箪笥の中で聞いた信じがたい会話…姿の消えた母、窓から見た悪夢の光景…そして常軌を逸する程の執拗な陵辱行為。

――このような惨劇、詳細など求めたところで彼女が語れるはずがないだろう……ッ。

「…クラウザー?」

クラウザーは恥ずべき行為を強行した罪に苛まれる一方で、今この瞬間以外に彼女がこの檻から出る機会は無いかもしれないと考えた。

「美濃、貴女は誰に縛られることなく、自由に飛んでいきたいと思ったことはありませんか?」

「…え?」

「それとも、一度もそんなふうに思ったことはありませんか？」

美濃は不思議そうな顔をしてクラウザーを見上げている。

だが、彼の問いに少し考えるように俯き、一拍置いてから悲しそうに微笑んだ。

「……何度も…思ったよ……」

クラウザーは静かに頷き、美濃の手をとる。

彼は、このまま彼女を自分の祖国へ連れ帰ることを心に決めた。


乾の先導で大広間に連れてこられた多摩は、数歩入ったところで足を止めた。何か妙な感覚が胸の内で燻ったような気がしたからだ。

しかし、元々無表情な彼の些細な変化に誰が気づくはずもなく、振り返って椅子を引いた乾は、立ち止まったままの多摩を促した。

「多摩、座って待っていてくれ」

胸の中の燻りはほんの一瞬のことで、それ以上、特に何があるというわけでもない。

多摩は少し考えるように目を伏せたが、言われるままに腰を下ろした。

「昨夜は宮殿内を姫さまが歩き回ってて驚いたよ」

「…あぁ……美濃の寝顔につられて寝ていた…」

その言葉に乾は苦笑しながら、久々にまともに見る多摩の姿に目を細めた。

「随分背が伸びたな」

「……？　…あぁ、そういうことか。…おまえたちが縮んだのかと思っていた」

妙に納得したように頷く多摩に乾は唖然とする。

「それって冗談…て顔じゃないよな。……あのなぁ、俺は多摩に追い抜かれたのが一番ショックだったんだぞ…」

「…そうか」

前々から自分が他人にどう見られているかなんてものには無関心だとは思っていたが、流石にここまでとは思わなかった。乾は溜息を吐き、それでも多摩のこういうところが昔と変わりがないような気がして、少しだけ懐かしさが込み上げる。

「手だってこんなに骨張ってなかったし、体つきだって厚みが無くてひょろっと背が高い印象だった。顔は…まぁ何つーか…一段と女が欲しがりそうな面に……あぁ勿体ない」

「何のことだ」

「一人に絞るなんて、俺が多摩だったら考えられないね」

「…別に絞っているわけではない」

「姫さま一筋じゃん。姫さましか女知らないじゃん」

「それで何か問題があるのか？」

「てゆーか、たまには他の女にも触れてみたいって思ったりしないのか？」

「何を言うかと思えば……おまえまで女を孕ませるための道具として俺を扱う気か」

どうやら多摩の中では、美濃以外の女に触れるのは違う行為に分類されるらしく、うんざりした様子で溜息を吐いている。

「…俺は美濃以外に触れたいとは思わぬ」

頑なまでに美濃以外を受け入れない多摩。乾にはそんな多摩の感覚は全く理解できないのだが、これまでの彼の言動全てがそれが真実だと証明している。

だが、どうしてそこまで美濃に執着するのか、そして何故彼女でなければいけないのか。彼女に対して甘い想いだけを抱いている様子でもなければ、二人が恋人のような関係を築いているとは考え難く、きっと多摩に聞いても答えは出てこないのではないだろうかと思う。

多摩から出てくる言葉からは美濃に対する恋情が確かに含まれているのに、それを理解しているようにはどうしても思えないのだ。

乾は小さく息を吐いて、窓の外を眺めている多摩の横顔に視線を向けた。

どことなくだが、多摩の様子がおかしい。明らかに青ざめているような……

「どうした?」

「……あの男が来たらここで待たせておけ。…すぐに戻る」

「えっ、おい。多摩ッ」

一体どうしたというのか。乾が呼ぶ声にも一切答えることなく、多摩は足早に部屋から出て行ってしまった。残された乾は呆然としていたが、すぐに諦めたように溜息を吐いて『これだもんな』と苦笑しながら外を眺める。

「……そういえば…巽…やけに遅いな」

クラウザーを呼びに行ってどれくらい経っただろう。

何故だか言いようの無いもやもやした気持ちが胸の中に広がる。乾は一瞬だけ迷ったが、どうせなら自分も探して呼びに行った方が早いだろうと思い、彼もまた部屋を出て行った。


空は暗くなり小雨が降り出しているらしく、雨音が静かに響いている。その静かな音が響くほど、先刻感じた一瞬の胸の燻りがどうしても頭の隅に引っ掛かって、多摩を不快な気分にさせていく。

多摩は大階段を上りながら上を見上げ、最上階にいるであろう美濃の気配を探る。

気配は、あるように思えた。それなら彼女がいることをわざわざ確かめに行くような真似をする必要がどこにあるというのだろう。

しかし、自分の行動の不可解さを理解しながらも、漠然とした不快な感覚に逆らえないのだ。気のせいならばそれでいい。この全身に広がる不愉快な悪寒が何でもないと証明されればそれで。

最上階まで一気に上りきり、廊下を少し歩いた先にある美濃の部屋の前に立ち、多摩は扉を開けた。部屋の中に足を踏み入れ、つい先程まで寝ていた彼女が見当たらないことに立ちつくす。部屋中をくまなく探すも、やはり美濃の姿はどこにもなかった。そして、ベッドの上に置かれた一摑み程の毛髪の束に目を細め、それが美濃の気配の正体であることを知る。

「……気のせいでは無かったか…」

彼は一言呟き、毛髪の束を摑み取ると、その感触が美濃のものであると理解して唇を押し当て、そこに込められている念のような力を感じ取った。

……形代か……

何のために…いや、考えるまでもない。時間稼ぎ以外何があるというのか。

だが、髪を切り落として念を込め、形代にする。誰もができることではない。

そもそも、こんなことを美濃ができるものか。多摩の知る限り、何らかの力の片鱗《へんりん》を美濃が見せたことはない。逃亡を図るにしても、これまでの彼女の逃げ方とは明らかに違う。一体これはどういうことなのか。大体この部屋以外から彼女の気配を感じないというのが妙なのだ。

意図的に気配を消しているのか？

そんな芸当ができるならとうの昔にやっているはずだ。手引きをした者がいなければこれは成立しない。

多摩は無言で部屋を飛び出した。廊下を駆け抜け、大階段の手すりをバネにして飛び降りる。彼は紅い瞳をより一層煌めかせながら、手に握り締めたままの美濃の毛髪に力を込めた。身の内から沸き起こる激情が、いつ爆発してもおかしくない程の勢いを持って自身を呑み込もうとしているのを感じる。

一階まで多摩が降り立った時、巽と乾がちょうど外から戻ってきたところだった。二人とも突然大階段から舞い降りた多摩に驚き、更にその顔を見て凍り付いた。危険なまでに妖しい光を湛えた瞳が感情の高ぶりを示し、彼自身から立ち上る空気が周囲を強い支配下に置いているかのように見えたからだ。

「…おい…一体どうしたんだ?」

乾は緊張した面持ちで多摩に駆け寄った。

多摩は薄く笑い、握り締めた右手を彼らの前に突き出して指を広げる。

「……髪…?」

栗色の艶やかな毛髪の束に意味がわからないと言った様子の巽と乾。

「…あの男を探しても無駄だ。美濃を連れて逃亡を図った」

「なんだって?」

「昨晩、あの男の休む部屋から美濃の気配がしたと思った次の瞬間、美濃の気配は大階段へと移ったのだ。あの時点では半信半疑だったが…現実として今あの子の毛髪を形代にして行方をくらまされ、気配も絶たれた。…妙な力を使うようだ」

多摩が昨夜クラウザーの部屋に足を踏み入れたのは偶然でも何でもなかった。美濃の気配を辿った先が彼のいた部屋だったというだけでも、疑問を感じるには充分すぎる材料だった。密約の話をするというのはもはや多摩の中では形式だけのもので、クラウザーを追い返す以外の目的などありはしない。

「それにしても奇妙な話ですね。少なくとも昨夜が初対面のはず…会話するのもままならないような状況で、どうして美濃さまを連れ去るまでの心境になったのでしょう」

巽は険しい顔で考え込んだ。

美濃さまを連れ去ることは、彼にとって不利益なことしか呼び寄せない。敢えてそれを強行したからにはそれに足りる理由が生じたということだろうが。だが、彼が知りたがっていたことを美濃さまから聞き出せたのであれば……いや、それを理由にするには二人の接触はどう見積もっても少なすぎて現実的ではない。

「あの男の心境など知ったことか」

静かに多摩が言い放つ。彼にとっては美濃が消えたということが全てだ。自分の手の中から奪われるような真似をされて黙っているはずがない。

多摩は美濃の毛髪を装束の袖に仕舞い、鋭い視線を外へ向ける。

「……神子殿、あまり早まった行動は…ッ」

だが、巽の言葉に多摩を止める効果は無かった。その場に立つだけで周囲を圧倒する空気を放ち続け、彼は宮殿の外へと歩みを進める。

「おい巽、どうする。相手はバアルの王族だ。殺したりしたら大事になるぞ」

「ひとまず神子殿を見失わないようにしよう」

巽と乾は最悪な事態に陥りつつある現状を食い止める術を探しあぐねていた。

しかし、考えている間にも多摩は宮殿を飛び出し、正門に続く通路の中程で、立ち上る空気を一層濃密に纏いながら空を見上げ、両手を天にかざしている。空は黒雲に覆われ小雨を降らせていたが、彼が両手を天にかざした瞬間、周囲の温度が変化し、更に暗い闇を作り出して突如雷鳴が唸りをあげた。

——多摩のああいう姿…確か前にも……

乾はたった一度だけ目にしたあの光景を思い出し、ゴクリ…と喉を鳴らした。

「…神子の里を消滅させた時と同じだ」

「なに？」

「あの時も今みたいに空に手をかざして…」

そうだ…紅い瞳を一層紅く輝かせて…あの時多摩は何と言った？

「……何だっけ……確か…、……あ、…包囲…包囲だ、逃げ場を与えないために…」

「なるほど…」

包囲ということなら、少なくともこの時点で危害を与えようというわけではないのだろう。

それにしてもこの地を消滅させた時といい、今のこの状況といい、彼は天を味方につけているように思えてならない。巽は多摩の後ろ姿を見ているだけで、背筋が凍るような感覚が全身に広がるのを感じた。

尊い存在のようにも見えれば、悪鬼のようも見える…本人はそうなりたいわけではないだろうが、美濃さまの存在が彼を如何様《いかよう》にも変化させてしまう。

その時、雷鳴が轟き正門に直撃した。地響きと共に天が更なる唸り声をあげ、吹き荒れる風が嵐となって全てのものを巻き込もうとしている。雷が直撃した正門は崩れ落ち、壊れた破片が天に向かって吹き飛ばされるのを皮切りに地面までもが抉り取られていく。

まるで天が何もかもを食い尽くそうとしているのではないかと思われる光景に、巽は今自分が立っている場所はどこなのかわからなくなりそうだった。

「ここにいると俺たちも危険だ。一旦中に入ろう」

「…おい巽…アレ、何か変じゃないか？」

「何が…」

乾が食い入るように何かを見つめている。その視線の先に巽も目を向け、『あ』と小さく叫んだ瞬間だった。

多摩の立つ斜め上あたりが歪んでいる、そうとしか思えない光景だった。そして時間にしたら数える程の間に歪みは大きく変化し、二人はとんでもないものを目の当たりにした。

「…銀髪……ッ、…まさか！」

歪みの渦《うず》から輝くような銀髪が現れ、曖昧だった輪郭が鮮明に浮き上がる。普段の穏やかな風貌からは想像しがたい冷酷なエメラルドの双眸。彼の照準は多摩だけに定められている。多摩は全てを包囲するための最後の仕上げとして、今まさに天にかざした両手を振り下ろそうとしているところだ。

それはつまり、彼が極めて無防備な状態にあるということを意味していた。

「……多摩――ッ!!」

乾が絶叫にも似た声で多摩の名を叫んだ。

クラウザーが何を目的として現れたのか…今この瞬間を狙って現れた意味など一つしか無いだろう。

——ウオオオォォオオン。

「……ッ!?」

瞬間、巽と乾は唸り声のような音が一瞬で空気を引き裂いたのを見たような気がした。

周囲の空気が変わり、多摩の両手は振り下ろそうとしたまま微動だにもしない。

そのかわり……白い装束が鮮血に染まっていくのだけは誰の目にも明らかだった。

「…なっ…何であれが…、あんなところに……ッ!!」

乾は目を見開き、自分の腰元にあるはずの〝それ〟を信じられない思いで見つめた。

乾の『黒剣』が……多摩の身体を貫いているのだ。貫いても尚、標的を喰らい尽くそうと言わんばかりの唸り声をあげながら。

見間違えるわけがない。あれは……多摩が乾のために与えたものだ。

何故それが他人の手に渡り、よりによって多摩を傷つける道具となっているのか。乾は我が目を疑い、腰元に回した自分の手があるはずのものを捉えないことに愕然とした。

「……あれは…乾の…!?」

どうやら巽もクラウザーが持つ黒剣が乾のものだと気がついたらしく、困惑した様子で乾の腰元を見て、鞘だけがぶら下がり、そこに収まっているはずの刀身が無いことを知ると苦々しい思いで眉を顰めた。

どういうことだ…一体いつ奪った…？

いや、空から突然現れたことを考えれば時間も場所も関係ないのかもしれない。同様の力を駆使すれば気づかれずに他人のものを奪うくらい造作もないということか…もしかしたら美濃も同様の手で奪ったのかもしれないと思った。

だがあの黒剣…常ならば剣を振り下ろすことで乾の内在するエネルギーを外へ放出して爆発を引き起こすものだ。昔から豪快な戦いが好きな乾は、あのように刺し貫くことを目的に剣を使用することは無いが、この場合は単純に斬られただけで済むものなのか。そもそも乾以外の誰かが剣を振るってもあの黒剣は同様の性格を持つのか…。

王族でありながら、クラウザーが敵国に単身で派遣された理由が今更ながらわかった気がして、巽は苦々しく顔を顰めた。

「…ッ、……ぅ…ぐッ……、がは……ッ」

多摩は唸り声をあげ続ける黒剣に胸を刺し貫かれながら、身体の内で逆流した血液を大量に吐き出した。

ビシャ、という不快な音と共に多摩の血液が日の前に立つクラウザーの頬を紅く濡らし、眉を顰めたクラウザーは、鋭い眼光をそのままに黒剣を握る手に力を込める。

「不意打ちだろうと卑怯な手段だろうと、貴方を止めるためなら何と言われても構わない！」

そう叫ぶと大きく踏み込んで飛び上がり、彼はその勢いのままに多摩と多摩を貫く黒剣ごと宮殿の外壁に突き刺した。黒剣が更に唸りをあげる。命までもを喰らい尽くそうと、貫いた中心から彼の全てを蝕むために牙を剝いているかのようだった。

白い装束が風に揺れながら朱に染まり、吐き出した血液が口元を濡らす。多摩は自らが創り出した剣で串刺しにされ、荒れ狂う空の中、決着は一瞬で着いたかに見えた。

だが、

「…くっくっく……ッ」

吹き荒れる風に髪を乱し、多摩は喉の奥で嗤った。

「…面白いな、おまえ……」

血で真っ赤に濡らした唇を歪ませ、多摩はニィ、と笑みを作り、クラウザーは不気味そうに顔を顰めた。

「そうやってあの子を俺から掠め取ったのか」

狂気を孕んだ紅い瞳が真っすぐにクラウザーを射抜く。身動き一つするだけで黒剣が身体を引き裂くであろうこの状況は、誰の目にも多摩の劣勢と映るに違いないのに、どうしてその眼は圧倒的な力強さを持ち続けているのか。

このまま彼の眼を見ていたらその勢いにのまれてしまう…そう感じたクラウザーは間合いを取ろうと一歩後ろへ下がろうとした。

「…ッな!?」

だが…多摩の右手にいつの間にか握られた赤黒い光を帯びた槍が、クラウザーを一瞬で震え上がらせた。それは寒気のする異様な空気を纏い、今にも襲いかかって来そうだった。

瞬時にその危険性を感じ取ったクラウザーは、一刻でも早くこの場から離れなければいけないと本能が警告するのを感じた。元々多摩の動きを止めるためだけにこの場にやってきたのだ、命を取ることなど端から不可能とわかっている。目的は充分に果たしたと言っていい。

クラウザーはその赤黒い光を帯びた槍を自分に向けられる前に彼の前から消えることが今の最優先事項と考え、一歩後ろへ下がると同時に、再び大きく歪み始めた空の中へと飛び込んだ。

多摩はその槍をクラウザー目掛けて力の限り投げ放ち、不気味な笑みを浮かべる。

「…憶えておけ、あれは俺のものだ。この命が尽きぬ限り求め続けるものだ。奪おうなど愚かな考えだったと身を以て知るがいい」

槍は周囲の空気を巻き込みながら、今にも歪みの中に消えそうなクラウザーの身体に突き刺さる。いや、突き刺さったかのように見えたが…実際はクラウザーが消えたのが先か、槍が彼の身体を貫いたのが先か、端から見ていているだけでは判断はつかず、少なくともそれら全てが歪みに呑み込まれていったということだけは確かだった。

一体何が起こったのか…あまりに全てが一瞬で始まり一瞬で終わって、乾も巽も呆然とするばかりだったが、雷鳴と共に光が地面を貫き、その強い衝撃で我に返った二人は黒剣に身体を貫かれ、壁に縫《ぬ》いつけられたままの多摩のもとに駆け寄る。

「…うッ…これは……！」

そして多摩の姿を正面から見た瞬間、二人はとてつもない戦慄を覚えた。黒剣は白い装束を焼き焦がし、貫いた周辺から多摩の肉を溶かしていたのだ。それでもまだ多摩を喰らい尽くそうと、唸り声をあげながらじわじわと傷口をひろげ続けている。

「乾ッ、早く神子殿から剣を抜けッ!!」

巽は叫び、乾は顔を強ばらせながら黒剣の柄を両手で握る。恐ろしい程の力が黒剣に流れ込んでいくのを肌で感じた乾は肝を冷やしながら剣を引き抜く。

――ウオオオオオオオオオオンッッッ。

まるで多摩の身体から離れるのを拒絶するかのように黒剣が絶叫する。

乾は歯を食いしばり、有らん限りの力を振り絞った。

「……ぐぅっ……このおっ、……言うこと聞け――ッ!!」

怒りにも似た気持ちで乾は叫んだ。黒剣は壁を抉り取りながら遂に引き抜かれ、乾は勢いのまま後方に吹っ飛んで倒れ込む。

「はぁっ、はっ、はぁっ、クソ、他のヤツの手で力を奮って喜びやがって…ッ」

地面に転がりながら息を荒げた乾は、未だ唸り声をあげて暴れ出そうとする己の剣を力でねじ伏せるように、腰元にぶら下がった鞘へと閉じ込めた。途端に唸り声は止み、乾は荒い息づかいのまま上体を起き上がらせて、一緒に吹き飛んだであろう多摩の姿を慌てて探した。

多摩は乾から少し離れたところに飛ばされ、既に巽が彼の身体を抱き起こしている。朱に染まった白い装束と、肉を焼いたような異臭《いしゅう》が立ちこめて、それらは多摩が無事ではないのだと突きつけていた。

「神子殿、神子殿ッ！　おい乾、神子殿を中に運ぶ。とにかく手当てを…ッ！」

「…あ、あぁ、わかった」

手当てと言っても一体どれ程のことができるというのか…そんなことは考えもつかないが、今はとにかくできることをやらなければならない。乾は立ち上がり宮殿に戻ろうと駆け出した。

——だが、

「…必要ない」

低い抑揚の無い声が響く。この嵐の中でも、その声は二人の耳にも鮮明に届いた。

「神子殿…？」

巽は腕の中で静かに笑みを浮かべる多摩を信じられない思いで見つめた。意識があるだけでも奇跡としか思えない状況でどうして平然と嗤っていられるのか……

多摩はそんな巽の腕を振り払い、自らの足で立ち上がる。

「……ぐ…、がふッ……ぅ…はぁっ、はぁ」

再び逆流した血液に咽せ、多摩は苦しそうに息を荒げた。

「神子殿ッ、無茶をされてはなりません」

しかし、そう言って手を貸そうとした巽の手は再び振り払われてしまう。多摩は紅い眼を獰猛に光らせ、これ以上触れられることを拒絶しているかのようだった。

「……行け」

ひと言…彼は命令する。乾も巽も反応一つ返せずにいると、多摩は口を濡らす己の血液を荒々しく袖口で拭い、地を這うような声ではっきりと命じた。

「森へ入ってあの男を追いかけろ。まだそう遠くには行っていない、おまえたちならすぐに追いつくだろう。…そして〝必ず見つけられる〟はずだ」

「……ッ!!」

巽と乾は顔を見合わせた。森…、逃げるなら確かに森の中かもしれないと。

だが、言葉の中に含まれる確信めいた言い方が妙に引っ掛かる。

必ず見つけられる…? どこに消えたかわからない相手を、どうやって見つければ良いのかもわからないというのに何故断言できるのか。

それに、自分たちが追いかけて彼らを見つけてしまえば、自《おの》ずと美濃にも出くわすことになる。幼い頃から一途に恋心を寄せていた美濃が巽と再会するということが何を意味するのか、多摩が誰よりもわかっているはずだ。それでも、追いかけるよう自分たちに命ずるということは、多摩自身にそれを成し遂げる余力が無いということではないのか。

「……神子殿、しかしその傷は一刻も早く手当てをしなければ…」

「ふん、この程度の傷など少し休めば塞がる。…すぐにおまえたちに追いついてやる。それまで足止めをしておけ」

多摩は何でもないことのように言っているが、とても鵜呑みにはできない傷を前にして、二人の表情は固く強ばったままだ。それでもこれ以上何を言っても聞き入れそうにない雰囲気に、乾は唇を固くひき結んで多摩の傍へ歩み寄る。

「その言葉、信じて良いのか」

「…当然だ」

「多摩が決着をつける…そういうことだよな？」

「そうだ」

対峙して初めてわかるその凄惨な傷口に言いようもない不安を抱きながらも、断言する彼の言葉を否定することはできず、乾は長い沈黙の末、頷いた。

「……行くぞ、巽」

「しかし…」

だが、乾のようにはどうしても頷くことができない巽は、促されても足を踏み出すことができない。ここで主を置いていくなど彼には考えられないことだったからだ。

「…巽、行け。命令だ」

多摩にピシャリと言われ、弾かれたように顔をあげる。

真っすぐに射抜く紅い瞳は、いつも通り相手を呑み込む強さを持っている…それだけが唯一の救いではあったが、安心できる材料とは言えない。

巽は多摩の傍を離れることに不安を拭えなかったが、命令と言われてこれ以上食い下がることはできず、彼もまた乾同様納得できない思いを押し殺すかのように、静かにその場に跪いたのだった。

「——畏まりました」

巽は目を閉じて深く頭を下げると一度だけ多摩を見上げ、あとは何も言わず乾と共に走り去った。跪かれることに慣れない多摩は『大仰な男だ…』と一人呟き、彼らの後ろ姿を静かに見送る。

嵐が吹き荒れる中、宮殿の前に佇んでいた彼は何度か咳をして、その度に吐き出される血液に咽せながら壁にもたれて荒い息を吐き出した。

「……げほっ…げほ、ごぼ…ッ……はぁっ、はぁっ、…はぁっ、……はぁっ…」

多摩は貫かれた胸に触れ、その傷が塞がるどころか、己の肉を今もジワジワと溶かしているのを感じて浅く嗤った。

痛みには耐性があると思っていたが、流石に生きたまま身体が溶けるような経験は無かった。またその傷は心臓を半分抉り取って、そこから絶え間なく血液が噴き出て止まらない。目の前が霞み、咽せることで僅かに現実に引き戻される…その繰り返しだった。

それでも彼の頭の中を占めるのは痛みによる苦しみではなく、美濃への強い想いばかりで、荒い息のまま、つい先刻まで自分の腕の中にいた彼女を思い無言で手を伸ばす。

「……――美濃……美濃……、……」

だが、伸ばした手は虚しく彷徨うだけで何も捉えることはない。多摩は曖昧になる意識の中で尚も彼女を求め続けたが、遂にその場に崩れ落ちてしまう。そして、暗い闇の中へと引きずり込まれていく自分を感じながら、思い通りにならない現実に唇を震わせた。

唯一の望みは、遠ざかるばかりだと――

巽と乾は険しい表情のままひたすら走り続けた。

嵐は酷くなる一方で、殴りつけるような暴風雨が目の前の視界すら奪い、もはや己の五感だけが頼りにできる唯一のものとなっていた。雷に打たれた大木が煙をあげて傾き、細い木はそれを支えきれず、地面に横倒しになっている光景を何度も目の当たりにする。

視界も悪ければ足場も悪い。しかし、それはクラウザーたちにも同じことが言えるはずだ。美濃を連れてそんなに無茶なことはできないだろう。それだけが二人の希望となっていた。

肌がびりびりとして磁気を纏っているのではないかと思える程、頻繁に近距離で目撃する落雷にウンザリしながら、乾は黙々と前を走る巽に向かって大声で話しかけた。

「巽——ッ！」

「どうした、手がかりでも見つけたか」

突然名を叫ばれ、巽は立ち止まって後ろを振り返った。

悪路を走って自分同様汚れた乾が、叩き付けるようにして降る雨に顔を顰めながら、すぐ横に追いつき立ち止まる。

「いや、見つける前に一つだけおまえに聞いておきたかったんだ」

「何だ」

「おまえさ、姫さまに会っても普通でいられるのか？」

「……ッ、……そのつもりだ」

巽は強ばった顔をして頷いた。その顔は今も決して平静では無い巽の心境を表しているようで、乾は『だよなぁ…』と彼に聞こえない程度に呟いた。

多摩が美濃に会わせたくない一番の相手は巽だったに違いない。恐らく美濃は自分の国も大切な人々も、何もかも全てを多摩に奪われたと思っているだろう。そこへ死んだはずの二人が目の前に現れて、しかもその内の一人がずっと想い焦がれて婚約までした相手となれば、一体どれ程の衝撃を彼女に与えることになるのか。

「……巽さ、姫さまのこと、ちゃんと消化できてるわけじゃないんだろう？　おまえの頭の中がどうなってんのか…俺にはよくわからないけどさ…本当は今でもずっと…」

先程のように多摩を心配してみせる巽を見ていると、本心からそうしているように錯覚するが、全てはねじ曲げられた忠誠ゆえの行動なのだ。しかし、そうは言っても心の底に根付いた主君と自分の立ち位置は絶対のもので、本来の彼の性格を失うことなく、かつての王に従っていた頃のような巽の姿があるという時点で、多摩の力が彼の中を強く支配し続けていることを示している。

巽の頭の中がどのようにねじ曲げられてしまったのかはわからないが、それでもあらゆる過去の記憶を持っていることから、美濃との関係も憶えているのだろうと思う。

だから、彼の中には彼女への想いが今も息づいているのではないかと…

「……乾、今は神子殿の望みを果たすことだけを考えろ」

話を逸らすように言われ、乾は苦笑するしかなかった。

本音を聞き出そうとしても相手が巽では一筋縄ではいかないらしい。ならば二人が再会できた時にでも、彼がどう出るのか見届けてやろうと思った。

「……おい、乾。……何か妙な気配を感じないか？」

「へ？」

不意に巽が辺りを探るように眉を顰める。

一気に思考は遮断され、言われるままに乾も耳を澄ませながら周囲に神経を張り巡らせてみた。巽ほどは気配に敏感ではない乾は、最初それが何のことを言っているのかよく理解できなかったが、激しい雨風と雷鳴だけが支配しているかのような森の中、その隙間を縫うように張り巡らせた神経の末端を次第に何かが刺激し始め、見る間にそれが鮮明で確かなものに変わっていくのがわかった。同時にそれは寒気のするような異様な空気を纏ったあの赤黒い光を連想させ、先程の多摩の言葉の意味はこれだったのかと納得した。

「……必ず見つけられるってこういうことかよ…」

多摩がクラウザー目掛けて放ったものと同等の気配が、存在を誇示している。

それは一瞬の不意を突かれた多摩が、決して一方的にやられたわけではないことを意味しているかのようで、乾は背筋をゾクゾクと震わせながら実に彼らしい笑みを作った。

「…こうなったらアイツの言葉を信じるだけだよなぁ」

「そのようだな」

巽は静かに頷き、二人は激しい雨風をものともしない俊敏な動きで、荒れ狂う森の中を走り抜けていった。

その頃、美濃は激しい嵐から少しでも逃れるため、二、三人は休めるであろう大木の窪《くぼ》みの中でクラウザーと共に身を隠していた。

しかし、実際は自分に今何が起こっているのか、どうして身を隠しているのかすらまともに理解しておらず、頭の中はもうずっと混乱したままだった。

「……う……ッ…」

「…痛い？　どうすれば楽になる？」

「…っ、…大丈夫です……」

苦しそうに顔を顰めながら笑みを作るクラウザーの顔を、美濃は心配そうに覗き込んだ。強がって見せても蒼白な顔色が彼の苦しみを充分物語っている。その胸に突き刺さったものが彼を苦しめていることは一目瞭然で、彼女はこんなことでは少しも楽にはならないとわかりながらも、クラウザーの手を握って励ますくらいのことしかできなかった。

どうしてこうなったのか…クラウザーは国に帰ると言って別れの挨拶に来ただけのはずだった。なのに、気がつけば彼と一緒に森の中に立っていて、次第に荒れ始めた空から逃れるように大木の窪みに身を潜めたのも束の間、すぐに彼はどこかに消えてしまったのだった。

そして、次に彼が現れた時…既にその胸には赤黒い光を帯びた槍が突き刺さった状態で、地面に身体を打ち付けながら倒れ込んでしまったのだ。

　ただ、そこから感じる気配から、美濃はすぐに直感した。一瞬ゾクリとさせるようなその感覚が、多摩を怒らせた時の不愉快そうなあの瞳を連想させたからだ。

「……これ…多摩がやったんでしょう？」

「……」

「…どうしてこんなことに…」

「……貴女を…連れ去ろうとする私を…彼が赦しておくはずがない…」

「クラウザーが私を…？　そんなの多摩が黙ってるわけ無いよ、何でそんなこと…」

だけどそれはつまり…、多摩とクラウザーが互いのことを知っていたということではないだろうか？　クラウザーが宮殿にいたのは偶然ではなかった…？

「…どうか何も聞かず、一緒について来てもらうことはできませんか？」

「それは……私が多摩から離れるということ…？」

「…はい」

「私…あなたが何者かもわからないのに？　…だってそんなの……、私…クラウザーについていったら、どうなるの？」

「…少しの間窮屈かもしれませんが、私の別荘へ…勿論好きなように使って構いません。すぐに貴女の住む屋敷を用意します。…あぁ、それと私の末の弟にも会わせたい…きっとあの子も貴女になら心を開くでしょう」

「弟…？　弟がいるの？　あなたに似てる？」

「母が違うせいかあまり似ていません。…とても寂しがり屋で、友達が必要なんです」

「…ともだち……」

「……そんな理由では……貴女に来てもらうことはできませんか？」

柔らかな眼差しを向けられて、どう答えればいいのかわからなかった。今の美濃からしてみれば、それは夢みたいな生活に聞こえる。

友達なんて呼べるものは彼女にはいない。そう思っていた相手には何もかもを壊された。好きなように…そんなふうに言われたのも今では遙か遠い昔のこと。がんじがらめに縛りつけられて、自由が赦されるなんて有り得ない生活を送っている。

だけど、そんな甘い言葉を信じることができるだろうか。相手はあの多摩なのだ。

「……うぅ…ッ…あぁあ…ッ！」

「クラウザー…ッ、どうしたのっ!?」

突如身体を捩らせ、クラウザーが呻き始める。こんな状態の彼がどうやって自分を連れて行けるというのか。動くこともままならないというのに。

「あぁあああっ…ッ、ぐ…ぅ…ああっあっ、あああぁ!!」

綺麗な顔が激痛に歪み、美濃の手を震えながら握り返してくる。あまりの力に美濃は顔を顰めたが、きっと彼の痛みはこんなものではないのだろうと堪えた。

そして次の瞬間、彼女は苦しみ悶えるクラウザーに刺さったものが異様な動きをしているのを眼にしたのだ。

　メリメリと…とても厭な音を立てながらクラウザーの胸にめり込んでいく…その度に苦悶の表情で汗を滲ませて叫ぶ彼の様子は尋常ではなかった。

「なにこれ…ッ!?」

　美濃はクラウザーの手を放し、どんどん彼の胸にめり込んでいくそれを両手で摑んで思い切り引っ張った。けれどそれは彼女一人の力でどうにかなるような生易しいものではなく、引っ張れば引っ張る程更にめり込んでいき、まるで意思を持っているかのようにも思えた。

「あああっ、あっ、あっ、あぁああッッッ!!」

　絶叫に近い叫びに美濃は焦りながら尚も引っ張るが、クラウザーの中を侵食しようとする勢いが強すぎてどうにもできない。

「あっ、あああっ、うぁあああっ、あああああああっッッ——ッッ!!」

「クラウザーッ!」

　そして、遂には摑むところすら無くなってしまい、彼の中へめり込んだそれはクラウザーの身体を貫通すること無く、その身体の中へと跡形もなく消えてしまったのだ。

　一体どういうことなのか、見た目は怪我一つしていない。

　けれど荒い息を吐き出し、蒼白になりながら額から滴る汗の粒が頰に流れるのを見て、何かとんでもないことが起きるような気がして美濃はガクガクと震えた。

　あんなのが身体の中に入ってどうなっちゃうの？　多摩…何でこんな酷いことを…っ。

美濃は首を振って涙をボロボロと零しながら怯えた。このままではまた何かが起こる。その前に何とかしなければいけないのにどうしたらいいかわからない。

「…は、ぁっっ…ッ…あ…、……だ、大丈夫……、…段々…痛みが…ひいて……」

「……えっ…ッ、…ほ、…ほんとう?」

決して大丈夫そうな顔色ではないけれど…クラウザーは美濃に視線を向けて小さく笑ってみせた。確かに先程まで激痛で叫んでいた彼の様子とは違うような気もするが、あんなものを身体に取り込んで平気なわけが無い。

そんな美濃の心配をよそに、クラウザーは袖口で汗を拭い、少し苦しそうに息を整えながら起き上がった。

「……行きましょう」

「でも…ッ」

「考えたらきりがありません。…だから今は痛みが無くなったことだけで充分です」

そう言ってクラウザーに手を取られて、大木の窪みから二人で飛び降りる。一緒に行くとは答えていない…だけど断る言葉も理由も見当たらない。

このまま彼と一緒に……本当に…?

何度も何度も多摩の元から逃げようとして、その度に連れ戻された。もう俺の傍を離れようと思うなと言った時の多摩の顔が忘れられない。恥ずかしいくらい顔が熱くなって、勘違いしてしまいそうな程真っすぐに見つめられた……

私…何を考えてるの？　クラウザーの申し出を喜ばなくちゃいけないのに…これじゃ、まるで多摩に連れ戻されるのを待っているみたいな――

その時だった。

「みーっけ！　巽～、やっぱアイツ凄いわ」

「……あぁ」

雨の音に混じって…遠い昔を思い出させる二つの声が背中から聞こえたような気がした。

「…貴方がたが来たということは、…足止めは成功したということですね…」

繋いだ手はそのままにクラウザーが後ろを振り返る。

美濃は彼を見上げ、その視線の先を追うように後ろを振り返り……

「……ッッ!?」

こちらへ向かって歩いてくる二つの長身が目に入る。

一人はハチミツ色の癖のある髪で愛嬌いっぱいの笑みを浮かべている。そして、もう一人は

…焦がれて焦がれて焦がれ続けた――

「――巽…？」

何故……彼らがここにいるんだろう。目の前に現れるわけが無いのに。

だって、全て多摩が壊したと…、何もかも多摩が……

美濃にはもう、これが夢なのか現実なのか、全く区別がつかなかった。

❀❀❀

血まみれで昏倒した多摩は、混沌とした深い闇の中を彷徨っていた。

一点の光も無いその中をただ闇雲に探し回るその姿は、いつもの彼とそう変わらない。どんな場所に身を置いても彼が探すものはいつも同じだからだ。

「……う、……はぁ、……はぁ、……っ」

その、彼女への執念が彼を現実へと引き戻したのか、不意に真紅の瞳が静かに開いた。

多摩は宮殿の前で昏倒したことを思い出し、どしゃ降りの雨の中で横たわったまま天を見上げて手を伸ばした。彼女までの距離はどちらが近いだろう。

だが、たとえどんなに遠くとも、この世の果てまで追いかける。せめてこの身が朽ちるまで。

「……あの男……やってくれる」

苦々しく思いながら己の胸元に手をあてる。

あれほど絶望的だと思われた傷口からは、ほとんど血が止まっていた。それは多摩の全てを呑み込もうと侵食を続けていた傷口よりも、彼の極めて強い生命力が勝っていたということを意味していた。

――所詮は俺が創り出した物では俺は殺せぬということか。

多摩はよろめきながらゆっくりと立ち上がり、荒れ狂う空を見上げた。紅い瞳を獰猛に光らせ、天に向かって大きく両手を伸ばす。途端に雷鳴が鼓膜を突き破る程の激しさで轟き、真っ黒な雲が大きくうねりながら不気味で巨大な渦を作り上げた。

「決めるのは俺だ、…誰の自由にもさせるものか」

天にかざした手をゆっくりと振り下ろすと空が悲鳴をあげた。

――オォオオォォォォオオオオオオオ。

多摩の見据える先は、美濃に還すと言って蘇らせた深い森があるはずだった。しかし、猛烈な勢いで吹き荒れる巨大な風の壁が立ちはだかり、そこから先を窺い知ることはできない。

これが単なる嵐であるはずがなかった。彼の世界を侵そうとする者を閉じ込めるための檻であり、美濃を捕まえるための檻に他ならないのだ。

多摩は強く吹き荒れる風に黒髪を揺らしながら、迷わず歩を進めた。血に塗れた装束から一瞬だけ覗いた彼の傷口は、ほんの僅かだが塞がりかけている。彼は舞うような軽やかさで地を蹴り、そのまま巨大な風の壁の中へと飛び込んでいった。

❀　❀　❀

――空が晴れた……。

どす黒い渦状の雷雲が一気に散って晴れ渡る空を、乾は仰いだ。あのような嵐の後の晴天であれば普通は爽やかに感じるものだが、不気味にも思える静けさが、更なる嵐の前触れを予感させる。

「何で二人が…どういうこと？」

美濃は巽と乾を目の前にして混乱していた。誰一人生き残った者はいないと、どこまでいっても多摩と二人だけの世界だと知って、生き残った自分を嘆いたことは一度や二度ではない。

彼らはもう夢の中でしか会えない遠い存在で…今では夢で思い出すことすら難しい程…大好きだった世界の……

「……俺たちは本物だよ、姫さま」

「美濃さま…我々と一緒に帰りましょう」

乾も、そして巽までも、大好きだった低い声でこれが現実だと言う。

目の前に立つのは、あの頃と何一つ変わらない二人の姿だ。だけど、こんなのはおかしい。とても現実とは思えない。

「……嘘、…本物のわけがないもの。本物なら…生き延びてるわけないじゃない!!」

もしかしたらこの二人が目の前に現れたのも、多摩の見せる幻なのではないかと思った。やっぱり偽物だったと落胆するのを見て、愉しそうに多摩は嗤うに違いない。いちいち惑わされて心をかき乱されて、そんなのはもうたくさんだ。

「美濃さま、どうか落ち着いて聞いてください」

「じゃあ、帰るってどこに？　父さまと母さまのところ？　今になってみんなのところに行くっていうの!?　そんなのずっとずっと願ってたのに、心が張り裂ける程願ってたのに…誰も助けに来てくれなかったじゃないッ!!　本物だっていうならすぐに来てくれたはずだもの!!」

本物のわけがない。今更帰ると言われて、何も無かった頃のようには笑えない。

「…違います」

「何が違うって言うの」

巽は首を振り、静かに言い放った。

「帰るのは、神子殿のもとへという意味です。美濃さまはあの方の傍に居なければなりません」

「……ッ!?」

——どうして？　どうして巽がそんなことを言うの…父さまも母さまも、国までも裏切るような言葉を、よりによって巽が言うの…

言葉を失い愕然とした美濃の様子に、静かに傍観していたクラウザーが彼女の手を取る。

「美濃、私と一緒に行きましょう。貴女はここでは幸せにはなれない。どうやら彼らは貴女にとって裏切り者に成り下がった輩のようだ」

裏切り者？　…どうして巽まで？　父さまに忠誠を誓う姿が嘘だったと言うの？　父さまだって誰よりも信頼を置いてた。絶対に裏切るはずはないってよく言ってたもの…誰が裏切っても巽だけは違うって……

ぐるぐると考えている間にも自分の身体がクラウザーのつくり出す歪みに呑み込まれていく。

…もうよくわからない。このまま何も知らない土地へ連れて行かれるのもいいのかもしれない。何もかも昔のことだと忘れて…その方がずっと。

「姫さま駄目だ!! 行っちゃ駄目だ! 巽はそういうんじゃない!!」

突如、乾が叫びながら飛び込んでくる。美濃の手をクラウザーから奪い取り、彼はそのまま巽のもとへと彼女を放り投げた。しかし、乾の勢いは止まらず、そのまま歪んだ空間にクラウザーと共に呑み込まれていく。

「…ッ乾、お前なにを!?」

しっかりと美濃を受け止めた巽の姿を確認し、乾は小さく頷いた。

「巽…ッ、こっちは任せておけ! 俺の剣で遊んでくれたお礼が済んでないからな! んで、お前は姫さまに自分の気持ちを伝えろよ!! 一度くらい主君に楯突いたっていーじゃないか!!」

それだけ言うと、彼はクラウザーの腕をがっしりと摑み、ニッと愛嬌たっぷりの笑みを浮かべて歪みの中へと消えてしまった。

残された美濃も巽も、あっという間に消え去った乾の一瞬の行動に立ち尽くし、唖然とするばかりだった。

だが、腕の中に感じる美濃の感触にいち早く我に返った巽は、彼女から身体を離す。その姿を間近で目にしたことで、言葉にしがたい感情が心の底から溢れ出てきて、今にも押しつぶされそうになっていた。

「……お召し物が汚れてしまいましたね。早く戻って綺麗なものに取り替えましょう」

必死で平静を装いながら発した巽の声はほんの少しだけ震えていた。美濃はボロボロと涙を零し、首を横に振りながら今はそんな言葉を聞きたいんじゃないと声を絞り出した。

「本物だって言うなら、今までどこにいたの？　全然わからないよ、ちゃんとわかるように教えてよ…っ、頭の中、ぐちゃぐちゃだよ…ッ」

巽は言葉に詰まり僅かに目を伏せた。美濃から見れば理解できないことが現実に起きているのだ。失ったはずのものが目の前に現れれば当然の反応だろう。

「しばらくの間、わけあって宮殿から離れていましたが……最近になって戻って来ました」

「…最近て…？」

「ひと月と少し前にはこちらに…」

「そんなに前から？　戻ったのならどうしてすぐに会いに来てくれなかったの？」

「神子殿のお赦し無く勝手な真似などできるはずもありません」

「……何を言ってるの？」

やっぱりこの巽はどこか変だと美濃は思った。先程の乾の言葉といい、巽の態度といい…主君とは誰を指しているものなのか。

背筋がゾワゾワして寒気がする。とても嫌な予感がして…

今までどこに行ってたの？　その前は？　多摩が全てを壊したあの時、巽はどこにいたの？

これを聞いたら終わりのような気がした。だけど、多摩のもとへ戻れと言う巽を見れば、答えは既に出ているようなものだった。

美濃は唇を震わせ、身体中もぶるぶると震わせながら巽に激しく詰め寄った。

「父さまも母さまも、皆も…ッ、全部全部見殺しにしたというの!?」

「……見殺しではありません」

「言い訳なんか…ッ」

「私も皆を殺しました」

「……ッ」

美濃はがくん、とその場に尻餅をついた。

あの出来事の一旦を巽が担っていた…？　そんなばかなことが……

だったら……それが真実だというなら…多摩に身体を奪われている間も……巽に助けを求めている間も……？

「……美濃さま…」

巽は地面にへたり込んで放心している美濃を抱き上げ、宮殿に向かって歩き出した。

「……酷い、酷い酷い酷い酷い…ッ、大好きだったのに、大好きだったのにッ!!」

美濃は巽の腕の中で暴れ、泣き叫んだ。

「美濃さま、…美濃さま」

「嫌い、巽なんて大嫌いっ、嫌い嫌い嫌い嫌い、大嫌いっ」

巽は胸を抉られるような想いを味わいながら、美濃をきつく抱きしめた。尚も暴れる美濃の感情は爆発し、収まる気配を見せない。

苦しい…彼女に嫌われることで絶望する自分が…胸の中でのたうち回っている。

暴れようと泣き叫ぼうと、嫌いだと何度繰り返されようと、自分の中にはその逆の感情が常に溢れている。これは消えようもない…絶対に失くせない想いなのだ。

「………私は……あなたが大好きです……」

年の離れた妹のように想い、最愛の女性として慈しみ、この胸の中にはいつもそんな想いが絶え間なく溢れ続けていた。

「…うっ、…ひぃ…っく…、うわああんっ、わあああああん」

昔と何一つ変わらない幼い泣き声を耳元で懐かしみながら、巽は彼女の身体を一層きつく抱きしめた。

「……好きです……、今でも……美濃さまが……」

自分は何という裏切りの言葉を吐いているのか。多摩に対する後ろめたい思いを強く抱えながらも、それ以上に彼女に対する愛しい想いが止まらず、誰にも渡したくないという強烈な感情が己の中を支配するのを感じていた。

❀ ❀ ❀

——ォオオオオオオオ…

歪みの中に呑み込まれていったクラウザーと乾は、ある地点で突然何かに跳ね返されたような衝撃を感じた後、全身を強打しながら地面に転がっていた。乾にとって自分の身体が瞬間的に別の場所へ移動するというのは生まれて初めての経験だったが、いきなりこれ程の激痛を味わう羽目になろうとは思いもしなかった。

しかし、そんなことよりも、近くで聞こえる激しい轟音がやけに耳につき、彼は前後左右の区別さえも曖昧なまま上体を起き上がらせ前を向く。

「……う…痛…て…ッ、…何の音だ…？」

痛みに顔を顰めながら周囲を見回すと、驚くべき光景が目に入った。

轟音の正体は目の前に広がる風の壁だったのだ。同時にそれが何を意味するのか、過去に神子の里で同様のものを目にしたことがある乾には説明されなくてもわかった。

この風の壁は恐らく森の中に潜んだ美濃たちを包囲するためのものだ。

…だったら、多摩は無事だったって…そういうことだって、思って良いんだよな？

それによくよく注視してみれば、大木が根元からもぎ取られたかのように、あちこちに大穴が空いている。きっとこの先も緑が続いていたに違いない。だとすれば、この風の壁の出現によって根元から全て持ってかれてしまったのだ。

「……なるほどね。…包囲……全くその通りだよ…多摩」

乾は不敵に笑みをつくり、大木の根元に転がっているクラウザーを視界に留めた。彼も随分と強《したた》かに身体を打ち付けたようで、未だ起き上がれずにいるらしい。それでも何とか上体だけを起き上がらせたが、予想外の障害を目の前にして自分が何に跳ね返されたのかを悟ったらしい。これ以上無いくらいにその顔は強ばっていた。

乾はふらつきながら立ち上がると、クラウザーのもとへ近づいた。

「一緒に飛んできたのが俺で良かったろ？　あのままだと姫さまに怪我を負わせてたかもしれないんだ」

「確かに……。貴方たちの事情に首を挟んだ途端…抜け出せない迷路にはまり込んでしまった気分だ」

「ま、当人たちに比べれば迷路って程のもんじゃない、簡単に言えば男女の痴情のもつれってヤツだ。俺らは精々それに巻き込まれた観客ってところだろ」

乾の言葉にいささか緊張が解けたのか、クラウザーは僅かに苦笑してみせた。

しかし、すぐにその顔色は蒼白になり、胸を押さえながらうずくまってしまう。

「おい、どうした」

「……うっ、…はあっ、…はあっ、…また……これか」

「また…？　またって何だ？　胸が痛むのか？」

呻き声をあげて苦しむクラウザーの様子は尋常ではない。乾は彼の背に手を添えて上体を抱え、わからないながらも懸命に声をかけ続けた。

そして、ふと…自分の剣で彼が多摩を刺し貫いたあの時の光景を思い出す。

何故今そんなことが気になるのか…、それはこうして抱えているクラウザーが、どことなく多摩の発する空気と似たものを発しているような気がしたからだ。

「なぁ、…多摩が放った赤黒く光る…アレどうした？」

そもそも、クラウザーと美濃を追っていた時、何を目指していたかと言えばあの底冷えのするような異様な気配だったはずだ。今もあれがクラウザーに突き刺さっている…ということであればこの感覚は正しいと自分でも言えるのだが、見る限り負傷の痕跡は無い。

「……この身体の中に」

苦しそうに答えるクラウザーのその言葉に、乾は驚愕した。

「身体の中…って、…取り込んだのか…!?」

「抜こうとするほど身体に食い込んで…取り込んだのか消えてしまったのか…私にはわかりません」

信じられない…よく今まで平然としていたものだ。あんなものを身体に宿して無事でいられるわけが無いと乾は絶句した。

「とにかく、このままじゃまずい…宮殿に一旦戻るか…」

「…っは、馬鹿な…」

「勘違いしているようだから言っておくが、アンタを危険に晒すつもりなんて俺には最初から無いんだよ。個人的には礼を返したい気分だけど…バアルを敵に回したくないからな」

「……何を言って……ッ、…は、っ……うぅ…、ああっ、あああっ!!」

「お、おい!?　ちょっと、どうすりゃいいんだよ」

慌てる乾を尻目にクラウザーは激しくもがき苦しみ、悲鳴にも似た声で叫びをあげた。

見開いたエメラルドの瞳は充血し、もはや焦点すら合っていないのか小刻みに眼球が揺れている。これはまずいと思った乾だが何をどうすればいいのか見当もつかず、多摩の気配が色濃いこの身体をただ抱えることしかできなかった。

　しかし、その時だった。

「…これはどういうことだ？」

　トン…と、小鳥程の軽やかさで、乾たちのすぐ後ろの巨木の枝へ何かが飛び乗る音と共に、声が降ってきた。

「………ッ」

　静かな話し声にも拘らず、轟音にかき消されることなく響くこの低音。

　瞬時に声の方角を振り返ると、血に染まった白い装束と艶やかな漆黒の長髪が風になびき、色白の肌によく映える紅い双眸が無慈悲に煌めいていた。

　彼の立つ場所だけ特別な空気が流れているとしか思えない程の、圧倒的な存在感。

「……うっ……はっ、はあっ、…っ、…貴様…、…私に何をした…ッ!?」

　多摩の気配で飛びかけていた意識が呼び戻されたのか、クラウザーは呻きながらも僅かに身を起こして叫んだ。

　うっすらと多摩の唇が嗤う。そして、枝の上からふわりと舞い上がった多摩は、ほとんど音を立てることなく地面に着地した。乾は一連の流れるような動きが舞を踊るようだと思わず魅入ってしまったが、クラウザーを見る多摩の瞳があまりに冷酷に光っていて、思わず言葉を呑み込んでしまう。

「これはまた欺いてくれたものだな。おまえを追えばあの子に辿り着くと思って来てみれば……、つくづく俺の機嫌を損ねるのがうまいようだ」

「…………、た、…多摩…、あの…それは俺が…」

何となく不穏な空気を感じ、乾が間に入ってここに美濃がいない理由を説明しようとする。しかし、言葉の先を奪い取るように多摩が口を開いた。

「乾よ、この男が美濃を連れて逃げた、それだけの事実があれば充分なのだ。……そうだろう？　クラウザー…」

多摩はわざと甘く囁き、背筋の凍るような笑みをつくってみせた。

まさかクラウザーに対して危害を加える気ではと焦りを感じる乾だったが、今の多摩には何を言っても聞き流されてしまう気がする。

「傷が癒《い》えぬ…。ほら…おまえにつけられた胸の傷が疼いて仕方がない。抉られた心臓の分だけ大きく窪んでしまった」

胸元がよく見えるように血に染まった装束をはだけさせ、多摩は胸の中心に指を這わせ、円を描いてトントンと指を差してみせる。

確かに胸の中心は抉れて拳半分程の窪みができていた。裂傷《れっしょう》の痕も無惨に残ったままだ。しかし、彼の全てを喰らい尽くしそうな、絶望的とも思えた傷からは流れ出す血が止まり、信じられないことにそれ以上の進行は無いらしく、乾は我が目を疑った。

「しかし流石に血を流しすぎた。思うように身体が動かぬ」

多摩は胸に指を差したまま口惜しそうに息を吐く。そして、ゆっくりと乾たちに近づき、こう言ったのだ。

「…おまえの中に宿したものをこの身に還してもらおうか」

「ああっ、あああ、…うあああああっ、ああああああああっ!!」

多摩は近づく程に蒼白になるクラウザーに手を伸ばした。クラウザーを抱えていた乾は暴れる腕に突き飛ばされてしまう。その苦しみようは尋常ではなく、どう対応していいものかわからず戸惑っていると、多摩の手がクラウザーの胸へ伸び、彼の身体を地面に押さえつけた。

尚ももがくクラウザーは、しかし多摩を押しのけようとはせず、その手から逃れようと身を捩る。ところが、ただ胸に添えただけに見える多摩の手は、それを赦さないらしく、絶叫だけが森に木霊した。

そして、多摩の瞳が一層真紅に輝きを増した時だった。彼の手のひらが何かを摑み取るように握られると、ズズ…と何かを引きずり出すような鈍い音と共に、赤黒く光る槍が少しずつ姿を現したのだ。

「ああああっ、ああああああああっ!!」

背を仰け反らせて叫ぶクラウザーの瞳から生理的な涙が止めどなく溢れ出す。その瞳は宙を彷徨うだけで、もはや何も捉えていないように思えた。

しかも、多摩はわざとその槍をゆっくりと引き抜いているのか、彼の唇は弧を描き、苦痛に悶える様子を愉しんでいるようにも見える。そうして時間をかけて引きずり出された槍は穂先が十文字になっており、長身である多摩の身丈ほどの長さがあった。

「…仕置きにしては甘過ぎるが、気絶する一歩手前くらいで留めおく方が心地いい声を聞けるのだな。なかなか面白いものが見られた」

多摩は満足そうに眼を細め、声を嗄らせて肩で荒く呼吸をしているクラウザーをひとしきり視界に収めると、握った槍をふわりと空に放り投げた。すると、それは見る間に紅い光を帯びた塵のようなものに形を崩し、多摩の唇を掠めながら真っすぐ彼の咥内《こうない》へ吸い込まれていく。それはまるで、自らの意思で多摩の身体へと還っていく生き物のようでもあった。

一連の衝撃的な光景に乾は身を硬くして凍り付いたまま、すぐ傍で完全に意識を飛ばしているクラウザーに視線を移す。更には赤い塵を全て体内に取り戻した多摩の胸元の傷が、更に小さくなっているのを見て、全くと言っていい程反応することができなかった。

「乾、その男を宮殿へ運んでおけ」

「…あ……、あぁ…」

辛うじて頷く乾を一瞥し、多摩は袖口に仕舞っておいた美濃の髪の束を取り出した。それを唇に押し当て、多摩は彼女の甘い香りを感じながら目を閉じる。

美濃が彼の手の中から消えてから、もうずっと狂おしいまでの激情が彼の胸の中で暴れ続けていた。クラウザーがこうなった今も、まだ形代の効果が続いているらしく、美濃の気配は掴めない。このまま彼女を感じることもできずに取り戻せないなら、目に見えるもの全てを破壊しながらでもしらみつぶしに探し続けるだろう。

だが…あの子の気配をそういつまでも隠し通せるものか。俺が全てを薙ぎ払ってやる。

「……美濃のものなら、何一つ手放したくは無かったものを……」

名残惜しそうにそう言うと、多摩は手に握った髪の束に息を吹きかけ、風の勢いとともにそれを天に放った。散り散りに空に消えていく途中、それらは真っ赤な光を帯びながら火花となって消えていく。

乾はバチバチ…という火花の音を耳にしているうちに少しだけまともな思考が戻り、天を見上げ、吸い込まれそうな程蒼く晴れ渡る空を見上げる多摩の後ろ姿を目で追った。

今にも羽ばたいてしまいそうなその背中は、何と遠い存在だろうと今更ながら思う。

いつまで経ってもこの距離が縮むことはないのだろうか。だけど羽ばたいてしまう前にどうしても一つだけ…乾には願うことがあった。それが多摩に届くかわからなくても、願わずにはいられなかった。

「……多摩」

僅かに多摩の背中が反応し、何だ？　と問いかけるように少しだけ振り返る。

「…一つだけ…頼むよ……。この先何があっても、巽を支配し続けてくれ……アイツを元に戻さないでくれ」

まるで友を裏切るような台詞を吐く乾に、一瞬だけ多摩の目が見開かれたような気がした。

「……頼む…、頼むから…これだけはどうしても聞いてほしいんだ……ッ」

「…………憶えておく」

地を蹴る音と共に声を聞いたと思った次の瞬間、多摩の姿はもうどこにも無かった。乾は急激に力が抜けていくのを感じ、近くの大木にもたれ掛かる。横たわるクラウザーの姿を見て、これは本当に起きたことかと疑いたくなった。

善も悪も無い…それ故に、包み隠すことのない感情も行動も、時に凶器となって多くの者を傷つける。もうそんなことは終わりにしなければいけないのに、誰も彼を止められない。もし変えられるとすれば……たぶん…姫さま以外にはいない。一番傷を負っている姫さまだけが…多摩を変えることができる唯一の存在だ。

「……くそ…ッ……」

孤独な彼に知恵を与え、自由を求めさせたのが間違いだったなどと思いたくは無いのに。目頭が熱くなり視界がぼやける中、乾は先程多摩に願った他愛のないたった一つの想いが聞き届けられるよう、それだけを祈った。巽にはこの先も多摩の支配がどうしても必要なのだ。何故なら、元に戻った瞬間、彼を信頼していたあらゆる人々を非道な行いによって裏切った自分自身を絶対に赦しておけるはずがないからだ。巽は確実に己の命を以て償うことを選んでしまうだろう。

乾には巽を失うことだけは堪えられそうになかった。たとえこの先、美濃を失うことで巽が苦しみ続けようと、生きているならその方がずっと良い。

だから、元に戻さないでくれと……それだけをひたすら願ったのだ。

❀❀❀

巽といるといつもドキドキした。

目が合っただけで舞い上がってしまうような、一方的な片思いだった。物心つく前から巽に夢中だったって、いつか母さまが笑って話してくれたことがある。

この恋が叶うとか叶わないとか、そういうのを考えたことはなかった。

抱きつくのはいつも私で、それを受け止めてくれるのが巽。一方的に寄せる想いを柔らかく微笑んで受け止めてくれるのを、あの頃は当たり前に思っていた。

だけど、巽が自分と同じような想いを返してくれる姿はいつまで経っても想像できなくて、彼と婚約した時は夢みたいだった。

実際に婚約しても巽の態度はそれまでと変わらなかったし、やっぱり抱きつくのは私で、それを穏やかに受け止めてくれるのが巽。その関係に変化は特になかった。

だから、きつく抱きしめられることも、唇を重ねることも、告白めいた言葉も私たちには無かった。それでも私の頭の中はフワフワと幸福の中を漂っていたし、この婚約は今までの延長線上で、これからもずっと彼の一番近くで生涯想い続けることができるという、何より幸せな約束を手に入れたのだと思っていた。

本当に穏やかで優しい想いがいつも流れていて、いつまでも浸っていたいと思うような幸せがそこにはあった。巽から好きだという言葉を聞いたのは初めてなのに、この告白を素直に喜ぶことができないのが悲しい。

どうしてこうなったんだろう。あれから何て遠くへ来てしまったんだろう。

「…うっ、ひぃ…っく…、おろしてよぉ…っ」

「美濃さま…」

泣き続ける美濃の涙を巽が拭う。拭っても拭っても溢れてくるというのに、彼はそうやって何度も優しい手で拭い続けた。

巽は美濃を抱き上げたまま放そうとはしない。あの頃よりもずっと色が白く女性らしく成長した彼女をただ眩しそうに見つめていた。

「とても…綺麗になりましたね」

美濃の頬にこぼれ落ちた雫を自分の指で優しく拭いながら、ゆっくりと紅い唇にも指を伸ばす。柔らかい唇は胸をくすぐり、あまりの愛おしさに自分でも驚く。

しかし、美濃が驚いて目を見開いたのを見て、巽はハッとして唇に触れていた手をひっこめた。美濃が瞬きをすると、大きな瞳に縁取られた長い睫毛が涙に濡れて、そんな彼女を構成する一つひとつが巽を堪らない気持ちにさせる。それと同時に、美濃の後ろに〝多摩〟という存在を強く感じてしまう自分がいるのも確かで、どうしてもそれを無視することができない彼は、やり場の無い想いから目を逸らすように口を開いた。

「今の美濃さまを見るだけで、神子殿がどれだけの想いを寄せているのか思い知らされます」

「……多摩…が……？」

美濃は目を見開いて驚きの表情を浮かべている。

「…そんなわけない」

視線を落としてか細い声で否定する美濃を見て、巽は目を細めた。

「何故そう思うのですか?」

「だって酷いことばかり…ッ、大体そんなふうに言われたことなんて一度もないもんっ」

「そんなふうとは…」

「だから…っ、…好きとか、そういう言葉に決まってるでしょ…っ、一度だって聞いたことないよっ!!」

大粒の涙を零しながら叫ぶ美濃の姿に、巽はほんの少しだけ彼女を抱き上げる腕に力がこもるのを感じた。

うまく言葉が出てこない。冷水を浴びたように思考が固まる。何故自分は多摩の名を出してしまったのだろうかと。

……いや、そうではない。彼女の大切なものを奪った時点で、俺はもう……

「あの方に…言って…欲しかったのですか?」

「やっ、ちが…っ、違うっ、…そんなの違うっ」

慌てて首を横に振るその様子は、まるで自分に言い聞かせているみたいだった。多摩の名前を出しただけでその目は不安に揺れて、その頭の中が誰のことで溢れかえっているのか手に取るようにわかってしまう。

きっと否定することで自分自身を保ち続けていたのだろう。赦せないと思う一方で彼に惹かれていく自分を必死で誤魔化し続けていたのだろう。

だが、巽には嘘のつけない素直な瞳が、その心の在り処をさらけ出しているようにしか思えない。そしてそんな彼女を目の当たりにして、時の流れがどれ程残酷かということを、彼は身を以て思い知らなければならなかった。

「……美濃さま…」

「やっ、違うの、…っ、そんなわけないんだからっ」

頑なに首を振って泣きじゃくる美濃を見て、巽は苦しい胸の内を吐き出すように息をついた。素直になれない美濃を哀れに思うのも本心だった。彼女の反応を見れば、二人が甘やかな関係とは程遠いところにいることなど容易く想像できてしまったからだ。

見守るようにしか美濃を慈しんでこなかった自分とは正反対の多摩のやり方は、決して巽には真似できるものではない。こうして美濃に触れ、心の底では全てを我がものにしたいと思っても、巽には絶対に行動に移せない。彼の潜在意識が、欲望のままに触れて良い存在ではないと引き留めるのだ。だからこそ…巽は多摩のようにはできない。

多摩は違う。何に囚われることなく、王女という枠を取り外した一個の存在として彼女に手を伸ばした。手に入らないと諦めるわけではなく、己の力で奪い取りに来る程の激しい感情に身を任せ、想いのままに手折ってしまったのだ。

その方法は決して褒められたものではなく、むしろ憎まれて当然と言える最悪の方法だった。

しかし、奪うように貪るように求め続け、ぶれることのない一貫した想いの強さで心の全てを彼女で埋め尽くしながらぶつけたものが、いつしか何かしらの想いを美濃の中に芽生えさせることになったとしても何ら不思議ではないように思う。

たった二人という濃密で異常な世界で、それだけの時間が彼らにはあったのだ。

「…本当は気づき始めているのではないですか？」

「知らないいっ、そんなわけないもの」

「そうして耳を塞いで、蓋をして…何も知らないと言い続けるのですか？」

「やめてよっ、どうして巽がそんなこと言うの？　私のこと好きだって言ったくせにッ、だったら連れて逃げればいいじゃないいっ！　どうして多摩に遠慮するのよッ!!」

わぁ…と泣き出し、美濃は震えながら巽にしがみついた。もう色んなことが一気に起きすぎて、心がついていかないのだ。巽が生きていただけでも信じられない思いでいっぱいだというのに、彼が父を裏切って多摩に付き従っているという事実まで突きつけられて、大切にしていた思い出まで崩れ落ちようとしている。

なのに巽を心から拒絶することもできないで、どこかでまだ彼は違うと思っている自分がいる。これ以上追いつめないでほしい。もうずっと多摩のことを考え出すと止まらなくなって怖いのだ。考えたくないのに、多摩のことばかり考えている自分が怖くて堪らないのに、巽の口からそれを言われてしまうと現実になってしまう。

「美濃さまが誰を想って苦しむのかを知り、連れて逃げるなどできようもありません」

「なっ」

「…そんなことをしても、より強い想いに胸を焦がして苦しむだけでしょう？」

「……何を言うの…？」

そんなはずはないと首を振る美濃に、巽は真っすぐな視線を向け、彼女の頬に手を触れた。

「では、私があなたを欲しがったとして、美濃さまはそれに応えることはできますか？」

「……え？」

「私を受け入れることができますか？」

考えもしないことを巽に言われ、美濃は頭が真っ白になった。

「……そ…れは…」

だが、本来ならば巽を受け入れることこそが最も自然なのだ。彼と添い遂げ、いずれは彼の子を宿すのだろうと…そんなことを夢見ていた日々があったはずだ。

今の美濃には全くそれが想像できない。考えようとしてもすぐにそれは巽ではなくなってしまう。身体に触れられ、抱きしめられ、唇を重ねあって、耳元で名を呼ぶ声すらも…想像するのは……全部……

「……いや、…いやぁっ、……意地悪しないでよぉ…っ」

どんどん追いつめられていく美濃の様子を見て、巽は苦しそうに小さく息を吐き出した。今の彼女の表情のどれ一つとっても、どれ程心を痛めているのか見て取れる。自分ではない他の男を思い出して苦しいと泣いているのだ。

…だから、巽は感情に任せて動くことができない。記憶の向こうにいる彼女はいつも自分のことを想って頬を染めていた。確かにそれは真実だったのに……

――何と遠い存在になってしまったのか……

想いの全てを塗り替えられてしまった。今更自分が彼女の目の前に現れたところで、一体何ができるというのだろう。

「…きっと……神子殿はあなたを追ってきます」

「……っ」

「それを…本当は待っているのではないですか？」

ぎゅ、と巽に抱きつく美濃の腕に力がこもった。

あぁ…何という幼い関係だろう。彼らはまだ何も始まっていないのだ。そしてそんな二人の関係に…自分は……

「美濃さま…あなたは何一つ悪くない。大丈夫、誰も責めたりはしません」

「…っ、……巽……」

強く美濃を抱きしめ、巽は静かに目を閉じた。このあたたかい存在をあと少しだけ感じていたい。心の奥深くに刻みつけるまで。そう想うのはいけないことだろうか。それすら赦されないだろうか。ただ一度…今この瞬間だけで構わない……

その時、カサ…近くで葉が揺れる音がした。

彼女を抱きしめる腕を緩めることなく、巽はピクリと眉を震わせる。

それは小鳥が枝にとまる程度の軽やかな音で、気配に敏感な巽でも生き物が近づいてきた感覚は何一つ無かった。

そんな芸当ができる者など彼の知る限り、ただ一人だけだ。

…あれほどの凄惨な傷さえも、彼には障害にならないというのか……

彼の無事に胸を撫で下ろしながらも、その異常なまでの生命力はどこからやってくるものなのかと恐ろしくもある。

巽は小さく息を漏らすとゆっくりと目を開け、そのまま葉音が響いた大木を見上げた。

ゆらゆらと血に染まった装束が風に舞い、枝の上でこちらを見据える紅い双眸と目が合う。

怒りも悲しみも何一つ宿さない多摩の眼が、静かにただこちらを見ていた。抱き合う二人を見て、彼は何を感じたのか。相変わらずその表情だけでは何も窺い知ることはできないが、もしも見たままのものしか捉えていないとすれば…？

葉音が聞こえたタイミングを考えれば、最初から見ていたわけではないのだろう。このまま彼が何もせずにいるはずがない。自分は今更どうなっても構わないが、彼女にまで危害が及ぶのは避けなければいけないと思った。

これ以上多摩が非道な行いをすれば、美濃は二度と心を開かなくなってしまうだろう。やっと少しだけ…怖がりながらも気づき始めているというのに。今を逃したら、何もかもが終わってしまう。もう二度と傷ついていてほしくはない。

巽は自分が何をすべきか、多摩の瞳から目を逸らさずに考えを巡らし、美濃の耳元で彼女だけに聞こえるような声で囁いた。

意味があるかどうかは定かではないが、少しでも背中を押すことができればと。

「美濃さま……神子殿が何故あなたを追いかけるのか、考えたことはありますか？」

「……え…？」

美濃は巽の問いに首を傾げる。考えたことが無いと言えば嘘になる。

だけど、考えたところで自分を納得させる答えなんて出るわけがなかった。

巽は美濃の気持ちを察したかのように一度だけ頷いて、少しだけ寂しそうに笑みを浮かべ、彼女には想像にも及ばないことを口にした。

「あの方は神子として生を受けながら、あらゆる自由を奪われ続け、愛情の欠片すら誰からも与えられず、閉じ込められた空間で孤独に育ってしまった哀しい存在です」

「……え？」

初めて聞く多摩の生い立ちに美濃は耳を疑う。

神子という存在からかけ離れた境遇に対し、理解できないといった彼女の強ばった表情に、巽は瞳を揺らした。

この反応は当然と言って然るべきなのだ。あの頃の自分たちは、神子の里と多摩の真実を彼女に一切告げなかった。だからあの里が何故消滅したのか、多摩が何故意識を失ったまま目覚めなかったのか…彼女は何も知らない。精神的に幼い彼女が傷ついてしまうのを誰もが恐れ、何も教えなかった選択が果たして正しかったのか今ではよくわからない。

「きっと…そんな中で美濃さまと過ごした数日間は、あの方にとって何ものにも代えがたいものとなったのでしょう」

「……っ」

「しかし、奪われ続けた代償として失ったものは計りしれず……愛しい存在すら、縛りつけることでしか表現する術を持たない。相手を慈しむ気持ちも、愛情を注ぐ想いも、誰もが知っている感情すら彼は満足に理解できないまま……」

そこまで言って、巽は抱き上げていた美濃をゆっくりと降ろした。

彼女の心の内は今どれ程の衝撃を受けているのかと思うと、何とも言いがたい気持ちになる。これを美濃に理解しろと言ってもあまりに酷な話だ。愛されるのが当たり前の環境で何不自由なく幸せに生きていた彼女に、その大切な世界を奪った多摩を理解しろなど。

「しかし、どれだけいびつな表現だろうと、彼の世界にはあなたしかいない。それだけは本当だと思います」

巽は美濃に少しだけ微笑んで、多摩のいる大木へと歩を進めた。

美濃は巽の背中を見つめ、その先に何があるのか…枝の上で長い黒髪が風になびいたのを目にしてようやく理解する。

「……多摩」

巽の背中越しに多摩と目が合い、彼は僅かに眼を細めたようだった。驚く美濃の視線はすぐに受け流され、彼は枝からフワリと音もなく舞い降りる。

向かってくる巽の傍へ降り立った多摩は、自分を真っすぐ見る端正な顔を見下ろし、しばらくの沈黙の末、静かに口を開いた。

「その眼を見る限り、未だ忠実な犬で居続けているらしいな」

「…いいえ、…忠実とは…言えない行動をとりました」

眼を伏せる巽に対し、多摩は低く嗤う。

「愚か者め。どうせ欲しがるなら、俺を破滅に追い込むくらいの気概を見せればいいものを」

「……え？」

一体何を言い出すのかと困惑の表情を浮かべると、多摩は笑みを浮かべた。あまりに静かすぎる微笑みは、まるで心の中を見透かされているようで巽は何一つ言葉を返せない。

そして多摩は前方で立ち尽くしている美濃に視線を移し、彼女のもとへと歩き出す。美濃は小さく震えながら、彼が近づく程に顔を強ばらせた。自分が逃げたと思われているのではないかという恐怖よりも、近づく多摩の異様な姿の方が怖かったのだ。

装束の上半身のほとんどが塗り替えられるほど朱に染まり、胸の周囲の布は焼け焦げている。

「……怪我……してるの？」

目の前に立った彼を見上げ、か細い声で美濃は疑問を口にした。

「…確かめればいい」

多摩は美濃の手を取り、自分の胸元へと導く。小さな手が彼の身体に触れると、パラパラと乾いた血が剝がれ落ちたが、目立った傷はほとんど見当たらず、僅かに息を吐いた。

その隙に腕を引き寄せられ、多摩に触れたばかりの指先に口づけられる。

「…あっ」

ぴちゃ…と指の先から付け根までを彼の舌が辿り、美濃はびくりと身体を震わせた。その様子を愉しむように指から腕へ、腕から首筋へと服の上から唇がのぼっていく。びくびくと身体を震わせながら抵抗らしい抵抗を見せない美濃を追いつめるように、今度は耳に舌をねじ込み、わざとゆっくりとした動きで窪みの全てを辿っていった。

「それ程までに巽が忘れられないか。数え切れない程おまえの中に俺を刻んでも、おまえはそれを無かったことにするのか…っ」

「……ッ、…いっ…」

強く責めたてるように、多摩は血が滲む程彼女の耳を強く噛んだ。

そして巽が見ている前であるにも拘らず柔らかな唇に噛みつくように自分の口を押し付けると、思い通りに躾けた唇が反射的に開いて、彼を容易に受け入れる。味わい尽くすように丹念に咥内を蹂躙し、くぐもった声で小さくもがく美濃の手を摑むと、多摩は名残惜しそうに唇を解放してその小さな顎を甘噛みした。

――逃がさない…、
おまえがどんなに俺から逃れたくとも、追いかけて捕まえて縛りつけて……

今度こそ永遠に逃げられぬよう、……俺はおまえを……

…おまえを……

俺は……俺は……………………

「――……もうこれ以上は……おまえを壊してしまいそうだ……っ…」

突如苦しげに吐き出された声は掠れ、やけに美濃の胸に突き刺さる。しかも、一瞬見えた多摩の瞳は不安定に揺らめいて、僅かに唇を震わせているようにも思えた。

……多摩？

けれど、本意が摑めず口を開こうとした時には、多摩は美濃を放して背を向けてしまった。

彼は立ち尽くす巽に向かって皮肉を込めた笑みを浮かべ、見せつけるように濡れた己の唇を美味そうに舐めあげる。美濃の唇を味わったことでその瞳は欲望に濡れ始めていた。

「巽よ…おまえにこの狂気がわかるか？　触れたい、触れるだけでは止まらない、泣き叫ぶこの子を組み伏せて際限なく求め、気を失った身体にさえも欲情し貪り続ける……止まらない、果てしない、欲しい欲しいと、尽きない欲求がその上を望む。この餓えは一体何だ、何故これ程渇くのだ…。俺は何度も考えた。俺が欲しいものは本当は別のものだったのか、違う何かだったのか。だが、いつも堂々巡りで終わってしまう、考えても考えても答えが出ない」

「神子…殿…」

「俺は神子ではない…求められるものとは真逆の存在だ。……どうしておまえはいつまでも俺を神子と呼び続ける。巽よ、何故俺は生まれた、神子などと呼ばれ実感したことなど一度もないのに、それが天命と誰もが言う。ならば、神子に不必要な力を持ったのは何故だ、それも天命とおまえたちは言えるのか？　美濃を奪うためにしか俺には力の使い道を見いだせない…そのためにしか力を使わない俺は、それでも神子なのか？」

神子という存在と自分はあまりにかけ離れている、そんなことはとうの昔からわかっていた。誰よりもそれを理解しているのは多摩自身だったのだ。

かつての世界を愛しいと泣く美濃を見ても、巽と抱き合う美濃を見ても、やはり変わらず言いようのない焦燥を感じて心が荒れ狂うばかり。

美濃の夢見る世界に自分はいない。その世界を夢見ることすら赦せず、それすら奪おうとまた手を伸ばす。このどこまでも底のない欲に、とても勝てる気がしない。

多摩は己の胸に指を這わせ、…そしてギリ、と奥歯を噛み締めた。

「――狂おしい…っ」

泣いても喚いても止めてやれない貪欲な己の欲望に心底辟易する。

欲しがっても欲しがっても届かない、求め続ける程に自分以外のものに夢を抱く美濃の存在が遠い。縛りつけないと逃げてしまうと言って、幾重にも鍵をかけて閉じ込めるのを止められない。

このまま狂ってしまえばいいと壊れるまで抱いて、壊れても抱いて、そのうち自分も壊れる。

多摩には自分たちが破滅する未来しか見えなかった。

「俺が創ったものでは俺は止まらない。傷が塞がれば、また美濃を求め歩き出してしまう…俺が在る限り延々と果てしなく…」

「……それは…どういう……」

「だが、巽…、俺は一つ、大きなことを忘れていたのにようやく気がついた。今の俺を止めることなど、実はそれ程難しいことではなかったのかもしれない。……巽、…俺はあの頃よりは幾分痛みを知った気がするのだ」

その静かすぎる声音に、巽は眉を寄せる。

とても良くないことを考えているような気がした。

「…だから、巽よ…試せ。…俺が人並み程度になったのか、あの時のように…」

巽は普段の彼とは違う空気を感じ、彼にこの先を言わせてはいけないような気がしてならなかった。まだまともに始まってもいないものを、自ら終わりにしようとしているような気がしていた。

美濃を解放しようと…しているのではないかと。

「今度こそおまえの力で俺を永遠に止めてみせろ」

「……ッ!!」

巽は突然下された命令に唇を噛み締めた。

そんな巽の姿を見て多摩がうっすらと嗤い、常よりも紅い瞳が意味ありげに瞬いた。

――おまえは俺に逆らえない。今までも、美濃を奪ったあの時でさえも…。本心に耳を傾ければ、疼いて堪らない自分に気づくはずだ。俺を消したいと、消えてしまえばいいと。それこそがおまえの望みだと。ならばいっそのこと跡形もなく、何も残らないくらいに粉々にしてしまえ。それくらいしなければ放してやれない。今の俺ならば、或いはあの時消えていった者たちのように……

それは、巽の頭の中に多摩の意識が語りかけた言葉だった。そんな彼を、巽は信じられないものを見るように無言で見つめる。

そして、一瞬だけ巽の唇が何かを言いかけるように動きかけた。

——だが、

「……ばかぁ…ッ!!」

唐突に、涙まじりの声と共に柔らかな感触が多摩の背中を包んだ。

「……うっ…うぇ、……っ」

ぴったりと背中にくっついて、後ろから多摩の腰に手を回して…いやいやをするように首を横に振り、背中に額を押しつけている。

「……多摩…、多摩、多摩、多摩」

「……」

多摩はわけがわからず沈黙した。

同時に、目の前に立つ巽が青ざめた顔をして拳を握り締めている姿が目に入る。

何をしている、早くやれ…言おうとすると、その言葉を奪うように巽が口を開いた。

「——っ、……貴方の命令であろうと、……それだけは…できません……」

「…なに…」

予想外の答えに多摩の眼が大きく見開かれる。

巽は強く噛み締め血が滲んだ唇を震わせながら、悲痛な眼差しで首を横に振った。

「…貴方は…何もわかっていない。そんなことを言って美濃さまをまた泣かせて……、どこまで残酷なのですか…っ」

美濃…？　眉を顰め、彼は背中から回された美濃の手を静かに見つめた。

「…そう、だよ…っ、そんなの…っ、巽に命令しないでよ…ッ！」

「……」

「どうして酷いことばかり言うの？　肝心なことは何一つ言わないくせにッ、何で最後まで言わないで一人で終わりにしようとするの!?」

「……何のことだ」

肝心なこと…そう言われても多摩には思い当たる言葉など何一つ無かった。美濃が何を思ってそんなことを言い出しているのか、巽が自分の命令を何故聞こうとしないのか、今の状況全てが理解できない。

「一回くらい、…好きって言ってよぉ…ッ」

ぎゅう、と腰に回された手に力を込められ、か細い声で嘆願される。

装束が皺になる程強く掴んだその手は怯えるように小刻みに震え、背中から幼い泣き声が伝ってきた。

……好き？

なんだそれは。それが肝心なことだと言うのか？

「意味もわからぬのにそれを言ってどうなる」

「だって私ッ…そうじゃなかったら、何で傍にいろって言われるのかわからないよっ！」

「……」

「何で全部取り上げるの？　一つくらい残してよっ、取り上げないでよ、わからないって言わないでよ!!　……誰より多摩が憎いよ…ッ、憎くて、憎くて、…絶対に、一生赦せない…っ!!」

美濃の震えは一層大きくなり、それでも多摩を離そうとはしない。

「…だけど、…そんなのいや、…うぇ…っ、……逃げても追っていいよ、捕まえて俺のものだって…言っていいよ…」

「……美濃……？」

憎くて赦せないと言う言葉と相反する言葉を吐き出す美濃の心がわからない。

何故そんなことを言い出すのか、何を取り乱すことがあるのか。

憎い、赦さない、そんなことはわかっている。誰より強い憎悪を抱けばいい、そう思ってきたのだ。だから美濃にとって、これは解放される唯一の機会だというのに。

「いなくならないで、傍にいて…、……多摩が誰より愛しいよ…」

――いとしい……？

愛しいなど……

どういうつもりでおまえはそれを言うのか。その言葉にどれ程の意味がある。拒絶して厭がって、そのくせ俺を受け入れようというのか。

愛しい、愛しい、愛しい……、

それはどこからやってくる感情だ？

どうしておまえは俺の一番深い部分に、そう易々と入り込んでくる。

「……多摩…っ」

愛しいとはなんだ。

小さな手、柔らかい身体、甘い香り――

例えばあの頃よりもおまえをあたたかいと思うことが…

それが正体だとでもいうのか…？

だが、この感情は常に変化を続け、全く違う形で狂おしいまでの激情を生み出し、時に泣かせ、何度も傷つける。美濃の望む言葉に相応しい感情とは到底思えない。

ならば、おまえに対するこの想いは何だ。ただ、俺は……

「…俺は何よりも美濃が欲しくて堪らないだけだ。摑んだら手放せない、傍に置いて触れていたい。狂おしい程におまえが必要なだけだ。……数え切れないほど身体を重ねても、どうしておまえの心がわからない、どうしておまえを遠く感じ続ける、いっそ俺の一部になってしまえば何もかも満足できるのか？　俺には全てが不確かすぎて、この果てしないものの答えを摑めるような気が全くしない」

多摩は震える美濃の手を己の両手で掴み、その小さく柔らかい手に頬を押し当てた。

どうやってこの想いを形容すればいいのかわからない。愛しい…それだけは、美濃が口にするだけで胸の奥であたたかいものが融けていくようだと思った。

だが、それは易々と自分が口にできる言葉ではないことくらいはわかる。

何故俺はこんな言葉一つ満足に囁くことができない……

「……っ…、…わ、私だって多摩の考えてることなんてわからないよッ、…だけど、多摩の一部になったら触ることだってできない…っ、手を繋ぐことも抱きしめることも、朝起きた時の温もりだって…ッ、私は別々の方がいいよ、だって私、多摩の手…あったかいのちゃんと知って…、知ってるんだから……ッ」

「…………」

「……そ、…それでも…ッ、多摩の一部って言うなら…、そんなの…とっくにそうなんだよ……っ、だって、私の中はもうずっと前から多摩で埋め尽くされてる…ッ、こんなにしたのは多摩の方じゃない…ッ!!　今更無かったことになんてできるわけ無いじゃないッ!!　私から色んなものを奪ったくせに、壊したくせに、どうして今更手放そうとするのよっ!!　ばかぁあっ!!」

…俺の手が…あたたかい…？

美濃が…俺で埋め尽くされている……？

そんなことは考えたこともなかった。美濃がそんなふうに思っているなど気づきもしなかった。

何一つ見逃さないよう細心の注意を払っていたのに、おまえはいつの間に考えもつかないところに立っているのか……

多摩は美濃の言葉を信じられない思いで受け止め、静かに瞳を揺らした。

「……俺には難解でしかないものを、…おまえは簡単に見つけられるんだな……」

「簡単じゃないもん、簡単のわけないいんだからっ!!」

「…あぁ……そうだな…」

多摩は美濃が喚き散らすのを背中に感じながら、ゆっくりと目を閉じた。これ以上は今の自分にはどうしようもないのだ。美濃のように答えを見つけるには、自分にはまだ足りないものが多すぎるらしい。

だが、それもまた、彼女が共にいればそう遠くない未来に手に入れられるのかもしれない。

不意に目の前で二人の様子を静かに見つめていた巽と目が合う。視線をあわせた途端、巽は僅かに笑みを浮かべてみせた。

「……もう二度と手放せなくなったぞ」

多摩が皮肉を込めて言うと、巽は首を振って笑った。

「主の命を奪うことは、私の誓いのどこにも存在しません」

「はっ、命令に忠実なだけの犬かと思えば、おまえの忠義というものには独自の法則があったか。…それで唯一の機を逃すとは愚にも付かぬな」

少なくとも、巽をねじ曲げた忠誠から解き放ってしまえば、もっと違う形の結末があったことは確かだ。本来の彼であれば多摩を赦しはしなかっただろう。それをしなかったのは、乾の願いを聞き入れたからなのか、それとも……

——俺が死ねば、おまえも美濃も解放される…それで全てを終わらせることができたものを。

多摩は未だ背にしがみついたままの美濃の手をとって、そのまま彼女を自分の腕の中へと抱き上げた。泣きはらした真っ赤な眼が彼を真っすぐに見つめている。自分のために泣いているのかと思うと、胸の中が甘くくすぐられたようなもどかしさで満たされていく。

多摩は知らずのうちに笑みを浮かべ、美濃の頬に唇を押しつけた。

「おまえ…昔から俺がいないと嫌だと駄々をこねていたな」

「…うっく…っ、イヤだもん」

「…だから戻ってきたんだろう…ここに…」

美濃は多摩の首に腕を巻き付け、小さく頷いた。

時折涙が止まらずしゃくり上げる彼女の息づかいを感じて、多摩はその柔らかい身体を壊してしまわないように少しだけ力をこめる。

「巽、戻るぞ、…俺には決めなければいけないことがあるんだろう？」

「…そうです、…神子殿」

変わらずそう呼ぶ巽に苦笑しながら、多摩は美濃を見つめる。誰よりも紅い瞳が陽の光を浴びて宝石のように煌めき、美濃といる時に見せる穏やかなその表情に巽は眼を細めた。

欲望と引き換えに大きな犠牲を生み出し、赦されないことがあると気づくまでに、随分遠回りをした。しかし、手に入らない苦しみにもがき続けるうちに、多摩は傷つくことの意味を知った。そうでなければ終わりにしようなどと彼が思うはずがない。

だが、多摩には他の方法など思いつかないほど、腕の中にある彼女の存在が大きすぎて、簡単なものが複雑になってしまう程難しかった。とても深い暗闇の中を彷徨いながら、もがけばもがく程…溺れていく自分を止められなかったのだ。

終章

——あの嵐から、四日目の朝を迎えようとしていた。

それにも拘らず、その後の進展は無きに等しい。

と言うのも、巽においてはあの後、多摩たちと共に宮殿に戻ろうとはせず、乾らを探しに二人のもとを離れて別行動を取ったきり、そのまま戻っていないのである。

当然ながら乾とクラウザーに至っても同様だった。つまり、今日までに宮殿に戻ったのは、多摩と美濃の二人だけだったのだ。

その彼らも帰還するなり湯殿へ直行して雨風に晒されて汚れた身体を浄め終えると、早々に部屋へと消えてしまい、以来一度も姿を見せていない。

部屋に戻るなり多摩は美濃の唇を激しく塞ぎ、それからは一時も放すのが惜しいとでも言うように抱き続け、彼女はその腕の中で何度も意識を手放すほどの熱を受け止めなければならず……結局、翌朝になって彼が眠りにつくまで美濃が解放されることはなかったのである。

それから三回ほど夜を数えたが、多摩は一度も目覚めることはなく、今までのことが嘘のように穏やかに眠り続けていた。

この数日、美濃は何をするにも自由のはずだった。

だが、多摩が眠っている数日間で美濃がしたことと言えば、窓の外の景色を見たり、多摩の寝顔を眺める程度のことだけで、部屋の中で一人特に何をするでもなく過ごし、決して彼の傍を離れようとはしなかった。

そして今もまた、多摩が静かに寝息を立てているのをぼんやりと横で見つめながら、その穏やかな寝顔に手を伸ばして頬に睫毛に唇に触れながら、ゆっくりとこれまでのことに想いを馳せていた。

「……多摩…」

小さく囁き、多摩の胸に擦り寄る。

そんなはずはないのに、何日も眠り続けている彼を見ているうちに、あれは夢だったんじゃないかと思ってしまう瞬間が何度も訪れた。美濃は一向に目を覚まさない多摩に少しだけ不安を感じ、多摩の胸に耳をあて、彼の鼓動を確認するように目を閉じる。

――トクン、トクン、トクン…

規則正しい鼓動を耳にして安心した美濃は、彼の腕にぎゅっとしがみついて顔を埋めた。

夢じゃない…夢のわけがない……だって何日か前の私は、この腕の中へ飛び込んでいくことに、あれほど抵抗していたんだから……

多摩のことばかり考えてしまう自分をどうしても認めたくなかった。あれだけのことをした彼に惹かれるなど、何より赦されない罪だと必死で抵抗していた。

だけど、あんな多摩を見て、知ってしまって、これ以上どうやっても自分を誤魔化すことなどできないと思った。彼を失うくらいなら、この気持ちを認めてしまうことの方が遥かにいいと思ってしまった……

多摩が追いつめられているなんて考えもしなかった。自分の気持ちと向き合うためにもがいているなんて思いもしなかった。好きという想いがどんなことかもわからずに苦しむなんて美濃には想像もできなかった。愛情の欠片も貰えないということが何を意味するのかも……

「…多摩……、……」

美濃は彼の頬に触れ、そのまま唇を重ねた。自分からこんなことをしてしまう日がくるとは思ってもいなかった。

だけど…これが罪なら…私は多摩と一緒に、全てを背負ってどこまでだって堕ちるよ…だから……もう何も取り上げないで。

「……、………」

多摩の睫毛が僅かに震えている。もしかしたら目覚めが近いのかもしれない。

そう思っても、どうしてもこのまま触れていたかった。目を覚ました時に最初に見るのが自分であってほしい、そう思ってこの数日間、多摩の傍から一時も離れることができなかったのだ。

その時、うっすらと多摩の瞼が開いて、美しい真紅の瞳が真っすぐ美濃を捉えた。柔らかい美濃の唇の感触に、彼はもう一度目を閉じる。

そして、美濃の身体を自分に引き寄せながら、己の舌を彼女の唇の中へ侵入させて絡め取る。

「……あ…っ、…ん、ん…」

くちゅくちゅと湿った音が部屋に響き、多摩はそのまま美濃を組み敷いた。

今の今まで眠っていたとは思えないほど、強い眼差しを向けて。

「おまえから唇を重ねる意味をわかっているのか？」

そう言って、少しだけ強く手を握られる。多摩が何を言いたいのか、何となく美濃にはわかるような気がした。

「……うん……」

小さく頷くと、多摩は息をのみ、僅かに瞳を揺らした。

こういうことは好きな人とだけするのだと言ったのは美濃だ。

そんな些細な言葉一つ一つを、彼はどれだけ深く胸に刻んでいるのだろうか。

「……おまえは」

――コン、コン。

多摩が口を開いて何かを言いかけようとした時、扉をノックされた。言いかけた言葉の先はのみ込まれ、組み敷いた美濃の手をもう一度強く握ると多摩は小さく息を吐き出し静かにベッドから降りた。

「……何だ」

扉を開けると、そこには若干疲れた顔の乾が立っていた。

「休んでたか？　迷ったんだけど、皆戻ったから呼びに来たんだ」

「あぁ、すぐに行こう」

「で、さ。…ちょっと気になることが一つ」

「何だ」

「……、クラウザーの様子が少し…」

乾はそれ以上は言いづらそうにして口を噤んでしまう。

だが、多摩は何かを理解したらしく、『あぁ』と小さく頷いて後ろを振り返った。

「それについてはおおよその想像はつく。…美濃、おまえも来るか？」

ベッドから降りて興味深そうに話を聞いていた美濃は、思わぬ多摩の誘いに慌てて頷いた。

「そのかわり、あの男の様子が変だと思っても全て話を合わせろ。余計な詮索はするな」

「…どうして？」

「これ以上の面倒は御免だからだ。できないならここで待て」

「やだっ、それくらいできるもん」

「ならば来い」

多摩は手を差し出し、美濃の手を取りそのまま抱き上げる。

「やあっ、降ろしてっ、自分で歩けるよ」

「今更この程度で騒ぐな。おまえは俺の腕の中で大人しくしていろ」

「何よぉっ、だってこんなの…」

「あまり聞き分けが無いと、後でどうなっても知らんぞ」

「…っっ、多摩のイジワル…ッ…」

悔しさを滲ませながら押し黙る美濃と、彼女を抱き上げながら涼しい顔で大階段を降りる多摩を後ろから見ていた乾は、想像していたよりもずっと幼いやりとりに笑ってしまう。

彼女の言葉一つひとつに多摩がまともに反応していることにも乾には新鮮だった。発せられる言葉は素っ気ないが、彼女を見る眼差しの柔らかさが全てを物語っている。

微笑ましい二人の姿に、乾はそれをただ眩しそうに見つめていた。

❀❀❀

クラウザーの変化。そう言われても、それがどういうことを意味するのか、実際に会わなければ理解するのは難しかったに違いない。

だが、大広間に多摩たちが入ってくるなり発したクラウザーの耳を疑うような第一声は、誰の目にも明らかな変化として現実を突きつけてみせたのである。

「突然の訪問にも拘らず、こうしてお会いする機会をいただき感謝しております。…私はクラウザー。多摩殿にお会いするため、隣国バアルよりやって参りました」

彼は何の迷いもなくそう言った。

それを見た美濃は驚きのあまり目を見開く。輝くような銀髪も、美しいエメラルドの瞳も、クラウザーに違いないというのに、一瞬目が合った彼には初めて見るような眼差しを向けられ、思わず疑問を口にしてしまいそうになる。

『余計な詮索はするな』と言った多摩の言葉を思い出し、慌てて口を噤んだので面倒なことにはならなかったが……

しかし、おおよその想像はつくと言った通り、多摩の表情に驚きの色は無く、クラウザーの変化を平然と受け流しているのは流石と言うべきか。隣に座る美濃を見て『そちらの方は…』と紹介を求めるクラウザーに対しても平然と多摩は答えた。

「彼女は美濃。王族の生き残りで…俺の女だ」

「……っっ!!」

俺の女などと言われ、美濃は真っ赤になって俯いた。

クラウザーは気にする様子もなく『そうでしたか』などと驚いているが、美濃の耳には入ってこない。一体どんな顔をしてそんなことを言うんだろうと多摩の横顔を盗み見ると、あまりにいつもと変わらず…美濃は真っ赤になった顔を隠すように下を向いた。

「早速ですが本題に入っても宜しいでしょうか」

「あぁ、構わぬ」

「…では…こちらをご覧いただきたく……、えっ？ …封が…、開いて……」

クラウザーは肌身離さず懐に仕舞っておいた書簡を取り出し、手渡そうとしたところで封が開いていることに気づき狼狽えた。以前多摩が見るために開けたのだから当然と言えば当然なのだが、彼には憶えがないらしく、心から驚いている様子は嘘をついているようには見えない。

「中身をご確認いただき、内容に手を加えられた痕跡が無いようでしたら問題ないのでは…」

すかさず巽が口を挟み多摩にさり気なく目配せをする。

それに気づいた多摩は面倒くさそうに小さく息をついた。

「…し、しかし…これは…」

「確認するのは構わぬが、それには誰も手を加えていない」

「え？」

はっきりと断言する多摩にクラウザーは目を見開いた。

だが、少し沈黙した後に何か思い当たることがあったらしく、彼は遠慮がちに口を開く。

「……神子というものにはそういう能力もあるのですか？」

「…？　…あぁ…、そんなところだ」

「……、……わかりました」

クラウザーは一瞬迷うような表情を見せたものの最終的には頷き、畏まりながら中身を確認し、多摩に書簡を手渡した。この無駄なやりとりに内心うんざりしながら、多摩は二度目となる王直筆の書簡に何の感慨もなさそうに目を通す。

そして、緊張した面持ちのクラウザーに視線を移し、彼は静かに口を開いた。

「この内容をのむにあたり、一つだけ条件がある」

「…条件…それはどのような」

「必要とされる時、神託はバアルで行おう。だが、美濃も同行することが絶対条件だ」

「は…それは問題無いと思いますが…」

「……ふん、…ならば俺にも問題は無い」

あっさりと頷く多摩に対し、クラウザーは気が抜けたのか表情を崩した。後ろに控えていた乾に至っては、あまりに簡単な条件提示に笑いをかみ殺し、巽は咳払いを一つして乾を窘《たしな》めている。

「何も無いところだが、しばらくここで休養していくと良い。そう急ぐ旅でも無いだろう？」

「ありがとうございます」

実に多摩らしくない言葉を並べ立て、彼は早々に席を外そうと立ち上がりかけた。

そこへすかさず巽が口を開く。

「神子殿、報告があるのですが…今から宜しいでしょうか」

「…あぁ…わかった。……美濃、おまえは彼に宮殿の案内でもしていたらどうだ。おまえが一番詳しいだろう」

「う、うん」

「後で迎えに行く」

美濃が小さく頷いたのを見て多摩は彼女の頬に唇を落とす。

そして、巽と乾の心配そうな顔をよそに、彼は美濃を残し、あっさりと二人を引き連れて大広間から出て行ってしまったのだった。

彼らの背中を目で追いながら、美濃は彼女にしては珍しく難しい顔をして考え込んだ。

頭の中はわからないことだらけ、何を取り交わしたのか聞いていても今一つよくわからない上、自分が行くとか行かないとか名前まで出てきて首を傾げることばかりだ。大体、示し合わせたわけでもないのに、皆がクラウザーの様子を普通に受け止めているなんてどう考えたって変だ。

どうして何も知らない顔をしてるのか。今までのクラウザーはどこに行ってしまったのか。

一体何があったのか、何しにやってきたのか、聞きたくて仕方ない。

けれど、『詮索するな』という多摩の命令が美濃をぐっと押しとどめ、こういうふうに思うのを多摩はわかっていたのだと今更ながら思い知る。それに、下手なことを言って話をややこしくしたら、後で大変なお仕置きが待っているに違いないのだ。

美濃は悩んだ末、今は全部後回しにするしか無いという結論に至った。

「え、と。クラウザー、宮殿の中を案内してあげる」

「ありがとう」

少しだけぎこちなくクラウザーに話しかけ、美濃は彼を遠慮がちに見上げる。

そして、静かに微笑みながら頷くクラウザーを目にして、美濃はやはり絵本に出て来た天使のようだと思って嬉しそうに笑った。

この時、美濃にこの場を任せたのはたまたまだったのか、意図的だったのか…どちらにしても多摩の采配が正解だったとしか言わざるを得ない結果を生んだ。

何故なら、かつてクラウザーの中に生まれた疑問も疑惑も全て、それらは対応如何《いかん》によっては表に出ないものであり、元より心から尊敬する彼の父王の考えを否定するような真似など余程のことがない限り強行するはずもなく、更には相手の警戒心を解いてしまう美濃の存在によって、彼の心もまた好意的に解きほぐされてしまったからだ。

楽しそうな笑い声が時折宮殿内に響く。そのようなこともまた、この国が崩壊してから初めての出来事だった。


「あの場を姫さまに任せて大丈夫なのか？」

別室に移動するなり、乾が若干呆れたように口を開く。

「余計なことは言わぬよう釘を刺してある。どのみち懸念するほどのことは起こらないだろう」

別段気にする様子も無く、多摩はあっさりと答えてみせた。

確かに初めてクラウザーがやってきた時とは状況が違う。しかし、仮にも美濃を連れて逃げた相手だ。その相手に近づけさせてしまう多摩の思考回路は相変わらず理解できないと、心の中で乾は苦笑した。

「そんなことより、戻るのに随分時間がかかったな」

多摩は静かな眼差しで二人を見据える。彼らがいた場所は、宮殿からそれ程離れていなかった。あの日の夕方には宮殿に戻った多摩たちのことを考えれば、どんなに遅くとも精々半日程度の遅れで戻って来られるはずのもので、これ程時間がかかるのは不自然だった。

「気を失ったクラウザーの周囲から異様な気配が収まらなくてな。放置するわけにもいかないから、その場から離れられなかったんだ。今朝方になってようやくその気配が落ち着いてきたから、意識の無い彼を背負ってやっと戻って来たってわけだ」

「……ああ、そうか」

多摩は一人納得したように頷く。明らかに思い当たることがある様子だった。

「ただ問題はここからだ。彼が目覚めたのは宮殿に着く少し前のことで、…その時既に、ここでの記憶は無くなっていた。それってもしかして…」

乾は敢えてそこで言葉を止めて、多摩の反応を探る。

「恐らくおまえの考えている通りだ」

「…っ、でも多摩が放ったアレって、クラウザーの身体から取り戻してたよな？　俺にはあれが何だったのか未だよくわからないが」

「あれは胸を貫かれて大量に流れた俺の血肉の一部だ。確かに回収はした。だが、あの男の体内に宿っている間に……、いや、俺にはわからぬが、記憶が無いというならその間に抹消して遊んでいたのではないか？」

多摩は一旦何かを言いかけたが言葉を濁し、窓際に立って背を向け、そんなことを言う。

その背中を見た乾は、やはり多摩は意図的にクラウザーの記憶を抹消したのだろうと思った。

そもそも多摩は、乾がクラウザーの異変を話す前から状況を理解している様子だった。今までの彼は美濃を隠し通すことばかりで、身動きが取れずにいた。結果的に今こうして話が進んでいることを思えば、心のどこかでは密約を交わすことに興味を持っていたのかもしれない。

部屋の中に沈黙が生まれる。誰もそれ以上の答えを多摩に求めようとはしなかった。

やがて窓際に立つ多摩が僅かに振り返り、乾の腰の付近に意味ありげな視線を向ける。どうしたんだろうと首を傾げると、多摩は溜息まじりに口を開いた。

「…俺の心臓の半分は、おまえの黒剣に持って行かれてしまった」

「……ッ!!」

乾は驚愕しながら己の黒剣を手に取り、化け物のように変化を遂げてしまった姿を思い出し、あれが彼の血を吸ったためだけではないことを知り愕然とした。

「……俺には……当たり前のものがいつも足りぬな…」

静かに呟いた言葉が、乾の胸に突き刺さる。彼はそれ以上は何の言葉も出ず、ただ腰に下げた黒剣を強く握り締めることしかできなかった。そこには自分が触れていいものは何一つ無いように思えたのだ。

たぶん多摩にとって本当に必要なのは、欠けた心臓などではない。どうやっても埋められないそれを、彼は美濃の存在で補おうとしたのかもしれなかった。そして、与えられることを知らずに生きた彼との違いを、善悪の区別すらつかない哀しさを、美濃はこの先ずっと、身を以て知っていかなければならないのだろう。

そう思うと、彼女もまた大変な道のりに身を置いた稀有な運命を背負った存在なのだと……乾はそう感じずにはいられないのだった。

乾たちと別れた後、多摩はつい数日前まで正門が存在した場所で一人佇んでいた。

柔らかな風をその身に受け、彼は静かな眼差しで天を見上げる。穏やかな空模様は、まるで今の彼の心を映す鏡のようだった。

「…多摩」

後ろから声をかけられ、多摩は静かに振り返る。

かさついた土を踏む音と共に、美濃がこちらへ向かって歩いてくるところだった。

「迎えに来るって言ったのに…」

「あぁ、もう行くつもりだった」

そう言って彼は美濃の手を取り身体を引き寄せる。

「……身体…冷たくなってるよ…」

「…そうか」

美濃は多摩の腰に抱きつき、彼を見上げた。

何かもの言いたげな彼女の表情に、多摩は僅かに目を細める。

「…何だ」

「……わからないことがいっぱい」

「あぁ…」

納得したように多摩は頷き、長身を屈めながら彼女のつむじに唇を押しつけた。誰一人生き残った者などいないと信じ込ませ、拠り所になるようなものを全て摘み取って、ひたすら自分の存在だけを彼女に刻み込んできた。

巽のこと、乾のこと、クラウザーのことも全て彼女には突然のことでしかない。

だが、多摩は彼女に知られた時点で言葉を濁す気など全くなかった。知りたいと言うのであれば、どんなことであろうと包み隠さず全てを明らかにしても構わないと思っていた。

美濃は瞳を揺らしながら多摩を見上げ、腰に回していた両手で彼の頬に触れる。

「…でも、一番知りたいのは……多摩のことだよ」

多摩は目を見開く。

そして、自分の頬に触れる小さな手に触れ、言い聞かせるように柔らかく握り締めた。

「俺の世界にはおまえしかいない。…それだけだ」

「…もっと…もっとだよ……、私の知らない昔のことや、今まで多摩がどうやって生きてきたのか……小さなことでもいい…ちゃんと知りたいよ」

彼は困ったように眉を寄せ、考え込むように沈黙した。

美濃が何を知りたいのか、過去を聞いたら何だというのか…彼にはよくわからないのだ。

「神子としての役目を果たす時に外に出るだけで、ずっと白い部屋で何をするでもなく過ごしていた…それだけだ」

「…それは一人だったの？　さみしくなかった？」

「そんなことは思いつきもしなかった。……俺の過去など、話して聞かせるような面白いものは何もないぞ、おまえは変なことを考えつくな」

「変なことじゃ無いもん」

不服そうに口を尖らせる美濃の顔を見て多摩が笑みを零す。風が冷たくなってきたのを感じて、宮殿に戻るつもりで彼女の身体を抱き上げ、小さく息を吐く。

「…まぁいい。好きなだけ聞け。…だが結局行き着く答えは同じだ。……だから…おまえは俺の手が届くところにいろ。…あまり遠くへ行くな…」

この腕の中に自らの意志で美濃が戻ってくる…たったそれだけのことが多摩には手の届かない、遠いものだった。

だから、彼女の世界をほんの少しひろげてやる代わりに、彼はそんなささやかなことを望むのだ。手の中からすり抜けていこうとする美濃をどうやって引き戻せばいいのかわからずにいた彼が、縛りつけるだけの関係とは違うものを手に入れたいと……

激しい想いが無くなったわけではない、狂おしい気持ちが消えたわけでもない。今この瞬間さえ、彼女に触れているだけで胸が熱くなるのだ。無茶苦茶に抱いてしまいたいという衝動はいつだってこの胸の内にある。これからもずっと、美濃の存在一つで彼の感情は簡単に翻弄され続けるに違いない。

「傍にいる……ずっとここにいるよ…」

抱き上げる多摩の首に腕を回し、一途な眼差しで涙を浮かべながら囁かれた言葉に、多摩は一瞬息をのみ、瞳を揺らした。そんな様子を見て、美濃は少しでも彼に届くようにと祈りながら、多摩の唇に自分のそれを押しつける。

「……全部、夢なんかじゃないよ。……夢で終わらないよ…」

「…あぁ……」

吐息を漏らすかのように頷いた多摩の姿を見て、美濃は胸が苦しくなった。

風に揺れる黒髪が陽の光で輝きを増し、白い肌を引き立たせる真紅の瞳が煌めいて、切ないくらいに綺麗だった。その姿はこれからも誰の目をも惹きつけ魅了し続けるに違いない。彼はそういう存在なのだ。

「……美濃……もう一度……」

多摩は甘くねだり、静かに目を閉じた。そして、彼の想いに応えるように口づけ、美濃はゆっくりとその耳元に小さく囁きかける。

奪うだけではないのだと、彼にもわかり始めているのだ。

だから美濃は彼に囁き続ける。

多摩の中にも同じものが存在しているのだという思いを込めて……

愛しい、愛しい。

それは、目の前にあるものだと言うことを――

あとがき

この度は数多の作品の中から本作を手に取っていただきありがとうございました。桜井さくやと申します。

『白の呪縛』は私にとって初の文庫本となる作品なのですが、実は大本になっている作品がありまして、二〇〇五年から二〇一〇年まで、私の運営しているウェブサイトにヴァンパイアシリーズと銘打って連載していた小説の一つでした。五年も連載していたのかと思われるかもしれませんが、途中他の作品を更新したりと半年くらい止まることはしょっちゅうでしたので、まともに更新していれば二年とかその程度だったかもしれません。

しかし、それから三年も経って文庫化となったのは、ソーニャ文庫さんのYさんに是非にとお話をいただいたことがきっかけでした。それにしても「連載中に読んでました」と言われたのにはひっくり返りそうになったものです…。改めてネットの向こう側には誰がいるか分からないと思いました。

ただ、ウェブ用に掲載していたものは思いのほか長文で、改行だらけの私のサイトの文章から改行を削ったものを受け取り、それが文庫のページ数に換算して五七〇ページほど。文庫本にするにはかなり多すぎる文章量で、試行錯誤を繰り返し、最終的に現在の厚みになり、めでたく完成形として日の目を見ることとなりました。良かった…っ。

結果的に『白の呪縛』は、大本になった作品のパラレルワールドのような世界観となってストーリーや設定も少し変わり、私個人としても別の作品として楽しんで向き合うことが出来、二度美味しいお話となりました。何よりもイラストレーターさんがすばらしい。特に多摩などは私のイメージそのままで、見せていただくイラストが何もかもツボにはまって堪りませんでした。この場をお借りしてイラストを担当していただいたKRNさんに御礼を申し上げます。そしてそして、本作を形にするまで尽力いただいた全ての方に対しても心より御礼を申し上げます。


さて、作品内の主要キャラクター四人について少し。

主人公、多摩。彼はとても難しかった…。育った環境もそうですが、何もかも突き抜けている割には足りないものが多すぎるといういびつな彼は、話を進めるうえでもかなりの問題児でした。何も考えず、何も知らない、知ろうとしない。それは黒というよりも白。題名にもそれで白がついたのですが、その所為で本当に初期の彼はなかなか動いてくれず…。その分、動き出してからは大変な暴れようでしたが。止まらない止まらない。

その多摩に想われたばかりに大変な目に遭う美濃。しかし、愛されて育った者は強いということも滲ませたくて、愛されなかった多摩との対比としてこれ程の適役はいませんでした。本当に強い、たぶん作中の誰よりも。彼女には、いつの日か多摩が愛を囁くのを、あのまま傍で寄り添って待ち続けて欲しいと切実に願うところです。

巽に関しては、話を書き進めている間は彼のことを複雑だなと思うくらいでそれほど深く考えていなかったのですが、今回彼のイラストを見て初めて悪いことをしたと思いました。だって、あんなに巽が格好良かったなんて。想像以上でした…。

そして巽の相方、乾。彼は私にとってはありがたいお助けキャラだったりします。乾がいなければ多摩が動き出すことはなかった、もしくは大幅に遅れたかもしれず…。そのうえ大変カルいフットワークと性格。この話で楽な気分で書けるキャラというのはとても貴重でした。

彼らのこと、作品のことを少しでも気に入っていただけたら幸いです。

それでは、ここまでおつきあいいただきましてありがとうございました。

いつかまたどこかでお会い出来ることを祈りつつ、皆様に幸あらんことを願って。

桜井さくや

Sonya
ソーニャ文庫

この本を読んでのご意見・ご感想をお待ちしております。
◆ あて先 ◆
〒101-0051
東京都千代田区神田神保町2-4-7 久月神田ビル7階
㈱イースト・プレス　ソーニャ文庫編集部
桜井さくや先生／KRN先生

白《しろ》の呪縛《じゅばく》

2013年9月4日　第1刷発行

著　者　桜井《さくらい》さくや
イラスト　KRN《カレン》
装　丁　imagejack.inc
ＤＴＰ　松井和彌
編　集　安本千恵子
営　業　雨宮吉雄、明田陽子
発行人　堅田浩二
発行所　株式会社イースト・プレス
〒101-0051
東京都千代田区神田神保町2-4-7 久月神田ビル8階
TEL 03-5213-4700　　FAX 03-5213-4701
印刷所　中央精版印刷株式会社

ISBN 978-4-7816-9513-6
定価はカバーに表示してあります。